KB260084

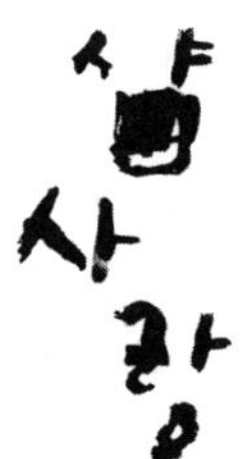
샘
사
랑

샴사랑
방귀희 장편소설

초판 인쇄 | 2009년 9월 05일
초판 발행 | 2009년 9월 10일

지은이 | 방귀희
펴낸이 | 신현운
펴는곳 | 연인M&B
디자인 | 이희정
기 획 | 여인화
등 록 | 2000년 3월 7일 제2-3037호
주 소 | 143-874 서울특별시 광진구 자양동 680-25호(2층)
전 화 | (02)455-3987 팩스 | (02)3437-5975
홈주소 | www.yeoninmb.co.kr
이메일 | yeonin7@hanmail.net

값 10,000원

ⓒ 방귀희 2009 Printed in Korea

ISBN 978-89-6253-032-2 03810

이 책은 연인M&B가 저작권자와의 계약에 따라 발행한 것이므로 본사의 허락 없이는
어떠한 형태나 수단으로도 이 책의 내용을 이용하지 못합니다.
잘못된 책은 바꾸어 드립니다.

샤방
사랑
21세기 마지막 사랑의 로망스!
"이제 사랑은 없다."
연인 M&B

나는 왜?

　난 늘 사랑을 했다. 지금도 사랑하고 있다. 하지만 아무한테도 나의 사랑을 털어놓지 않았다. 자동차를 타고 이동을 하면서 하루 일과를 마치고 누워 잠을 청하면서 병원 대기실에서 내 순서를 기다리면서 난 틈틈이 사랑을 만들어 갔다.
　그렇게 해서 10년 만에 완성된 작품이 『샴사랑』이다.

　2001년 장편동화 『숨바꼭질』을 발표했다. 쌍둥이로 태어난 수아와 상아 자매의 서로 다른 운명을 그렸다. 뇌성마비 장애 때문에 집안에서 숨어서 살아야 했던 수아와 예쁜 외모 때문에 가족들은 물론 주위 사람들의 사랑을 듬뿍 받는 상아라는 쌍둥이 자매를 통해 한 부모 밑에서 한날 한시에 태어나도 장애 때문에 너무나 다른 삶을 살고 있는 우리 사회의 현실을 들추어냈다.
　그리곤 수아가 섬소년 지민과 펜팔을 하며 세상과 소통하면서 억압된 현실에서 벗어나 자신의 삶을 찾아가는 과정을 그렸다. 뇌성마비 소녀의 작은 승리가 아름다웠다.

그 아름다움에 도취되어 『숨바꼭질』 속의 주인공 수아와 상아 그리고 지민이 성장한 후의 이야기를 써서 한 여성 장애인의 완성된 인생을 보여주고 싶었다. 그래서 나 혼자 그 아이들을 키워 갔다.

『샴사랑』으로 옮겨온 세 주인공을 통해 나는 진정한 사랑 이야기를 하고 싶었다. 장애에서 벗어나기 위해 검정고시를 준비하고 대학에 진학하고 사회생활을 하는 것은 자신의 의지와 노력으로 어느 정도 해결할 수 있는 문제이지만 사랑은 혼자서 할 수 있는 일이 아니기에 장애인에게는 사랑이 가장 큰 어려움이기 때문이다. 내 경우가 그랬다.

『샴사랑』을 읽고 나면 사랑을 하고 싶어질 것이다. 『샴사랑』을 읽고 나면 모든 사랑이 정신과 육체가 샴쌍둥이처럼 서로 붙어서 갈등하고 있다는 것을 알게 될 것이다.

나는 『샴사랑』을 통해 이 땅의 여성 장애인들이 사랑받는 아름다운 여성으로 탄생하길 바란다. 그리고 『샴사랑』을 통해 사랑이 얼마나 아름다운 축복인가를 깨닫게 되길 원한다.

『샴사랑』이 여성 해방의 불씨가 된 입센의 『인형의 집』이나 노예 해방의 도화선이 된 스토아 부인의 『엉클톰즈 캐빈』처럼 여성 장애인을 해방시키는 작은 씨앗이 되길 바란다.

이제 다시는 사랑 이야기를 쓰지 못할 것 같다. 나의 모든 사랑을 『샴사랑』에 쏟아넣었기 때문이다. 『샴사랑』이 방귀희를 기억해 주는 작품이 되었으면 좋겠다.

2009년 무더위에
방귀희

|차례|

첫 키스

키스가 영어던가?

모두들 자기네 나라 말처럼 친숙한 단어이다. 또 키스를 어떻게 하는 줄 모르는 사람은 없다. 왜 키스를 해야 하는지도 다 안다.

이렇게 누구나 다 잘 알고 있는 키스이지만 누구나 쉽게 할 수 있는 것은 아니다. 그건 사랑하는 사람끼리 해야 하는 가장 사랑스런 행위이기 때문이다.

"어때? 나 운전 잘 하지?"

지민이 운전대를 여유있게 잡고 옆좌석에 앉아 있는 수아를 힐끗 쳐다보며 물었다.

"치, 공연히 폼잡지 말고 안전운행하셔."

"야! 너야말로 안전벨트했는데 뭐하러 손잡이는 있는대로 꽉 붙잡고 있니? 너, 나를 못 믿는구나?"

"널 어떻게 믿어? 잘못했어, 왕초보라고 써 붙일 걸."

"수아야, 죽어도 같이 죽을 텐데 뭘 그래."

"아냐, 대개 운전자는 살더라구."

"너, 나만 살아날까 봐 배아프구나."

"그럼, 그걸 말이라구 해. 근데 지금 우리 어디 가는 거야?"

"아주 근사한 데야. 내가 미리 헌팅해 뒀지. 그림이 되겠더라구."

"무슨 그림?"

"응, 키스신 찍기에 딱 좋겠더라구."

키스라는 말에 수아는 갑자기 숨이 막혀버렸다. 얼굴이 확 달아 올라 창문 열림 버튼을 눌렀다.

"히터 바람이 너무 세니?"

"으응, 환기 좀 시키려구."

수아는 운전에 몰두하고 있는 지민 얼굴을 몰래 훔쳐보았다. 중학생 때의 모습은 찾아볼 수가 없었다. 어느덧 남성다운 매력이 온몸에서 배어 나오는 남자가 되어 있었다.

지민이 갑자기 낯설게 느껴졌다. 그런 멋진 남자가 자기 곁에 있다는 것이 왠지 어울리지 않는다는 생각이 들어서였다.

지민은 오늘 나들이를 1년 전부터 준비해 왔다. 수아와 외출을 하려면 자동차가 필요한데 그러려면 자기가 운전을 해야 하겠기에 지민은 오직 오늘의 이벤트를 위해 운전면허를 따고 시내연수를 받았다.

그리고 수아와 단둘이 외출을 하겠다고 선언하며 수아네 기사 아저씨를 물렸다. 어른들이 걱정을 하자 장원이 나서서 문제를 해결해 주었다. 큰 차 운전하면 힘드니까 내 차 가져가, 그렇게 해서 장원의 차로 둘만의 데이트가 성사된 것이다.

목적지에 도착하자 지민은 능숙한 솜씨로 휠체어를 꺼냈다. 그리고 수아를 안아 휠체어에 앉혔다. 언제 가져왔는지 수아가 무릎 위에 덮는 작은 담요도 꺼냈다. 그리곤 휠체어 뒤로 가서 출발을 알렸다.

"추우면 말해."

수아는 대답하지 않았다.

오솔길을 따라 천천히 걸어 들어갔다. 겨울답지 않게 나무들이 우거져 있었다.

"이런 곳에 어떻게 길이 있어?"

"이 길, 내가 만들었지. 어제 와서 가지치기 했어."

휠체어 길을 만들기 위해 일부러 이곳까지 와서 혼자 가지를 잘라냈다는 말에 수아는 목이 막혔다. 하지만 수아는 아무렇지 않은 척하고 물었다.

"여기가 네가 늘 말하던 강 교수님 별장이구나?"

"응, 저기 보인다. 무덤 옆에 있는 저 집이야. 겉으로 보기엔 평범하지만 안에 들어가면 예술이야."

지민은 수아와의 첫 데이트를 위해 강 교수에게 자초지종을 다 얘기하고 별장이란 공간을 확보해 놓았다. 그것도 벌써 한 달 전에 미리 준비를 해두었다.

지민은 이 별장을 본 순간 수아를 생각했다. 강 교수는 무장애 공간의 권위자이기 때문에 별장 자체가 무장애 공간의 모델이다.

지민은 자기도 이런 무장애 공간을 지어 수아가 편리하게 살도록 해 주어야겠다고 결심했었다. 강 교수의 연구 프로젝트에 참여하게 된 후 지민은 이 별장을 자주 이용하게 되었는데 올 때마다 구석구석을 눈여겨 살펴보며 수아를 위해 보완할 점이 무엇인가를 나름대로 연구도 했다.

그날도 별장에서 워크숍을 하기로 되어 있었는데 이런저런 이유로 연구생들이 모두 빠져나가고 지민 혼자 남게 되었다. 강 교수는 손수 커피를 끓여 지민에게 건네주었다.

"자네는 애인이 아직 없나 봐. 일요일인데도 여기에서 이러고 있는 것을 보니 말일세."

"애인 있습니다. 그런데 그동안은 입시생이었어요. 이번에 저희 대학에 입학하게 됩니다."

"그래, 그거 아주 재미있는 일이군. 설마 건축공학과는 아니겠지."

"네. 신문방송학과입니다."

"잘됐구먼. 아, 나로선 잘된 일이 아닌가? 이제 자네도 데이트한다고 내 일을 잘 안 도와줄 테니 말이야."

"아닙니다. 그런 일은 절대로 없을 겁니다."

"자네가 어떻게 그렇게 확신해. 여자란 말야, 같이 놀아주지 않으면 삐치고, 또 꼭 붙잡고 있지 않으면 한눈을 팔아요."

"……."

"왜, 내 말이 틀렸는가?"

"아, 아닙니다. 저, 교수님 한 가지 청이 있습니다."

"청? 그래 말해 보게. 내가 할 수 있는 거라면 뭐든지."

"제 여자 친구 이름이 수아인데요. 수아에게 대학 합격 축하 파티를 열어주고 싶습니다. 우리들의 첫 데이트이기도 한데 막상 나가려고 하니까 수아에게 온통 불편한 거 투성이더라구요. 계단은 물론이고 화장실도 그렇고 더군다나 사람들의 시선이 수아를 힘들게 할 것 같아서……."

"수아라는 친구가 장애인인가 보군."

"네, 교수님. 뇌성마비로 휠체어를 사용합니다."

강 교수는 자리에서 일어나 지민 어깨에 손을 얹었다.

"알았네. 이 별장을 자네 첫 데이트 장소로 정했다니 내가 영광일세. 언제라도 이용하게."

강 교수는 손에 힘을 주어 지민 어깨를 어루만져 주고는 등을 토닥거려 주었다.

지민은 자기를 이해해 주는 강 교수가 너무나 고마웠다. 지민이 수아에 대해 말한 것이 강 교수가 처음이었다. 어쩌다 친구들에게 장애인 친구에 대한 얘기를 꺼내면 친구들은 관심없어 했다. 개중에는 있을 수도 없는 일이라고 지민에게 따끔한 충고를 해 주기도 했다.

—야, 남자 천사도 있네. 꿈 깨! 그 천사 짓이 얼마나 어려운 줄 아니? 이 바보 같은 놈아! 천사 짓을 하려거든 차라리 바보 짓을 해. 그게 훨 낫다.

그래서 지민은 수아 얘기를 하지 않게 되었다. 숨기고 싶어서가 아니라 숨겨야 상처를 안 받기 때문이었다.

"별장은 저긴데 어디로 가고 있는 거야?"
"조금만 올라가면 마을 전체가 내려다보여. 우리 지금 등산하는 중이야."
"뭐? 등산?"
어쩐지 지민의 숨소리가 거칠어지고 있었다. 지민은 휠체어를 밀며 산기슭을 올라가고 있었다.
수아는 지민이 자기를 위해 얼마나 힘든 일을 하고 있는지를 잘 알고 있었다. 지민의 행동 모두가 수아를 감동시켰다.
하지만 수아는 고맙다든지 미안하다든지 하는 표현을 하지 않았다. 그런 말로는 지민에 대한 자신의 마음을 다 전할 수 없기 때문에 아예 입을 닫아버렸다.
"자, 다 왔다. 어때? 높은 데 올라오니까. 완전 시원하지? 소리 한번 크게 질러 봐."
지민은 자기가 손수 시범을 보이려는 듯 두 손을 입가에 모았다.

"수아야, 놀자!"

수아도 지민을 따라했다.

"지민아, 노올자!"

"수아야, 사랑해!"

지민이 더 큰 소리로 외쳤다.

수아는 사랑이라는 단어를 입 밖에 낼 수 없을 것 같아 따라하는 것을 포기했다.

"야, 너, 왜 안 따라해?"

수아는 눈을 흘겨주었다.

"사람들이 왜 높은 산봉우리를 정복하려 하냐 하면 바로 내려다보기 위해서야. 이렇게 내려다보면 막히는 것이 없거든. 그래서 사람들은 무조건 올라가는 거야."

지민은 땅바닥에 털썩 주저앉았다.

"수아 너도 이제 내려다볼 수 있게 될 거야."

"그래, 하지만 넌 항상 올려다볼래. 일어나."

지민이 수아를 올려다보며 천천히 눈높이를 맞추었다.

사람 사이에도 자기 현상이 일어나는 걸까. 두 사람은 누가 먼저랄 것도 없이 서로 가까워지고 있었다. 수아 몸이 뻣뻣하게 굳어갔다. 너무 긴장을 한 것이다.

지민 입술이 수아 이마에 닿아 깃털처럼 가볍게 간질러 주었다. 지민 입술이 왼쪽 눈밑에 닿자 수아 눈이 사르르 감겼다. 지민 입술은 천천히 내려와 수아 입술 왼쪽 언저리에 머물렀다. 꼭 다물어진 수아 입술이 열리고 있었다.

지민은 우선 수아 윗입술을 부드럽게 적셔주었다. 수아 아랫입술에 바르르 진동이 일어났다. 지민은 그 진동을 잠재우려는 듯 아랫입술을 자기 입속에 넣었다. 수아의 작고 도톰한 아랫입술에서 달콤한 사랑이 배어 나왔다.

지민은 망설이지 않고 수아의 윗입술과 아랫입술을 한꺼번에 빨아들였다. 의외로 쉽게 빨려 들어왔다. 수아가 고개를 뒤로 젖혔다. 그러자 입속에 숨어 있던 비밀스럽고 신비스러운 사랑의 유인물이 어느새 나와 있었다. 지민은 그 유인물을 포착한 순간 전기 자극이 일어나는 듯 몸을 움츠렸다.

눈앞이 캄캄했다. 마치 태양이 갑자기 빛을 잃어버린 듯 주위가 어둡게 느껴졌다. 하지만 이내 태양빛이 한꺼번에 쏟아지는 듯 새하얀 광채가 눈을 부시게 했다. 수아는 그 순간 현기증이 생겨 뭔가를 잡지 않으면 쓰러질 듯했다.

그래서 수아는 지민 목을 휘어 감았다. 그 행동은 지민에게 큰 용기를 주었다. 지민이 갑자기 거칠어졌다. 마치 사랑의 발작이 일어나는 듯했다. 그들은 생의 귀중한 비밀을 만들어 가고 있었다. 지민과 수아가 똑같이 느낀 것은 또렷한 일체감이었다.

키스는 사랑하는 사람들의 육체와 영혼이 가장 순수하고 완전하게 결합될 때 저절로 이루어지는 상징적인 행위라고 한다. 키스는 사랑하는 사람들의 가장 빛나고 아름다운 순간을 만들어 준다.

사실 지민은 그곳에서 수아와 첫 키스를 하리라고 계획을 세워놓았었다. 그리고 키스가 끝난 후에는 사랑한다는 고백을 수아 귓속에 살그머니 밀어 넣으려고 했었건만 첫 키스라 좀 머쓱했다.

수아가 길쭉한 혀를 쏙 빼가자 지민은 서둘러 키스를 마무리 지어버렸다. 지민은 수아 얼굴을 똑바로 쳐다보지 못했다. 둘은 아무 말도 하지 않았다.

"춥지? 들어가자."

"춥긴, 더워 죽겠어. 원래 키스하면 이렇게 더운 거니?"

수아가 이마에 맺힌 땀을 닦으며 물었다.

"나두 덥다."

지민이 쿡 하고 웃었다.

"왜 웃어?"

"너 분위기 없는 거니, 유도신문하는 거니?"

"유도신문이라니?"

"너, 지금 내 키스 경력을 캐묻는 거잖아."

"물론 궁금하지 않은 것은 아니지만 그래도 문제 삼고 싶진 않아."

"너, 혹시 나한테 애정이 없는 거 아니니? 딴 여자들은 첫 키스 누구하고 했느냐고 꼭 물어본다더라."

"난, 안 물어볼 거야. 그냥 나일 거라구 생각할 거야. 그래야 행복하잖아."

"역시 수아답다. 내가 굳이 말하지 않더라도 알고 있다는 뜻으로 받아들이겠어. 야, 배고프다. 에너지 소모가 심했나 봐. 우리 빨리 내려가서 라면 끓여 먹자."

"좋지, 라면을 더 맛있게 먹는 방법이 있는데……."

"그게 뭔데?"

"에너지를 완전히 방출시켜 버리는 거."

"뭐? 또 키스하자구?"

지민의 눈이 동그래졌다.

"미쳤니? 지금 입술이 얼얼해 죽겠는데 또 어떻게 해?"

"그럼?"

"나, 업구 내려가. 비탈이 심해서 휠체어로 내려가기 더 힘들 거야."

"OK! 굿 아이디어다."

지민이 수아 앞에 등을 대주었다.

"지금 이 높이는 버스 높이야, 자가용 높이로 낮춰."

수아는 지민 엉덩이를 내리쳤다.

지민이 수아를 업고 내려왔다. 지민의 발밑에서 사각거리는 낙엽의 느낌이 그대로 수아에게 전해졌다.

"내가 걷고 있는 느낌이야. 딴사람한테 업혔을 땐 안 그런데……."

"우리는 사랑하는 사이잖아."

"힘들지 않니?"

"아니, 키스하는 것보다는 덜 힘들어."

"모파상이 이런 말을 했어. 여자의 운명은 첫 키스에 달려 있다구. 내 운명은 어떻게 될까?"

"뭘 어떻게 돼. 내가 말해 줄까?"

"아니, 말하지 마."

수아는 지민 등에 얼굴을 살며시 갖다댔다. 너무나 따스하고 너무나 편안했다. 수아는 그 느낌을 오래도록 느낄 수 있도록 소유하고 싶다는 욕심이 생겼다.

그날 이후 수아는 시도 때도 없이 지민과의 첫 키스 장면을 떠올렸다. 신기하게도 떠올릴 때마다 그때의 느낌이 고스란히 살아났다.

그러니까 수아는 하루에도 수십 번씩 지민과 키스를 하는 것이었다. 그리고 이상하게 키스에 대한 기사가 눈에 잘 들어왔다. 수아는 그 기사를 얼른 이메일로 지민에게 보냈다.

—지민아, 너 기회 있을 때마다 키스해라. 신문에 보니까 키스를 하는 동안 백혈구 활동이 활성화돼서 면역력이 올라간대.

뇌에선 스트레스를 풀어주는 물질이 나온댄다. 매일 규칙적으로 키스를 즐기는 사람이 그렇지 않은 사람보다 평균 5년 정도 오래 산대.

그뿐이 아냐. 입속이 산성화되는 것을 막아서 충치 예방에 도움이 된대. 아침에 일어나서 하는 모닝키스 한 번에 약 3.8kcal의 에너지 소모가 되기 때문에 다이어트 효과도 있대.

지민이 넌 다이어트는 필요 없고, 하지만 건강에 좋은 게 너무 많으니까 수단과 방법을 가리지 말고 적극적으로 추진할 것. 알았지?

지민은 바로 답장을 보냈다.

—고맙다. 알려줘서. 그렇지 않아도 엄마가 몸 약해졌다고 보약 먹으라고 하시는데 그럴 필요 없겠네. 근데 너 아프지 않았니?

첫 키스병이 있대. 감기 비슷한데 열이 나고 목이 붓고 침을 삼키면 목이 아프대. 심한 경우 눈두덩이 붓고 췌장까지 부어 왼쪽으로 돌아 누우면 불편한 증상이 나타난대.

그런데 이 병은 평생 면역이 되기 때문에 한 번 아프면 다시는 아프지 않게 된대. 난 약간 감기 기운이 있는데, 넌 어떠니?

그렇지 않아도 수아도 감기몸살을 앓고 있었다. 하지만 그것이 찬바람 탓인 줄 알았지 첫 키스병이란 것을 앓고 있는 줄은 꿈에도 몰랐다.

몸이 아프긴 해도 둘만의 비밀이 생겼다는 것이 행복했다. 더군다나 서로 일체감을 느꼈다는 것이 지민과 수아 사이를 더욱 단단하게 묶어 주었다.

수아는 신입생으로서 학교생활에 적응해 가느라고 정신이 없었다. 교내에서는 전동 휠체어로 이동을 하는데 턱과 계단 때문에 어려움이 많았다.

　다행히 건축공학과 강 교수 덕분에 교내 장애인을 위한 편의시설 설치의 필요성이 공식적으로 학교 측에 제기되어 수아가 강의를 듣고 있는 신방과부터 공사를 시작하기로 되어 있었다.

　지민은 자기 강의를 빼먹으면서까지 수아가 학업을 수행하는데 지장이 없도록 도와주었다. 강의실을 옮기는 것은 물론이고 화장실과 도서실 이용방법, 그리고 교내 식당에서 식사하기까지 아주 세심한 부분까지 신경을 써주었다.

　지민이 없었더라면 수아는 휴학을 했을지도 모른다. 학교생활이 너무 힘들어서 말이다.

　"선배, 이제 혼자서도 할 수 있어. 자기 강의 빼먹지 말어."

　"강 교수님 강의는 괜찮아."

　"괜찮긴, 잘해 주실수록 더욱 최선을 다해야지."

　"알았어."

　"참, 우리 과 여학생들이 선배 소개해 달래. 그래서 내 애인이라고 했더니 농담하지 말라는 거 있지. 요즘 애들은 속고만 살았나 봐. 그래서 소개해 주겠다고 했어. 언제 시간 돼?"

　"장난치지 마."

　"진심이야. 선배도 여자 친구를 사귈 권리가 있어. 지금 안 해 보면 언제 해 볼 거야? 샌님처럼 고루하게 행동하지 말고 하고 싶은 거 다 하구 살어. 나두 그렇게 할 거야."

　"너, 지금 너한테 자유를 달라 이거지? 내가 없어야 자유롭게 남자들 꼬실 테니까."

　"아이구, 눈치 하나는 빠르네. 그까짓 키스 한 번 했다구 서로 구속하며 살 필요 없어. 넌 내 꺼, 난 네 꺼, 얼마나 피곤해. 그저 자연스러운 게 가장 편안한 거야. 편안해야 해피하잖아."

"너, 학과를 잘못 선택했다. 국문과를 가서 여자 마광수나 되지 그랬니?"

"꼭 국문과 가야 마광수 되나 뭐?"

"참, 상아는 잘 있니?"

지민이 상아 안부를 물은 건 처음이었다. 그래서였을까, 수아는 그 대범성을 잃고 말았다.

"왜, 상아 보고 싶어?"

"그럼, 못 본 지 한참 됐잖아."

"요즘 상아 만나면 선배 못 알아볼 거야."

"왜?"

"무지무지 예뻐졌거든. 차리고 나가면 다 텔런트인 줄 안다니까."

"안 차려도 예쁜데."

그 말도 왠지 수아 가슴에 걸렸다.

"참, 다음주부터 축제잖아. 대학 첫 축제인데 어떻게 보낼 생각이야?"

"웅, 우리 써클에서 수화제 열기로 했어."

"수화 써클 따로 있잖아."

"우리와 함께하기로 했어. 내가 수화제 시나리오 맡았다. 대학이 먼저 변해야 한다는 주제로 말이야."

"그래서 그렇게 눈동자가 반짝거렸구나. 내가 뭐 도울 일은 없어?"

"파트너 없는 친구가 선배한테 목 매니까 파트너 한 번 돼주라."

"너, 너무 자신 있어 한다. 너 그러다가 내가 그 여자하고 눈이 맞아 바람나면 어떡할래?"

"남자가 바람도 피고 그래야지. 그래야 자기 여자 귀한 줄 알잖아."

"네가 날 잘 몰라서 하는 소린데, 난 되돌아오는 게 안 되는 사람이야."

"알았어. 소개팅 취소할게. 선밴 축제 기간 동안 뭐 할 거야?"

“강 교수님 프로젝트 마무리 작업이 남았어. 별장에 틀어 박혀 있어
야 할 것 같애.”

“잘됐네.”

“너두 속으론 신경 쓰고 있지? 내가 딴짓 할까 봐.”

“아냐.”

수아는 정말 지민에게 부담을 주고 싶지 않았다. 지민이 자기 때문에
보통 사람들이 누리는 말초적 재미를 포기하고 사는 것 같아서 마음이
아팠다.

지민은 벌써 초등학교 6학년 때부터 장애인 친구 때문에 보통 아이들
과 다른 방식으로 놀아야 하지 않았던가.

지민은 어쩌면 일반 사람들 집단에서 떨어져 나와 혼자 외롭게 장애
인 집단 주위를 맴돌고 있는지도 모른다. 지민은 그 어느 집단에도 완
전히 소속되지 못하고 있는 이방인이었다.

수아는 수화제 준비로 정신이 없었다. 수아가 이렇게 일에 몰두하는
것은 자신의 존재를 인식시켜 주기 위해서이다. 이미 성년이 된 지성인
들의 집단인데도 미성년이고 인격적으로도 덜 성장된 아이들 집단보다
편견이 더 심했다.

대학은 서로 비슷하지 않으면 도저히 융화가 되지 않는 족속들이 사
는 이상한 집단이었다. 실력이 비슷하거나 취미가 같거나 가정환경이
비등하거나 외모 수준이 맞아야 손을 잡았다. 그러니 수아와 진심으로
손을 잡으려고 하는 친구가 없었던 것이다.

순간의 친절은 누구나 베풀지만 식당에서 함께 식사를 하려고는 하지
않았다. 식판을 받아 수아 식탁 앞에 놓아주고는 자기 식판을 들고 다른
친구를 찾아갔다. 수아는 대학에 입학해서 바로 그런 편견 때문에 몸서
리를 쳤다. 지민이 아니었으면 수아는 완전히 외톨이가 되었을 것이다.

수아한테 정성을 다 쏟는 지민에게도 학생들은 편견을 갖고 쳐다보았다. 지민이 너무 가난해서 수아네 아버지가 등록금에다 생활비까지 대 주기 때문에 지민이 수아를 돌봐주고 있을 것이란 소문까지 날 정도였다. 수아는 그 소문을 굳이 해명하지 않았다.

소문은 해명을 하면 아예 사실로 굳어지기 때문이다. 지민을 빨리 자유롭게 해 줘야겠다는 생각에 지민에게 엉뚱한 투정만 부렸다.

그것도 모르는 지민은 수아 때문에 서운한 적이 많았다. 수아는 수화제에 목숨을 건 사람처럼 밤을 새워 작업을 했다. 그리고 수화제에 많은 관객들이 몰려 들어와야 성공이란 결과를 볼 수 있겠기에 홍보전에도 뛰어들었다.

수아는 상아에게까지 도움을 청했다. 상아네 학교는 축제가 빨라 이미 다 끝난 상태였기에 시간을 낼 수 있다고 했다. 상아는 탈춤으로 관객을 유인해 주겠다는 제안까지 했다. 상아도 수아가 학교에서 겪는 어려움을 모르지 않았기 때문이다.

드디어 축제가 시작되었고 축제 개막 기념으로 수화제 'say I love you' 공연을 앞두고 있었다. 수아는 초조했다. 중·고등학교 때는 관객이 이미 정해진 상태에서 공연을 하는 것이어서 공연의 성패는 무대 위의 배우들이 대사를 얼마큼 잘 외워 무리 없이 진행하느냐에 달려 있었는데 이제는 공연의 성공과 실패가 관객에 달려 있으니 수아로서는 어떻게 해 볼 방법이 없었다.

"수아 씨! 지금 관객들이 구름 떼처럼 몰려들고 있어. 좌석이 없다니까 서서라도 보겠다지 뭐야. 보니까 탈춤 홍보가 대박을 터트리는 것 같아. 이제 관객 걱정하지 말고 어서 공연 시작하자."

연출가가 들떠 있었다. 수아도 그제야 마음에 여유가 생겼다. 공연은 정말 대성공이었다.

학장이 크게 감동을 받아 장애인 학생에 대한 적극적인 지원을 약속했다. 강 교수도 수아에게 따뜻한 격려를 해 주었다.

"지민 군한테 얘기 많이 들었어요. 어려운 일, 같이 해결해 나갑시다."

먹거리 장터에서 파티가 열렸다. 단연 이 파티에 수아가 주빈이 되었다. 탈춤 홍보맨들도 초대되었다.

"어떻게 된 거야? 탈춤 홍보맨이 둘이라고 해서 깜짝 놀랐어."

"가만히 생각해 보니까 혼자 하는 거보다 둘이 해야 더 눈에 잘 뜨이겠더라구. 그래서 일단 의상을 두 벌 준비해 갖고 왔지. 근데 지민오빠가 제일 먼저 공연장으로 들어서는 거야. 그래서 내가 붙잡았어."

"그랬구나."

"처음엔 빼는 거 있지. 그런 거 안 해 봐서 못한다나. 근데 막상 옷을 입혀놓으니까 언제 그랬냐는 듯이 신이 나서 하는 거야."

연출자가 막걸리 잔을 들고 왔다.

"오늘 고생 많이 하셨어요. 수아 씨 동생이라면서요?"

"네, 상아라고 해요."

"아까 탈을 벗고 나오는데 내 눈을 의심했어요. 선녀가 아닌가 하고 말예요. 왜 그렇게 예쁘세요?"

"언니하고 쌍둥이인데 똑같이 생겼잖아요."

"아, 예. 물론 수아 씨도 예쁘죠."

수아가 끼어들었다.

"잔소리 하지 말고 술 권하러 왔으면 술이나 따라."

"어, 참, 내 정신 좀 봐."

연출자가 뽀얀 막걸리를 찰랑찰랑 따랐다.

"고맙습니다. 그냥 잔만 받을게요. 오늘 저 운전해야 하거든요."

"에이, 그래두 잔은 돌려주셔야죠."

수아가 다시 끼어들었다.

"우린 쌍둥이이니까 수아나 상아나 똑같애. 내가 대신 마실게."

수아는 막걸리를 한숨에 들이켰다. 상아가 눈을 동그랗게 떴다. 상아는 한 잔만 마셔도 온몸이 새빨개지고 숨이 가빠 올라 술자리는 좋아하면서 술은 자제했다. 하지만 수아는 체질적으로 술이 잘 받아 아무리 마셔도 얼굴에 표시가 나지 않았다. 다만 소변 문제 때문에 양껏 마시지 못하는 것뿐이었다.

"언니 술 잘해, 술꾼이야."

"오빠가 가르쳤구나?"

"나두 술 잘 못해."

지민에게도 술잔이 날아왔다.

"저, 수아랑 같은 과 친구예요. 내가 수아한테 소개해 달라고 했더니 그러겠다고 해 놓고는 꿩 구워 먹은 소식이에요. 그래서 직접 왔어요. 난희라고 해요 이난희. 이씨는 아니시죠?"

지민이 빙그레 웃었다.

"수아가 말 안 하던가요? 전 수아밖에 없는데."

"골키퍼가 있어도 골은 들어가고 경기는 끝까지 해 봐야 결과가 나오는 거예요."

지민이 또 빙그레 웃었다.

이번엔 상아가 끼어들었다.

"오빠, 어서 술잔이나 받아요."

"골키퍼가 두 명이면 골이 들어갈 수 있을까요?"

"절대로 안 들어가지."

수아가 혀꼬부라진 소리를 했다.

며칠 밤을 새우고 관객 동원 문제로 신경을 쓴 탓인지 수아가 몹시 취해 술자리에서 먼저 일어나야 했다. 지민은 수아를 안아 뒷좌석에 앉혔다. 그리고 지민은 앞좌석에 탔다. 버스 정류장에서 쉽게 내리기 위해서였다.

상아는 운전을 아주 부드럽게 했다. 액셀러레이터를 밟고 있는 상아 다리가 유난히 길어 보였다. 허벅지가 다 드러난 짧은 치마 때문일 거라고 생각하며 지민은 고개를 흔들었다. 왜 자기 눈길이 그곳에 꽂혔는지 자기 자신에게 물으며 꾸짖었다.

"오빠, 아직도 거기 살지?"

"응, 난 저기 세워줘."

"싫어."

상아의 장난기 섞인 목소리에 지민은 정신이 번쩍 들었다.

"운전대 잡은 사람 맘이야. 어떻게 의리 없이 오빠를 여기에 내팽개치고 가겠어. 안전하게 모셔다 드려야지."

"요즘은 여자가 남자 바래다 주니?"

"아니, 그랬다간 사망이지."

"그냥 집으로 가. 수아 내려주구 난 택시 타고 갈게."

"그래 줄래?"

"그럼, 여자가 둘씩이나 되는데 바래다 줘야지."

"고마워. 장원오빠 아직 안 들어왔으면 언니 온집안 식구가 다 나와서 떠메고 들어가야 해. 술 취하면 얼마나 무거운지 알어, 축 처져서. 뭘 믿고 저렇게 퍼마시는지 몰라. 몸도 못 가누면서. 아이구, 코까지 골면서 자요. 오빤 저런 언니가 뭐가 좋아."

지민은 대답 대신 또 한 번 씨익 웃었다.

"학교생활은 재밌니?"

"1학년 때가 제일 재밌는 거 같아. 2학년이 되니까 모든 게 시들해지는 거 있지. 오빠 어때? 3학년이잖아. 군대 안 가?"

"가야지. 2학기 때 가려구 해."

"뭐, 그럼 얼마 안 남았잖아?"

"응, 그래서 요즘 좀 그래."

"그렇겠구나. 남자들은 안 됐어. 오빠, 면제 안 돼 홀어머니 모시고 살잖아. 참 웃기지. 우리 셋은 나이가 똑같은데 오빠는 3학년, 난 2학년, 언니는 1학년 정말 헷갈려."

"상안, 남자 친구 많겠구나. 아까 그 연출자 녀석도 너한테 관심이 있는 모양이던데."

"아유, 생각만 해도 끔찍해. 언니하고 관련된 사람이니까 봐줬지. 어림도 없다. 무슨 매너가 그래. 언니 친구 난희라는 여자도 웃겨. 오빠가 그렇게까지 얘기하는데 골키퍼 운운하며 그럴 게 뭐야. 여자가 자존심도 없어."

"재미있으라고 하는 소리지 뭐."

늦은 시간이어서 그런지 집에 도착하는데 시간이 많이 걸리지 않았다. 지민은 수아를 업어 침대에 뉘였다. 수아는 아직도 공연 속에 있는 듯했다. 관객 걱정을 하는지 대박이라고 소리를 지르기도 했다.

어른들이 늦었다고 장원이 방에서 자고 가라고 하는 바람에 지민은 처음으로 수아네 집에서 잠을 자게 되었다. 축제 기간이라 다음날 수업이 없어 가능했다.

장원이 아직 돌아오지 않았기 때문에 상아가 잠자리를 챙겨주었다.

"오빠, 이거 입어."

"아냐, 그냥 자두 돼."

"양복인데? 맞을 거야 입어. 그리고 욕실에 수건하고 칫솔 준비해 놨어. 필요한 거 있으면 불러. 나, 잠 달아났어."

"그래, 고마워."

상아는 수아와는 달리 말을 참 여성스럽게 했다. 그리고 어렸을 때와는 달리 아주 부드러워졌다.

지민은 달라진 상아 모습에 당황스러웠다. 침대에 벌렁 누웠지만 잠이 오지 않았다. 담배 생각이 나서 정원으로 내려갔다. 지민은 수아네 정원이 좋았다. 자연을 느낄 수 있기 때문이다.

담배를 피워 물고 하늘을 올려다보았다. 별이 유난히 반짝거렸다. 수아 방에서 스탠드 불빛이 새어 나왔다. 한밤중에 수아와 같은 집에 있다는 것이 이상했다. 수아와의 첫 키스가 고스란히 살아났다.

수아는 달콤하고 뜨거운 여자이다. 수아는 사람을 기분 좋게 만들어 주는 특별한 재주가 있다. 수아는 어떤 때는 여성스럽고 또 어떤 때는 남성다운 카리스마가 있어 사람을 휘어잡는 힘이 있다. 하지만 수아를 가까이에서 보지 않은 사람들은 수아를 무미건조하고 우중충한, 그래서 함께 있으면 부담스러운 여자라고 생각한다.

"오빠, 이리 와 앉아."

상아가 쟁반에 뭔가를 받쳐 들고 나왔다.

"아까, 우리 막걸리 때문에 아무것도 못 먹었잖아. 그래서 라면 끓여 왔어. 우리 장원이 오빠도 늦게 들어와서 꼭 라면 먹는다. 술 먹는 사람들은 밥 안 먹나 봐."

"너, 라면 싫어하잖아."

"어머, 아직도 기억하고 있었네."

"상안, 샌드위치 좋아하잖아."

"이 밤중에 샌드위치를 어떻게 만들어. 배고픈데 아무거나 먹어야지 뭐. 오빠, 이거 두 개 끓인 거다. 난 반 개면 딱이야. 밤에 먹고 자면 살찌는데."

"살 좀 쪄야겠다. 너무 약해 보여."

"무슨 소리야, 우리 과에서는 내가 글래머야."

"글래머? 네가?"

"그렇다니까."

"말두 안 돼."

"어때 맛있지? 나, 라면 하나는 죽여준다. 장원이 오빠 라면 심부름 내가 다 하잖아."

"상아가 많이 착해졌다."

상아가 수저를 집어 들었다.

"뭐라구? 내가 옛날엔 못됐었단 말야?"

"못돼긴, 깍쟁이였잖아."

"깍쟁이 짓도 받아줘야 하지. 수아 언니가 요즘은 내 머리 꼭대기에서 흔들어. 옛날의 언니가 아니라니까. 아빠한테도 할 말 다 한다."

상아는 쫑알쫑알 말을 쏟아냈다.

둘은 장원이가 들어올 때까지 정원에서 그렇게 시간을 보냈다.

모처럼 아침 식탁에 온 가족이 다 모였다.

수아는 식탁에 앉아 있는 지민을 보고는 거의 비명을 질렀다.

"너, 한 번만 더 그리고 들어오면 쫓아낸다."

"많이 안 마셨어. 빈속이었고 좀 피곤해서……."

아줌마가 국을 내려놓으며, 수아 때문에 오늘 아침은 북어국이라고 강조했다.

"지민이 아니었으면 우리 식구 또 총출동할 뻔했어. 동네에서 뭐라구 그러겠어?"

"엄만, 지민이 재운 게 더 문제야. 과년한 딸이 둘씩이나 있는데……."

지민이 머쓱해했다.

"물에 빠진 사람 건져줬더니 보따리 찾아내란다, 지민아."

엄마가 미안해서 지민에게 말을 붙였다.

"괜찮습니다."

"지민이는 장원이 동생이라고 동네에서 그렇게 알고 있어."

아빠도 거들었다. 아빠는 늘 지민이를 수아나 상아와 연결시키지 않으려고 애쓰시는 게 역력하다. 수아 짝으로는 넘치고 상아 짝으로는 부족하다고 생각했기 때문이다.

"아빠, 지민오빠 군대 간데요."

상아의 말은 수아에게는 테러였다.

출근과 등교로 식구들이 빠져나가고 수아와 지민이 남게 되었다.

지민이 수아 눈치를 살폈다.

"화났니?"

"아니라고 하진 않겠어. 그렇게 중요한 얘기 나한테 먼저 했어야 하는 거 아냐? 나, 네 애인이라며."

"지난 번에 하려고 했었는데, 너 그때 온통 수화제에 빠져 내 얘기 들어주려고 하지 않아서 못했어."

"좋아, 인정해. 그래두 상아한테 보다는 나한테 먼저 했었어야지."

"상아가 먼저 물어보더라구. 군대 안 가느냐구 그래서……."

"알았어, 미안해 화내서. 난 왜 네가 군대간다는 생각을 까맣게 못했을까. 항상 내 곁에 있어줄 거라고 생각하고 있었어. 바보처럼. 지금 생각해 보니까 넌 언제라도 내 곁을 떠날 수 있는 사람인데 말야."

수아 눈에서 눈물이 주르륵 흘러 떨어졌다.

지민이 수아 손을 잡았다.

"그런 소리 하지 마. 우린 헤어지지 않아. 옛날에 약속했잖아. 우리 사이는 영원하다구. 군대, 잠깐이야. 누구나 가는 건데 뭐. 사실은 2학년 때 가려고 했어. 그래야 공부에 지장이 없구, 취직하는데도 도움이 될 것 같아서. 너 대학 들어가는 거 보고 가려구 일부러 늦췄어. 이제 학교생활도 많이 적응이 된 것 같아서 안심하고 신청했어. 너무 서운해하지 마. 우리 옛날처럼 서로 편지 나누면서 더 열심히 사랑하자.”

수아는 그 말에 삼키고 있던 울음보를 터트리고 말았다. 지민이 수아를 살며시 안아주었다. 그런 솔직한 수아 모습이 너무 사랑스러웠다.

그날 이후 수아는 지민 생각만 했다. 지민과 헤어져 있어야 한다는 것이 죽음처럼 느껴졌다. 어렸을 적 수아를 자기 몸처럼 돌봐주던 인숙이 언니와의 이별이 떠올랐다. 그때는 어렸고, 그저 자기 팔과 다리가 되어주던 편리함이 없어진다는 것에 대한 아쉬움이 컸지, 이토록 가슴이 텅 비어지지는 않았었다.

수아는 아무것도 할 수가 없었다. 하던 일을 그저 습관적으로 할 뿐, 새로운 일을 창조해 낼 의욕도 에너지도 없었다. 그냥 시간을 보내고 있었다.

지민도 눈에 보이게 야위어 갔다. 무슨 정리할 것이 그리도 많은지 수아와 함께 있을 시간이 없었다. 수아는 지민을 독차지하지 못해 서운하고 불안했다.

“웬일로 상아가 차를 안 갖고 나갔어?”

“언니께서 쓰시겠다고 두고 가라구 했지. 지네들은 버스도 탈 수 있고 지하철도 탈 수 있고 택시도 얼마든지 잡을 수 있는데 자동차 없으면 큰일나는 것처럼 왜 그러는지 몰라. 도대체.”

“형 차보다 훨씬 부드러운데. 향기도 나구.”

지민은 장난스럽게 코를 킁킁거렸다. 지민이 상아의 체취를 찾고 있는 것 같아 수아는 순간 언짢았다. 오빠 차를 빌려오는 건데 하고 후회했다.

"강 교수님께 뭐라고 말씀드리고 별장 키 받아왔어?"

"입대 기념 이별의식이 필요하다고 말씀드렸더니 하루 갖고 되겠냐고 하시더라."

"야, 강 교수님 정말 멋쟁이다. 강 교수님은 어떻게 그렇게 장애인에게 관심이 많으셔. 무슨 사연이 있나?"

"무척 어렵게 사셨대. 어머니가 일찍 돌아가셔서 고생이 심하셨나봐. 대학 공부를 하려고 입주 가정교사를 했는데 가르치는 아이 성적이 오르지 않으면 눈치가 보여서 식사도 제대로 못하셨댄다."

"세상에, 그게 교수님 쥔가 뭐."

"가정교사 자리 쫓겨나면 갈 곳이 없어서 학교 도서관에서 도둑잠을 자기도 하셨대."

"강 교수님이 그렇게 고생을 하신 분이야? 너무 세련되서서 부유한 집안 사람 같던데."

"나두 그런 줄 알았어. 강 교수님을 뵈면 용기가 생겨. 교수님보다는 내가 훨씬 편하게 공부하고 있는데 불평하지 말아야지 하면서 내 자신을 위안한다니까."

"그래, 교수님은 선배 인생에 중요한 목표가 될 거야. 나두 교내 편의시설 문제로 강 교수님 몇 번 뵈면서 저런 분이 정말 스승인데 하는 생각을 했었다."

"나두 그런 사람이 되어야 하는데."

"선배는 그런 사람이 될 소양이 보여. 아마 더 잘할 걸."

지민이 씩 웃었다.

이제 별장이 조금도 낯설지 않았다. 마치 자기 집 같았다.

"선배, 트렁크에서 큰 가방 꺼내와."

수아가 갑자기 바빠졌다.

가방 안에는 작은 케이크, 포도주, 양초, 과일, 포크와 접시까지 가지런히 들어 있었다.

"야, 이런 건 여기에도 있는데 뭐하러 가져왔어."

"설거지 해 놓고 가야 하잖아."

수아는 능숙한 솜씨로 테이블 위에 한상 차려놓았다.

"선배, 불 좀 꺼 봐."

"와, 근사한데. 꼭 내 생일 같다."

"선밴, 그게 장애야. 무드 없는 거."

"그럼 뭐라구 그러니?"

"오늘, 우리 언약식이야."

"뭐 언약식? 진작 말하지. 그럼 반지 준비했을 텐데."

"반지 같은 거 필요 없어. 마음 도장 찍으면 돼. 자, 빨리 포도주 따라."

지민은 두 잔에 정성껏 포도주를 따랐다.

"건배하자. 뭐라구 한 말씀해 봐."

지민은 소리 없이 빙그레 웃어 보였다.

"예비 신랑 서지민 군은 예비 신부 박수아 양을 검은 머리 파뿌리 되도록 변함 없이 사랑하겠느뇨?"

"예."

"예비 신부 박수아 양은 예비 신랑 서지민 군 이외의 다른 남자들에게는 눈길도 주지 않겠다고 약속할 수 있겠느뇨?"

"예."

쨍그랑, 빨간 포도주 잔에 수아의 빨간 입술이 닿았다. 수아는 빨간 액체를 쪽쪽 빨아들이고 있었다.

지민은 수아가 그 액체를 삼키기 전에 빼앗아 먹고 싶은 충동을 느꼈다. 그래서 기습 공격을 단행했다. 수아는 이미 그 공격을 기다리고 있었던 듯 빨간 액체를 입속에 가득 모아 두고 있었다. 그리고 오히려 수아가 공격을 퍼부었다. 빨간 액체를 적군 입속에 쏟아 붓고 혓바닥으로 목구멍까지 밀어 넣었다.

꿀깍, 액체가 넘어가는 소리가 들렸다. 이제 적군은 꼼짝없이 잡히고 말았다. 그 빨간 액체는 몸속으로 들어가 사랑의 독을 전신으로 퍼지게 할 테니 말이다. 아군은 우선 적군의 부드러우면서도 강력한 무기를 천천히 휘어감아 뽑아내려는 듯 강하게 잡아당겼다. 적군도 지지 않고 같은 방법으로 공격해 왔다. 적군은 그 무기를 이용해 작은 동굴 속을 샅샅이 훑고 있었다. 그곳에서 더 이상 숨겨진 것이 없다는 것을 안 적군은 작은 동굴을 빠져나왔다.

사각사각, 온몸에 진저리가 쳐졌다. 그 무기는 고동 속을 쑤시고 들어왔다. 그놈이 움직일 때마다 오싹거려서 아군은 몸을 뒤틀었다. 쑥 빠져나가는 느낌과 함께 그놈은 긴 절벽 아래로 내달리고 있었다.

그런데 갑자기 적군은 생각지도 못했던 도구를 등장시켜 덮여진 것들을 거둬내기 시작했다. 너무 순식간이어서 방어 한 번 못하고 소중한 것들을 다 내놓고 말았다. 적군은 그것들을 보자 정신을 차리지 못했다. 자기네 나라에는 없는 것이기 때문에 너무 신기해서 감히 어떻게 해 볼 생각도 하지 못하고 주위를 맴돌고 있었다. 적군은 그곳에 무기를 사용하지 못했다.

아군은 적군의 항복을 받아내기 위해 먼저 빨리 내주는 것이 현명하다고 생각했다. 그래서 아군은 그 소중한 것의 가장 귀한 부분을 그 무기가 쉬고 있는 작은 동굴 속으로 밀어 넣었다. 적군은 숨이 막혀 질식하는 것도 모르고 탐닉해 들어갔다.

아군이 승리의 환성을 질렀다. 그 환성에 더 큰 승리감을 느낀 것은 적군이었다. 승리감에 도취된 적군은 지금 막 시작된 전쟁인데 퇴각 명령을 내렸다. 그리고는 양탄자 바닥에 벌렁 누워 숨을 씩씩거리고 있었다.

"왜?"

"괜찮겠어?"

수아는 대답 대신 고개를 끄덕였다.

"안 돼."

"왜 안 돼?"

"첫날밤을 위해 남겨놔야지."

"그때까지 자신 있어? 남자들 군대 가면 부대 근처 술집 여자한테 동정 다 뺏긴다더라."

"그런 일 없어."

"약속했다?"

지민은 대답 대신 수아의 활짝 핀 젖봉우리에 입을 맞추었다.

이런 언약식으로 둘은 부부가 되었다고 생각했다. 부부가 되었다는 것은 서로에 대해 숨길 것도 없고 의심할 것도 없다는 것을 뜻했다.

입대 날짜 이틀을 남겨놓게 되었다.

지민이 친구들과 입영 전야제를 마련하기로 했다며 수아에게 나오라는 전화를 했다.

"여자 친구하고 안 나오면 총각 쫑파티에 끌려가야 해. 그러니까 꼭 나와."

수아는 한 번도 지민이 친구들 앞에 모습을 드러내지 않았다. 당당해져야지 하면서 막상 나가려고 하면 자신이 없어졌다. 수아도 그런 자신의 이중성이 혐오스러웠다. 자신의 몸과 마음이 따로 분리되어 자기 의지대로 통솔이 되고 있지 않은 것이 수아를 괴롭혔다.

수아는 지민의 전화를 받고 계속 안절부절이었다. 정성껏 외출 준비를 했건만 막상 나갈 시간이 되자 옷을 벗고 머리를 풀었다. 화장도 싹싹 지워버렸다.

수아는 상아 휴대폰 번호를 누르고 있었다.

"안 돼. 나 오늘 약속 있어. 지금 어떻게 취소를 해? 그럴 거면 아침에 바로 전화하지, 약속 시간 코앞에 두구 이러면 어떡해?"

상아는 짜증을 냈다. 수아는 이런저런 상황을 살필 여유가 없었다. 그래서 약속 장소만 여러번 말해 주고 전화 뚜껑을 닫아버렸다. 그리곤 전원을 아예 꺼버렸다. 상아가 못 간다는 소릴 하지 못하게 하기 위해서였고 왜 안 오고 있냐는 지민의 전화를 받기가 겁이 났다.

수아는 곧 후회했다. 자기가 그냥 나갈 것을, 그래서 있는 그대로의 자신을 보여줄 것을, 괜한 짓을 한 것 같아 후회했다. 그래서 다시 화장대 앞에 앉아 치장을 시작했다. 하지만 손이 떨려서 화장이 제대로 되지 않았다. 거울 속의 얼굴이 마귀처럼 흉물스러웠다.

수아 못지 않게 애가 타는 것은 지민이었다. 약속 시간이 넘도록 도착을 안 하고 있거니와 휴대폰까지 꺼져 있고 집 전화도 계속 통화중신호만 울렸다. 수아가 왔을 때 벌어질 상황도 지민을 답답하게 만들었다. 친구들에게 미리 얘기를 하는 것이 더 이상할 것 같아 아무런 말도 하지 않았는데 친구들이 수아 마음을 상하게 하는 말이나 행동을 하면 어쩌나 걱정이 되어 입술이 바싹바싹 탔다.

"야, 지민아! 나가 있는다고 없는 애인이 찾아오냐? 자식 너, 애인 없다는 거 우리 다 알고 있어 자식아, 우리가 오늘 멋진 여자 소개해 줄 테니까 기다려. 자, 우선 목이나 축이자. 샌님 지민의 남성됨을 위하여."

툭 툭 쨍그랑 직직, 생맥주 잔이 서로 부딪히며 소리를 냈다.

"오빠, 미안해."

모든 시선이 상아한테 쏠렸다.

상아는 인형처럼 예쁘게 치장을 한 모습으로 생글생글 웃고 있었다.

"야, 지민이 자식 응큼하다. 저런 미인을 숨겨두구."

"아니, 그게 아니구."

상아가 재빨리 지민 옆에 앉으며 말을 막았다.

"오빠 너무 몰아붙이지 마세요."

하며 아양을 떨었다.

상아는 정말 연기력이 뛰어났다. 어렸을 때부터 수아 대역을 하는데 이골이 난 탓일까, 상아는 전혀 어색하지 않았다. 상아가 편안하게 해 주니까 지민도 자연스러워졌다.

친구들이 상아에게 술을 권했다.

"이 친군 술 잘 못해."

"얼씨구, 네 애인 잡아먹을까 봐 그러냐? 야, 그리구 무슨 애인이 그렇게 맹숭맹숭하니? 서로 뽀뽀도 하구 그래야지."

친구들은 짓궂게 두 사람을 바싹 붙여주었다. 친구들 등쌀에 못이겨 지민이 상아 뺨에 입을 맞추기도 했다. 상아 향기는 멀리에서도 유혹을 느낄 만큼 섹시했다. 얼떨결에 상아 뺨에 입술을 갖다댄 지민은 자기 입술이 지지직 타들어 가는 것을 느꼈다.

2차는 나이트였다. 나이트장에서 상아는 한결 돋보였다. 세련되고 관능적인 춤 솜씨에 모두들 넋을 잃었다. 여자 친구를 동반한 친구들이 초라함을 느낄 정도로 상아는 눈부시게 아름다웠다. 그래서 지민은 그냥 옆에 서 있기만 해도 멋있는 남자가 될 수 있었다. 블루스 곡이 흐르자 모두들 자리로 돌아가려고 무대를 빠져나가고 있었다.

"오빠, 안 춰?"

"출 줄 몰라."

"내가 가르쳐 줄게."

상아는 지민 손을 가져다 자기 몸에 붙여주었다. 지민의 손이 자석처럼 찰싹 붙어버렸다.

"애인 사이는 어깨가 아니라 허리를 잡는 거야."

상아 허리 곡선이 손끝에 느껴졌다. 리듬에 맞춰 흔들흔들할 때마다 손끝이 닿는 부위에 전율이 생겼다. 옴폭 들어간 허리와는 달리 도톰하게 나와 있는 엉덩이가 지민을 톡톡 치며 약을 올리고 있었다.

"더 친한 사이는 어떻게 하는지 알아?"

그러면서 상아는 두 팔로 지민의 목을 감았다. 지민 오른쪽 팔이 뚝 떨어졌다.

"이럴 때 남잔 여자 허리를 감는 거야."

지민은 시키는대로 상아 허리를 감았다.

상아의 곡선이 지민 손에 완전히 들어왔다. 그것이 바로 여자의 성이었다. 상아가 팔을 꼭 죄며 들어왔다. 지민도 그 강도에 맞춰 팔에 힘을 주자 두 사람이 완전히 밀착되었다. 마치 한 사람이 움직이는 듯했다.

어둠 속 환상적인 불빛과 영혼을 빨려 들어가게 하는 음악이 모든 것을 잊게 했다. 상아의 볼록한 젖가슴이 지민 가슴을 타고 아래로 내려갔다. 지민은 자신도 모르게 전투태세를 갖추고 말았다. 지민은 이성이 작동되지 않고 있었다. 오직 욕망만이 꿈틀거리고 있었다.

사랑의 테러

지민 씨!

이렇게 멀리 떨어져서 그리워하게 만들려고 남자들을 군대에서 부르나 봐.

서울과 제주도에서 편지로 나누던 우정이 요즘 고스란히 되살아나.

10대에 느꼈던 감정과 20대에 느끼는 감정이 크게 다르지 않은 것을 보면 우린 늙어도 지금 이 마음 그대로일 거야.

마음이 변치 않는다는 건 좋지만 그건 슬픈 일이기도 해.

마음이 변해 싫어하고 미워하고 더 나가 증오하는 마음이 생겨야 이별할 때 고통스럽지 않잖아.

가끔 이별이란 단어가 떠올라.

지민 씨와 나는 어떤 이별을 또 하게 될까 하고 말야.

지금도 내 가슴이 온통 텅 비어 있는데 지민 씨 마음이 변해 이별을 하게 된다면 난 어떻게 될까?

수아야!

너 무지무지 심심한 모양이구나. 쓸데 없는 생각을 다 하고 말야.

이별, 그래 언젠가는 우리도 이별을 하겠지. 인간은 개체이니까.

우리 이별은 죽음일 거야.

하지만 죽음 이후는 또 만남이니까 영원하다고 생각해.

가장 행복한 죽음은 사랑하는 사람 앞에서 죽는 거래.

내가 먼저 네 앞에서 눈을 감으려고 했는데, 안 되겠다 순서를 바꿔야지. 나 행복하자고 널 아프게 할 수는 없잖아.

지민 씨!

―사랑은 사랑하는 사람의 있는 그대로를 사랑하는 것이며 나를 떠나 그에게로 가는 것입니다. 사랑은 공간을 꿰뚫고 가는 것이 아니라 공간을 채우는 것입니다.

책에서 발견한 글이야. 이 글을 본 순간 지민 씨를 생각했어.

지민 씨는 정말 있는 그대로의 나를 사랑하고 있다는 것 가슴으로 느끼고 있어.

그리고 지민 씨는 항상 자기를 떠나 나에게로 오고 있지.

지민 씨가 내게 오고 있는 동안 주위 모든 공간이 사랑으로 채워지고 있다는 것도 느껴져.

그래서 난 온통 지민 씨 사랑에 휩싸여 있지.

수아야!

그렇게 하도록 노력할게.

그런데 너도 한 가지 약속해 줘.

이제 수아 역할을 다른 사람에게 넘기지 마.

난 아직까지도 입대하기 전날 있었던 일이 악몽 같애.

친구들 모임에 상아가 나타났을 때 내가 얼마나 화가 났는 줄 아니.

그날 엉망이 되도록 취하지 않았으면 수아 너한테 달려가 따졌을 거야.

상아한테 이런 말을 했었지, 이제 언니 대리역 해 주지 말라구.

그러다간 결혼식장에도 대신 가라고 할지 모른다고 말야.

아직 우리는 인생에 미숙해.

그래서 네가 가지고 있는 생각, 내가 가지고 있는 생각을 함부로 밖으로 끄집어 내놓으면 서로 고통스럽고 상처를 주게 될지도 몰라.

우리, 말을 아끼자.

지민 씨!

어버이날 지민 씨 엄마한테 카네이션 꽃다발 보내드렸어.

지민 씨가 부탁해서 하는 심부름이라고 했으니까 어머니가 물으시면 그렇다고 해.

지민 씨 때문에 정말 힘든 여자는 내가 아니라 어머니일 거야.

어머니 혼자 얼마나 힘드시겠어.

친지분들도 모두 제주도에 계시니 의논할 상대도 없고.

그래도 어머니가 아직 교직에 계시니까 다행이야.

어머니를 보면 여자가 자기 일이 있어야 당당하게 노년을 맞이할 수 있다는 생각이 들어.

수아야!

고맙다. 정말 고마워.

엄마한테 네 얘기를 많이 했으니까 내 심부름이란 말하지 않아도 돼.

엄마가 늘 말씀하셔, 수아는 참 대단하다구.

우리 엄마는 교육자여서 그런지 확실히 보통 엄마들하고는 달라.

그래서 난 우리 엄마를 존경해.

수아 너도 우리 엄마가 곧 좋아지게 될 거야.

지민 씨!
오늘 학교에서 강 교수님 러브스토리 들었다.
같은 동네에 살았대. 지금 장인이 강 교수님을 너무 잘 봐서 아무것도 없는 강 교수님께 딸을 선뜻 내주셨다지 뭐야.
강 교수님은 복도 많으셔 첫사랑과 결혼하구 말야.
사모님이 내내 뒷바라지를 하셨는데도 사모님이 그렇게 겸손하실 수가 없다고 사모님 칭찬이 자자하더라.
우리 과 김 교수님은 방송에 나가서 인기 짱인데도 사모님 바가지 때문에 기가 죽어 사시잖아. 남자가 출세하려면 여자를 잘 만나야 한다니까.

수아야!
나, 우리 내무반에서 쫓겨날 것 같애.
웬 편지질이냐구, 비난의 화살이 무더기로 쏟아지고 있어.
짜식들 부러우면 부럽다고 말하지.
요즘은 초등학교 학생들이 쓰는 국군아저씨 위문편지가 없어져서 편지 구경하기 힘들거든.
오늘 나 진급했다, 졸병 신세 면한 거지.
이제 힘든 시기는 지났어. 내 걱정하지 마.
네가 보내준 편지와 책이 큰 위안이 된다.

지민 씨!
나두 자랑할 거 하나 있어.
드디어 운전면허를 취득했다.

뇌성마비도 운동 능력 측정에 합격하면 운전면허 시험을 볼 수 있게 되었거든.

이제 나 혼자 외출이 가능해졌어, 아빠가 차를 사주셨거든.

나 지민 씨한테 달려갈 수 있는데…….

어느 날 갑자기 가서 면회 신청할지 몰라. 기대하시라.

하지만 수아는 지민이 제대할 때까지 면회를 가지는 않았다.

지민은 제대하자마자 바로 복학을 했는데 복학은 곧 취업 고민으로 이어졌다.

강 교수는 계속 공부해서 학교에 남기를 권하지만 지민은 일단 취업부터 해 놓고 천천히 생각해 보겠다고 했다.

이제 지민과 수아는 학년이 같아졌다. 수아는 지민을 더 이상 선배라고 부르지 않았다. 편지 쓰면서 생긴 지민 씨라는 호칭이 자연스럽게 나왔다.

"수아 너는 졸업 후 진로에 대해 생각해 봤어?"

"일단 대학원에 진학하려고 해. 취업은 생각할 수도 없고. 기회가 닿으면 사회단체에서 일하고 싶어. 알아보니까 언론운동을 하는 시민단체들이 꽤 많더라구."

"생각 잘 했다. 참, 형 군대 가신다면서?"

"응, 군의관인데 뭐."

"상아가 제일 신나게 사네. 요즘 TV 켜면 상아, 자주 나오더라."

"상안 옛날부터 운이 좋아. 원하는 건 뭐든지 이루어지는 거야. 미스코리아대회에 나간다고 해서 아빠하고 오빠가 결사적으로 말렸거든. 근데 엄마가 몰래 밀어줬어. 물론 진이 되진 못했지만 요즘 진보다 더 잘 나가잖아."

"요즘 상아 얼굴 보기 힘들겠네. 탤런트는 바쁘잖아. 그것도 대스타인데."

"집에 있을 때는 옛날이나 지금이나 똑같애. 그냥 TV에서 봤을 때는 몰랐는데 상아 하는 거 보니까 연기가 노동이더라구. 밤새워 촬영하구 똑같은 연기, 감독 OK 날 때까지 계속 반복해야 하구 말야. 연기자들 개런티 그게 많은 거 아냐. 정당한 노동의 댓가라니까."

"힘든데두 재미있어 하니 다행이네 뭐."

"사람 팔자라는 게 있긴 있나 봐. 어렸을 때부터 상아 보구 사람들이 배우 되라고 했거든. 지민 씬 그런 소리 안 들었어?"

"선생님 되라고 했어."

"맞어, 지민 씬 교육자 스타일이야. 취직하지 말구 공부하지 그래?"

"요즘 대학이 얼마나 경쟁이 센데. 박사 학위 받아놓고도 실업상태에 있는 사람들 보면서 먼저 돈부터 벌어놓아야겠다고 계획을 바꾸었어. 경제적 기반을 닦아놓아야 결혼하겠다는 말을 하지."

"지민 씨 결혼 빨리 하려구?"

"왜? 너 빨리 시집오기 싫어?"

"나 때문에 서두르는 거라면 관둬. 시집가라고 성화 부리는 사람 없는데 뭐."

"그래두 상아보다는 네가 먼저 가야 하잖아."

"상관없어, 난. 우리집에선 내 결혼 문제는 꿈도 안 꿔. 상아 졸업하자마자 시집보내야 한다고 상아 걱정만 해."

"상안, 신랑감 많을 텐데 무슨 걱정을 하서."

"그것도 모르는 소리야. 나는 장애인들만 편견과 차별을 받고 사는 줄 알았는데 연예인들도 알고 보면 불쌍해. 며느릿감으로는 탐탁치 않아 하거든."

"그렇구나."

지민은 한숨을 길게 뿜어냈다.

요즘 들어 지민이 한숨 쉬는 횟수가 잦아졌다. 지민 엄마가 은근히 지민 결혼 문제를 간섭하기 시작했기 때문이다.

TV에서 상아가 나오자 지민 엄마는 말했다.

"엄만 저런 며느리 싫다. 여자는 정숙하고 검소해야 해."

"엄마, 꿈도 꾸지 마세요. 저런 대스타가 나처럼 가난한 남자한테 시집오려고 하겠어요? 그리고 연예인이라고 정숙하지 않고 사치스러울 것이라는 생각은 편견이에요."

"엄만 평범한 사람이 좋아. 너 결혼하면 엄만 부엌에 절대로 안 들어갈 거야. 상아건 수아건 엄마가 원하는 신부감 아니다. 엄마 실망시키는 일 없도록 해야 해."

지민 엄마는 수아는 장애인이어서 안 되고 상아는 연예인이어서 안 된다는 뜻을 분명히 밝혔다. 지민은 벌써부터 결혼을 위해 넘어야 할 높은 산에 짓눌려 가슴이 답답했다.

수아도 상아 결혼 얘기가 나오자 자신의 결혼 문제에 대해 고민하기 시작했다. 굳이 TV 드라마를 보지 않았다 해도 장애인을 며느리로 받아들일 부모가 없다는 것은 너무도 자명한 사실이었다.

―결혼 안 하고 평생 애인으로 사는 방법은 없을까.

생각해 보니 수아는 가능한 일이지만 지민은 불가능했다. 지민은 가정을 가꾸어야 할 의무가 있으니 말이다.

―지민이가 딴 여자와 결혼해서 아이 낳고 살면서 내 애인으로 남아주

는 건 불법인가?

아무튼 수아 머릿속도 복잡했다.

시간이 흐르면서 자연스럽게 해결되는 문제도 있었다.

일단 지민이 대기업에 취직이 된 것이다. 수아도 대학원에 진학을 했다. 그리고 수아가 원하는대로 언론시민운동 사회단체에서 자원 봉사 연구원으로 일하게 되었다.

아직 해결되지 않은 것은 결혼 문제였지만 서두르지 않았다. 왜냐하면 지민이 자리를 잡을 때까지라는 기간이 아직 남아 있기 때문이다.

대체적으로 평온한 시간이 흘렀다.

지민을 자주 만날 수는 없었지만 수아는 일하는 지민의 모습이 더 보기 좋았기 때문에 불평 없이 참을 수 있었다. 또 수아도 할 일이 많아 바쁜 나날을 보냈다. 그들은 오래된 부부처럼 서로 믿고 서로 힘이 되어주고 있었다.

그런데 엉뚱한 곳에서 이 평화를 깨는 사건이 터졌다.

—박상아, 대통령 아들과 열애중

열애설은 결혼 발표와는 달리 스캔들이 되는데 상대가 대통령 아들이다 보니까 연예계 뿐만이 아니라 정계에까지 불똥이 튀었다. 전 국회의원 박승찬이 딸을 미끼로 정계 복귀를 노리고 있다는 기사가 대서특필되고 있었다.

집안이 온통 기자들로 점령되었다. 수아 아버지는 이 문제를 빨리 매듭지으라는 청와대 압력을 받고 노발대발하고 있었고 수아 엄마는 이제 상아를 누구한테 시집보낼 수 있겠느냐며 상아 걱정으로 몸져 누웠다.

장원이는 군에 있었지만 사람들이 자기를 곱지 않게 본다고 미스코리아대회에 나간 것부터가 잘못이라고 상아를 몰아붙였다.

수아는 상아를 안전한 곳으로 피신시키고 나서 문제를 해결해야 상아가 상처를 덜 받을 것 같아 지민에게 부탁했다. 매니저도 믿을 수가 없었다.

지민이 밤늦게 차를 가져와서 상아를 데리고 떠났다.

"상아 좀 잘 돌봐줘. 상아한테 아무것도 물어보지 마."

"그 정도는 나도 안다."

"상아 신경안정제 먹고 있으니까 지민 씨가 챙겨줘."

"알았어, 걱정하지 마."

"전화 도청될지 모르니까 전화하지 마. 지민 씨하고 함께 있으니까 우린 걱정 안 해."

지민은 상아를 데리고 작은 어촌 마을을 찾았다. 출장을 가다 잠깐 들렀던 곳인데 작은 제주도 같아서 지민의 마음에 쏙 드는 곳이라 수아와 다시 찾아오리라고 점찍어 둔 곳이었다.

가난한 어촌 마을 민박집이라 침대도 없었고 가구도 엉망이었지만 상아가 아이처럼 좋아했다. 그런 모습을 보니까 지민도 안심이 되었다.

지민과 상아는 부부로 위장했다. 그래야 의심을 받지 않을 것 같아서였다.

"뭣 좀 먹을래?"

상아는 고개를 저었다.

"난 배고픈데."

"나두."

둘은 서로 멋쩍게 씩 웃었다. 주인집에서 끓여준 매운탕에 지민은 밥 한 공기를 말끔히 비웠다. 그런데 상아 밥은 그대로였다.

"왜? 맛없어?"

상아가 고개를 저었다.

지민은 어린아이에게 밥을 먹이듯이 수저로 밥을 뜨고 그 위에 반찬을 얹어 상아 입에 넣어주었다.

"맛있지?"

다음은 매운탕에 밥을 말아 수저로 적당히 떠서는 호호 불어 상아 입 속에 넣어주었다. 그렇게 상아는 다섯 수저를 받아먹었다.

"네가 밤에 끓여다 준 라면, 너무 맛있어서 라면 먹을 때마다 그때 생각한다."

상아가 피식 웃었다.

얼굴에 핏기가 하나도 없었다. 영양상태가 좋아 보이지 않았다. 눈 밑에 검은 그림자가 드리워져 있었다.

지민은 밥상을 물리고 상아를 데리고 산책을 나갔다. 바다의 밤바람이라 생각보다 차가웠다. 지민은 웃옷을 벗어 걸쳐주었다. 지민이 담배를 피워 물었다.

"줄까?"

"언니, 담배 피워?"

"술 취하면 내 담배 뺏어가긴 해."

"근데, 난 왜 당연히 피운다고 생각해? 연예인이라서?"

"아, 아냐, 그런 거. 그냥 시원하게 한 번 뿜어내라구."

지민은 상아 눈치를 살폈다.

"남자들은 참 이상해. 자기 여자한테 금지시키는 것을 다른 여자한텐 강요해."

지민은 상아의 고통이 어렴풋하게 느껴졌다.

"오빠, 나 술 마시고 싶어."

"너 술 못하잖아."

"자꾸 마시니까 늘더라."

"가게까진 좀 먼데. 같이 갈래, 여기 있을래."

"여기 있을래."

"그래, 얼른 뛰어갔다 올게."

지민이 소주 두 병과 맥주 두 캔, 그리고 오징어와 비스켓을 사서 돌아올 때까지 30분 이상 걸렸지만 상아는 그 자리에 꼼짝도 하지 않고 쪼그리고 앉아 있었다.

상아의 병이 결코 가볍지 않다는 것에 지민은 가슴이 아팠다.

"넌 맥주 마셔. 난 소주파거든."

지민은 캔맥주를 따서 상아에게 건네주었다.

상아가 벌컥벌컥 들이켰다. 지민도 모처럼 일을 떠나 자유스럽게 술을 마실 수 있어 좋았다. 지민은 병나발을 불었다. 술이 들어가자 상아는 말문을 열었다.

"오빠, 내가 왜 미스코리아대회에 나가고 왜 텔런트가 됐는 줄 알어? 내가 사치를 좋아해서? 내가 끼가 있어서? 아냐, 아냐, 나도 모르게 그렇게 되더라구. 그리고 난 그 일밖에 다른 일은 할 능력이 없었어. 그래서 한 거라구."

"그래, 상안 소질이 있어."

"얼굴 반반한 여자 배우는 몸 팔아서 인기 얻는다고 화냥년이래. 오빠두 그렇게 생각해?"

"절대루 그렇게 생각하지 않아."

상아가 울고 있었다.

지민은 상아의 눈물을 닦아주며 가슴속에 품어주었다.

"좋다. 이런 장면 골백 번 찍어도 한 번도 좋다고 느껴 본 적 없어. 정말이야."

"알어."

지민은 더 힘주어 상아를 안아주었다. 온몸이 설움에 겨워 흔들리고 있었기 때문이다.

"대통령 아들, 못생겼고 건달이야. 오라고 해서 갔을 뿐이야. 옆에 앉으라고 해서 앉았고 술잔을 부딪히라고 해서 부딪히고 그리구……."

"그만해."

"오빠 안 궁금해? 엄마두 궁금해하던데. 엄만 은근히 그치하고 결혼하기를 바라는 눈치였어. 책임질 일 했는지를 여러 번 캐물으셨거든."

"아냐, 그래서 그런 거 아냐."

"오빤 왜 나한테 잘해 주는 거야? 언니가 시켜서? 아님 내가 불쌍해서?"

"상아가 뭐가 불쌍해? 상안, 공주처럼 살고 있는데."

"그럼 내가 좋아서야?"

"으응."

"다행이네."

지민은 상아를 업었다. 생각보다 가뿐했다.

"와, 편하다. 안 걷는 것도 괜찮겠다. 오빠 등 정말 편하다."

상아는 잠이 들어버렸다.

지민은 상아를 자리에 뉘였다. 그리고 상아와 멀리 떨어진 벽에 등을 기댔다. 상아를 바라보았다. 병든 병아리처럼 앙상한 새가슴이 팔딱거리고 있었다. 화면으로 보던 스타가 아니었다. 누가 상아를 저토록 짓밟아 놓았단 말인가.

지민은 상아가 더 편안히 잠들 수 있도록 안아주고 싶었다. 하지만 지민은 곧 눈을 감았다. 그리곤 이내 잠속에 빠졌다.

"오빠, 오빠."

지민이 눈을 떴다.

"누워서 자."

"으응, 그래."

상아는 자리를 가지런히 깔아놓았다.

지민은 상아가 시키는대로 그 위에 누웠다.

"오빠, 잠들었어?"

"아니."

"나, 잠이 안 와."

"눈 감고 잠을 청해야지."

"눈 감으면 무서운 것들이 나타나. 오빠가 팔베개해 줘."

상아는 말이 끝나기가 무섭게 달려들었다.

지민은 술기운에 눈을 뜨지 못했다. 하지만 상아는 계속 종알거리며 뭔가를 계속 요구하고 있었다.

지민은 사막 한가운데서 물을 찾고 있었다. 너무나 목이 타들어 가서 물 한 방울이라도 먹어야겠기에 이곳저곳 훑어보았다. 지민은 본능적으로 물이 있는 곳을 알아낼 수 있었다. 그곳은 물이 넘실거리지는 않았지만 물방울들이 곳곳에 맺혀 있었다. 지민은 알뜰하게 물방울들을 남김없이 핥아먹었다. 핥다가 마르면 빨아 보기도 했다.

하지만 지민의 갈증은 더해졌다. 물맛을 보았기 때문에 물을 들이키고 싶었다. 그래서 부지런히 물줄기를 찾아 나섰다. 한참을 내려왔더니 유년의 기억을 자극하는 이상한 물체를 발견했다. 지민은 그곳에서 물이 뿜어져 나오리라고 확신했다. 그래서 눌러 짜고 빨아 올려 보기도 했지만 헛수고였다. 그러자 지민은 화가 났다. 물이 있어야 할 곳에서 물을 얻어내지 못하자 갈증은 더욱 심해지고 광폭해졌다.

그래서 그는 인정사정 없이 잡아 흔들었다. 그러다 그는 드디어 깊은 계곡을 발견했다. 물이 어느 정도 고여 있었다. 그가 애타게 찾던 물이었다. 그 속에 인간의 원형인 아담과 이브가 숨어 있었다. 아담과 이브는 퍽 자유스러워 보였다. 일단 아무런 치장을 하지 않은 원시적인 모습이 눈이 부시도록 아름다웠다.

그리고 아담과 이브는 말을 하지 않았다. 모든 의사 표시를 몸으로 했다. 몸의 언어는 말보다 더 많은 의미를 함축하고 있었다. 말과는 달리 상처를 주지 않아 안심이 되었다. 가끔씩 입을 통해 밖으로 새어나오는 소리는 감미로운 음악이 되어 그들의 몸의 언어에 감정을 불어 넣어주었다. 그들의 몸의 언어는 점점 빨라졌다. 너무 빨라서 격렬해 보이기까지 했다. 그렇다고 싸우는 것은 아니었다. 그들은 사랑을 하고 있는 것이었다.

그들은 결국 금단의 열매 사과를 먹었고 그 사과를 먹고 난 후 죄의식 때문인지 깊은 침묵에 빠져버렸다. 침묵은 어둠과 함께 모든 사실을 감추기에 충분했다.

누군가 지민 눈꺼풀을 열고 햇살을 쑤셔 넣고 있는 듯했다. 햇살에 눈이 찔려 지민은 눈을 번쩍 떴다.

상아가 새근새근 자고 있었다. 지민은 안심이 되었다. 상아가 잠이 안 온다고 투정을 부리던 생각이 떠올랐다. 그러나 자리에서 일어난 순간 지민은 둔기에 맞은 듯 멍해졌다. 상아는 깊은 잠에 빠져 꼼짝도 하지 않았다.

지민은 얼른 옷을 주워 입었다. 그리고 바닷가로 뛰어나갔다. 지민은 있는 힘을 다해 바닷가 주위를 달렸다. 멈춰 서면 누가 잡아갈 것 같아서 달리고 또 달렸다.

어느새 상아가 나와 있었다.

"오빠, 괴로워하지 말아요. 하지만 실수였다고 말하는 것도 싫어요. 그냥 어제의 일이었을 뿐이에요. 잊어버려요. 저두 잊을게요. 오빠 덕분에 내 상처가 치유됐어요. 고마워요."

상처가 치유됐다는 상아의 말을 듣고 나니까 어렴풋이 떠올랐다. 지민의 팔베개를 하고 누운 상아가 이런 말을 했었다. 사랑하지 않는 사람과의 성행위는 폭행이라구, 그러면서 상아는 지민에게 부탁을 했다. 자기를 안아달라고, 사랑으로 더러운 폭행의 흔적을 씻어내고 싶다고 말이다.

정말 상아 얼굴이 밝아져 있었다. 생기가 돋는 듯했다.

"어제야 비로소 깨달았어요. 내가 오빠를 사랑하고 있다는 걸. 하지만 난 오빠한테 사랑을 받아 달라고 말할 자격도 없고 또 그래서도 안 되겠지요. 사람 맘대로 안 되는 게 사랑이라더니 정말 그러네."

상아가 지민 팔에 매달렸다.

"욕심부리지 않을게요. 3일 동안만 사랑해 줘요. 모든 거 다 잊어버리고 오빠 사랑하는 일만 할래요. 그리곤 서울에 가서 아빠가 시키는대로 결혼할 거예요."

"결혼하다니, 누구랑?"

"아무하고나 빨리 결혼시켜야 이 사건이 마무리지어진다고들 생각하고 있어요. 아마 지금 사람을 찾고 있을 거예요."

"어떻게 결혼을 그런 식으로 해?"

"그럼 어떻게 해요? 그 방법밖에 없는데."

상아가 갑자기 어른스러워졌다.

지민한테 경어를 사용했고 행동도 깍듯해졌다. 상아의 그런 변화가 지민까지 바꾸어 놓았다. 지민은 정말 상아 남편처럼 행동했다.

지민과 상아가 변한 것은 아담과 이브가 한몸이 되는 사랑의 행위를 한 후였음을 생각할 때 몸을 섞고 나면 자연스럽게 그렇게 되는 모양이었다. 지민도 상아도 정말 모든 것을 잊을 수 있었다. 그래서 편안하게 하루, 또 하루를 보낼 수 있었다.

둘은 그 이후에 대해서는 아무 말도 하지 않았다. 그저 원점을 찾아 집으로 향하고 있었다. 집을 떠났을 때처럼 어두운 밤이었다.

차가 멈췄다. 지민이 차에서 내려 상아쪽 문을 열어주었다. 그리고 상아의 어깨를 감싸안고 대문을 향해 걸어 들어가는데 갑자기 여기저기에서 후레쉬가 터졌다. 그리고 기자들의 질문이 화살처럼 날아왔다.

"저 남자 분은 누굽니까?"

"결혼 상대자입니까?"

"3일 동안 저분과 함께 있었습니까?"

상아는 거의 울상이 되어 있었다.

"말해!"

누군가 반말로 고함을 쳤다.

지민이 그 소리가 난 쪽으로 얼굴을 돌렸다. 그리고 답변해 주었다.

"그렇습니다. 결혼 문제를 의논하고 돌아오는 길입니다."

신문과 TV에 온통 상아의 기사가 톱으로 실렸다.

지민이 상아의 어깨를 다정히 감싸안고 있는 사진과 함께 박상아의 진짜 애인은 평범한 샐러리맨이라며 지민의 이름까지 밝히고 있었다.

그 기사에 당황해한 사람은 수아였다.

수아는 지민이 엉뚱한 피해를 입게 되었다고 방방 뛰었다. 하지만 수아 아빠, 엄마는 잘된 일이라고 마음을 놓았다. 상아는 너무 좋아 생글거리기까지 했다.

지민이 기자들에게 자신감 있는 목소리로 결혼을 발표했을 때 상아는 너무 기뻐 함성이라도 지르고 싶었다. 상아 매니저는 지민과의 결혼 발표를 정식으로 하고 기자회견을 열어 그동안의 의혹을 말끔히 풀자고 서둘렀다.

수아는 그 사실이 진실이 아니라는 것을 밝히기 위한 보도자료를 만들었지만 차마 언론사에 뿌리지는 못하고 기자회견 전에 그를 만나 해결 방법을 의논해 보려고 지민을 찾았으나 찾을 길이 없었다.

수아 가슴이 까맣게 타들어 갔다. 입속이 바싹바싹 말라 말소리가 밖으로 나오지 않았다.

기자회견장은 특급 호텔에 마련되었다. 상아와 지민은 매니저한테 잡혀 옴짝달싹도 못하고 있었다. 매니저는 수아 엄마 이야기를 토대로 시나리오를 만들어서 두 사람에게 나누어 주고 내용을 충분히 외우도록 훈련시켰다.

화사하고 평범하게 소박한 코디를 한 상아가 평소 그대로의 차림을 한 지민의 손을 잡고 입장했다.

카메라 후레쉬가 한꺼번에 터져 지민은 눈을 뜰 수 없었지만 상아는 여유 있게 미소지으며 손까지 가볍게 흔들어 보였다. 질문이 끊이지 않았다.

"두 분이 처음 만난 것은 언제였습니까?"

"초등학교 6학년 때였어요."

"어떻게 만났죠?"

"어린이 신문에 편지 친구 사귀기 코너가 있었는데 그것을 보고 제가 편지를 보냈습니다. 제주도 친구를 사귀고 싶었거든요."

"그럼 그동안 쭉 친구 사이로 사귀셨다는 뜻인데 왜 한 번도 말씀을 안 하셨죠? 박상아 씨는 그동안 여러 인터뷰를 통해 애인이 없다고 강

력히 부인을 하지 않았습니까?"

"물론 그랬습니다. 남자 친구일 뿐이었으니까요."

"그럼 언제 애인 사이가 되었습니까?"

"해석에 조금 차이가 있었습니다. 전, 오빠를 친구로 생각하고 있었고 오빠는 저를 애인으로 생각하고 있었구, 그런 차이입니다."

기자들 사이에서 웃음이 새어 나왔다.

"서지민 씨 말씀해 보세요. 박상아 씨 말이 사실입니까?"

"그렇습니다."

"그런데 왜 갑자기 결혼을 생각하게 되셨습니까?"

"갑자기는 아닙니다. 적당한 때를 기다리고 있었죠."

"이번 스캔들 소식을 듣고 어떠셨어요?"

"유명세가 있구나 싶었습니다. 제 눈엔 언제나 초등학교 6학년 때의 상아로 보일 뿐입니다."

"상아 씨의 어떤 점이 가장 사랑스러우세요?"

"상아는 라일락 향기처럼 순수합니다. 그리고 유리처럼 투명하지요."

"결혼 후 연예활동을 계속하실 건가요?"

"오빠는 제 뜻을 존중해 주겠다고 해요. 하지만 전, 지극히 평범한 주부로 살고 싶어요."

"자, 두 분 다정한 포즈 취해 주세요."

지민이 상아 허리를 감싸안았고 상아는 부끄러운 듯 어깨에 살며시 기댔다. 그런 상아 뺨에 키스를 하는 것으로 촬영은 끝났다.

상아는 집으로 지민은 직장으로 각각 흩어졌다. 회사로 돌아온 지민은 수아에게 먼저 전화를 했다.

"어, 지민 씨 어떻게 된 거야?"

"만나서 얘기하자."

"그래, 그래 만나."

지민과 약속 시간 전까지 상당한 시간이 있었다. 상아는 기자회견장 녹화 테이프를 가지고 들어와서 모니터를 해야겠다고 수선을 피웠다. 온가족이 모여 그 녹화 테이프를 보며 분석했다. 수아는 기가 막혀 말이 나오지 않았다.

상아는 이상할 정도로 수아와 눈을 맞추지 않았다. 상아는 지민이 수아와 아무런 상관이 없는 것처럼 행동했다. 상아 뿐만이 아니었다. 집안 식구 모두 그 이상한 행동에 동조했다.

수아는 약속 장소를 공원으로 바꾸었다. 사방이 막힌 공간이 답답했다. 저쪽에서 지민이 터덕터덕 걸어오고 있었다.

"미안해……."

지민의 첫마디였다.

"내가 묻는 말만 대답해 줘. 솔직히."

"상아와 정말 결혼할 거니?"

"응."

"왜?"

"책임질 일을 했어."

"뭐? 책임질 일? 어떻게 그런 말을 나한테 할 수 있니? 그렇게 쉽게, 어떻게 그럴 수 있어?"

수아는 자기 가방을 지민에게 던지며 꺼억꺼억 울어 제켰다.

"그래, 그럴 수 있어. 남자들 술 먹으면 그런 실수해. 그렇다고 사랑하지도 않는데 단지 책임지려구 결혼을 한단 말이니? 그건 더 큰 실수야!"

"……."

"왜 대답 안 해? 무슨 뜻이야? 사랑한단 뜻이야? 그런 거야? 그런 거냐구?"

수아는 앙칼지게 달려들었다.

"날 이해해 줘. 정말 미안해……."

"차라리 상아하고 결혼하는 게 편할 것 같아서, 결혼은 상아랑 하고 싶었다고 말해. 그게 더 인간적이지 않니? 나 지금 매우 불쾌해, 불결해, 구역질 나. 내가 사랑한 남자는 내 앞에 있는 네가 아냐."

"네가 다 만든 거잖아. 네가 날 이렇게 만들었다구!"

지민의 눈에서 굵은 빗줄기가 하염없이 흘러내렸다.

"그래, 네 말이 맞아. 그러니까 우리 원점으로 되돌리자, 늦지 않았어."

지민은 천천히 고개를 저었다. 수아도 알고 있었다. 지민은 돌아오는 게 안 되는 사람이라는 걸 말이다.

"이렇게 해서 우리 사이가 끝나는구나, 이제야 너를 놓아줄 수 있겠어."

수아는 테러를 당한 것이었다. 테러란 아무 이유 없이 당하는 것이기 때문에 망연자실하다. 누구를 원망할 수도 없고 따지고 들 상대도 없다. 또한 테러는 예고 없이 갑자기 찾아오기 때문에 대책을 세울 수가 없다. 예방할 수도 없고 수습할 수도 없는 것이다. 그래서 꼼짝없이 당하는 것이 테러이다.

하지만 테러의 피해는 너무 크다. 무엇보다도 소중한 생명을 앗아가고 건강한 육체를 유린하고 재산을 앗아가고 정신을 병들게 한다.

지금 수아는 숨은 쉬고 있지만 죽은 목숨과 같았다. 육체는 만신창이가 되고 정신은 공황상태가 되었다. 수아는 무조건 자동차를 몰았다. 이 무서운 테러 현장에서 빨리 벗어나지 않으면 그 화마가 덮쳐 온몸을 자글자글 태워버릴 것 같았다. 그 시커먼 연기가 호흡기를 통해 들어와 몸속의 모든 산소를 독가스로 만들어 신경을 마비시켜 버릴 것 같았다.

수아는 마음이 급했다. 도망, 탈출, 그것이 최대의 목표였다. 어찌나 빨리 달렸던지 3시간 만에 대구에 도착했다. 톨게이트에서 통행료를 내고 나서야 수아는 자기가 이곳까지 달려온 이유를 알았다.

"언니, 나야."

"어머! 수아구나, 그래 웬일이야? 이시간에."

"언니 보고 싶어서 왔어. 언니, 나 지금 만나줄 수 있어?"

"뭐? 네가 지금 대구에 와 있단 말야?"

"응."

"왜? 무슨 일 있어?"

인숙언니는 수아에게 예사롭지 않은 일이 생겼다는 것을 직감적으로 알아차렸다.

수아와 함께 10년 동안 그녀의 손이 되어주고 발이 되어주고 입이 되어주다 보니까 그녀의 마음까지도 훤히 알 수 있는 인숙이 언니였다.

"그래, 알았어. 곧 나갈 테니까 꼼짝 말고 기다려."

수아가 찾기 쉬운 수성못을 약속 장소로 정했다. 수아는 인숙언니 목소리를 듣고 마음의 안정이 찾아지는 듯했다. 그래서 운전석 의자에 기대고 눈을 감았다.

지민과의 옛 추억이 고스란히 되살아났다. 초등학교 졸업 기념으로 서울에 놀러오게 될 지민의 편지 속에는 이런 글귀가 있었다.

—난 지금 너를 만날 생각만 해도 가슴이 벅차와. 수아야, 우린 친구지. 그 어떤 일이 있어도 우리 우정은 변치 않는다고 약속해 줘.

그때 지민을 만나러 나간 사람은 수아가 아니라 상아였다. 지민은 상아를 만나고 제주도로 돌아가 이런 편지를 보냈다.

―우리 우정은 변함없는 거다. 그런데 우린 한 가지 달라져야 할 것이 있어. 수아는 나의 여자 친구이고, 난 수아의 남자 친구가 되는 거야. 잘 자, 나의 여자 친구 수아.

이상하게 지민의 편지 속에는 이런 내용이 계속되고 있었다.

―맹세해. 아무리 전지전능하신 하느님이어두 우리 우정을 갈라놓지 못 하도록 할 거야. 수아 너도 맹세할 수 있지.
―수아야, 너 나 이외의 남자 친구 사귀면 안 된다.
―내가 커서 입맞춤을 할 때 그 첫 번째 여자는 수아 너일 거야. 그리고 마지막 여자도 수아 너일 거구.
―보고 싶어도 만날 수 없을 때 그리움이 더 커진대. 우리 그리움을 키 우자. 서로 그리워하는 친구가 되는 거야. 사실, 난 지금도 널 그리워하고 있어.

지민이 만났던 친구가 수아가 아닌 상아였다는 것을 알고 지민이 수 아가 숨어 지내던 시골집까지 찾아왔었다. 그때 지민은 정말 어른스러 웠다.

―괜찮아. 아무 걱정하지 마. 난 지금 잃어버린 보물을 찾은 기분이야. 수아를 만나는 일이 이렇게 힘들 줄 몰랐어. 하마터면 못 만날 뻔했잖아. 넌 내가 보고 싶지도 않았니?

학예회 연극 공연에 꽃다발을 들고 찾아온 지민에게 수아는 연극에 이어 있었던 무용발표회 주인공이었던 상아를 위해 가져온 꽃다발이라 고 생각했었다.

─꽃을 주고 싶은 사람은 바로 너야. 내 마음이 잘 전달되지 않고 있나 보다. 난 네가 이미 내 마음을 다 알고 있다고 생각하고 있었는데.

그리고 지민은 이런 고백도 했었다.

─우리 우정은 영원할 거야. 우리 우정은 성인이 되었을 때 사랑이 될 테니까. 수아 너는 그때까지 꿈꾸는 신데렐라로 있어야 해. 내가 네 이마에 첫 입맞춤을 해 주면 그때 그 꿈에서 깨어나는 거야. 수아야, 그때까지 멋진 꿈 꿔. 그 꿈 내가 다 이루어 줄게.

수아는 지민의 모습과 함께 지민이 했던 말들을 재생시켰다.
수아와 지민의 사랑은 너무 일찍 시작되었는지도 모른다. 하지만 지민의 사랑은 성인이 되었을 때도 변함이 없었다. 대학 합격 기념으로 한 첫 데이트 때 지민은 수아와 첫 키스를 했다. 그 첫 키스가 그녀의 생애 최대의 행복을 안겨주었다. 수아는 부러울 것이 없었다. 수아는 그 순간 완벽한 여자였다. 한 남자의 영혼을 완전히 소유하고 그 육체마저 자기와 하나가 되었다는 승리감에 수아는 자신감을 얻었다.
군에 입대하기 전에 가졌던 언약식 때 수아는 자기 인생에서 지민을 분리될 수 없는 존재로 단단히 묶어두었다고 믿었다.
톡 톡, 차창을 두드리는 소리에 눈을 떴다. 인숙이 언니였다.
언니 얼굴에서 세월의 흔적이 느껴졌다. 수아는 인숙언니와 연못가를 천천히 걸었다. 언니가 수아의 눈치를 살폈다.
"언니, 상아 소식 들었지?"
"그럼 듣구 말구. 그것 땜에 속상한 거니? 연예인들한테 흔히 있을 수 있는 일이잖아."

"오늘 아침 신문 못봤구나."

"얘, 살림해 봐라. 아침에 신문 볼 시간 어디 있나."

"상아 결혼해."

"어머 누구랑? 대통령 아들이랑? 어머, 너네 대통령하고 사돈되는 거야?"

"아니."

"그럼 누구랑? 재벌 총수 아들?"

수아는 고개를 저었다.

"어머, 늙은 재벌이랑 하는구나?"

"아냐, 틀렸어. 지민이랑 해……."

언니는 발걸음을 멈추었다. 그리고 수아 앞을 가로막았다.

"너, 지금 뭐라고 했니? 상아가 지민이랑 결혼한다구 그랬니 지금?"

수아가 고개를 끄덕였다. 언니는 수아를 와락 끌어안았다. 언니의 폭신한 앞가슴에 수아 얼굴이 묻혔다. 수아 어깨가 들썩였다. 언니가 어깨를 토닥거려 주었다.

"괜찮아, 괜찮아. 사랑하는 거하고 결혼하는 거하고 아무 상관 없어. 넌 그냥 지민이 사랑하면 돼. 그냥 사랑하면 돼."

수아의 울음소리가 더 커졌다.

"미안해. 너 대신 상아 내보내자고 한 건 나였어. 넌, 아무 잘못 없어. 언니 생각이 잘못된 거야."

수아는 대구에서 쉬기로 했다.

인숙언니가 다니는 작은 암자에 머물렀다. 아침 예불 소리에 눈을 뜨면 왠지 마음이 편안해졌다. 수아는 주지스님 방에 꽂혀 있는 불교서적을 읽으며 하루를 보냈다.

인숙언니가 아침부터 저녁까지 돌봐주었다. 언니가 수아를 다루는 솜

씨는 조금도 변함이 없었다. 서로 너무 익숙해서 집을 떠나 있는 것 같지 않았다.

"지민이한테 전화 왔었어."

지민이란 말에 수아 가슴이 방망이질했다.

"온다고 하는 걸 오지 않는 게 좋겠다고 했어."

"잘했어."

"지민이도 많이 힘든가 보더라."

"그럴 거야. 어쩜 나보다 더 힘들 거야. 너무 착하거든."

"결혼 날짜 발표했더라. 결혼 후 미국 유학 간다고 하던데……."

"유학?"

"잘됐지 뭐. 눈에 안 보이는 게 맘 편해."

유학 소식이 또 다른 아픔으로 다가왔다. 지민을 바라볼 수조차 없다는 것은 수아에겐 혹독한 고문이었다. 지민은 이제 수아에게서 완전히 떨어져 나가려고 하고 있었다.

"오늘은 우리 어디 갈까?"

"토요일인데 언니 일찍 들어가. 형부가 싫어하겠다."

"싫어하구 좋아하구가 어딨어, 지가."

수아가 눈을 흘겼다.

"수아야, 넌 결혼하지 마. 결혼은 봉사야. 남편에게 아이들에게 시댁 식구들에게 끊임없이 봉사만 해야 하는 희생이라구. 나두 한때는 꿈이 있었는데……."

"어떤 꿈?"

"수아 너를 만나고 나서 생긴 꿈이야. 공부를 하고 싶었어. 특수교육이란 학문을 공부해서 장애아이들을 가르치는 특수교사가 되고 싶었어. 근데 그 길이 나에겐 너무 멀게 느껴지더라구. 그곳까지 가려면 넘어야 할 산이 너무 많은 거야. 한마디로 용기가 없었지. 수아 넌 대단해. 대학원까지 마치구. 초등학교도 안 나온 학력으로 말야. 네가 검정고시로 초등학교 과정 마치고 중학교에 입학했을 때 언니가 얼마나 기뻤는지 아니? 마치 내가 해낸 것 같았어. 수아야, 넌 네가 하고 싶은 일이 있고 또 할 수 있는 능력이 있잖아. 이제부턴 네 일에 승부를 걸어. 사랑이 인생의 전부는 아냐.”

인숙이 언닌 항상 수아편이었다. 수아가 원하는 것이 무엇인지 수아가 행복해질 수 있는 길을 인숙언니는 훤히 알고 있었다.

―그는 나를 이겼고 내 것을 앗아갔다 하여 끝내 그 원망을 놓지 않는다면 그 원망은 그치지 않으리.

―마음이 불안하여 올바른 가르침을 모르며 믿음이 서지 않는 그런 사람에겐 지혜가 채워지지 않으리라.

―바위덩이가 바람에 움직이지 않듯이 현명한 사람은 움직이지 않나니.

―노하지 않음으로 노여움을 이기고 착함으로 악함을 이기고 주는 것으로 인색함을 이기고 진실로 거짓을 이겨야 한다.

―탐욕에 견줄 불은 없고 증오에 견줄 병은 없다. 미망에 견줄 그물 없고 애욕에 견줄 강물 없도다.

―남을 괴롭히고 즐거움을 구하는 자, 그는 원망의 밧줄에 매여서 그 밧줄에서 헤어나지 못하리니.

―자기 것을 못마땅히 여기지 말라. 남을 부러워하지 말지니. 남을 부러워하면 마음에 안온이 없다.

―해야 할 일을 등한히 하고 해서 안 될 일은 행하며 교만하고 방일한 자에겐 번뇌가 더한다.

불교 경전의 하나인 법구경에 나오는 부처님 말씀 하나하나가 수아의 상처를 어루만져 주었다.

수아는 행자스님과 함께 산책을 나가기도 했다.

"사찰은 편의시설이 안 돼 있어서 문제예요."

행자스님이 미안한 듯 혼자 중얼거렸다.

"휠체어 운전을 잘하셔서 불편한 줄 모르겠어요."

"학교 다닐 때 재활원으로 봉사활동을 나간 적이 있거든요."

행자스님 입에서 뜻밖의 이야기가 흘러 나왔다.

수아는 궁금한 것이 많았지만 속세와 인연을 끊은 출가자에게는 속세 때의 사연을 묻지 않는 것이 예의여서 아무것도 묻지 않았다.

"자원 봉사 점수 받으려고 억지로 간 재활원이었는데 난 그곳에서 부처님을 보았어요."

"무슨 말씀이신지요?"

"물론 처음 느낌은 충격이었다는 것이 더 옳아요. 어떻게 사람이 그토록 비참한 모습을 하고 있을까 싶어서 그들을 똑바로 쳐다볼 수가 없었어요. 집에 와서 곰곰히 생각했죠. 누가 그들을 그렇게 만들어 놓았을까 하고 말예요."

"불가에서는 전생의 죄업이라고 한다면서요?"

"저두 그렇게 알고 있었지요. 하지만 공부를 하다 보니까 찾아지더군요."

수아는 그 답변이 너무 궁금해서 청각을 곤두세웠다.

"업은 업이에요. 하지만 개인의 개업(個業)이 아니라 모든 사람의 공업(共業)이에요. 장애 원인의 90% 이상이 후천적이라고 하잖아요. 모든 사람이 지은 업 때문에 죄 없는 사람이 그 과보를 짊어지는 거예요."

"테러군요."

"맞아요. 테러예요. 누가 언제 어느 때 그 과보를 떠맡게 될지 아무도 몰라요. 세상살이가 모두 그래요. 미리 예측할 수 있는 게 거의 없죠. 그래서 사람들은 그것을 운명이라고 해요. 하지만 그것은 운명이라기보다 무명(無明)이에요. 중생들은 어리석어서 눈에 보이지 않는 것은 모르거든요. 모르고 있다 당하니까 운명이라고 핑계대는 거예요."

"무명을 밝히려고 출가를 하셨군요."

"물론 출가자의 목표는 깨달음을 얻는 것이지요. 하지만 저를 이곳으로 이끈 건 재활원 친구들이었어요. 부처님께서 출가하신 동기는 사문유관으로 생·로·병·사의 고통을 보셨기 때문이라고 해요. 그런데 저는 장애인 친구들을 보면서 세상 속에서 살 자신이 없어졌어요. 속세가 싫어진 거죠. 장애라고 자기 아이를 쓰레기처럼 버린 사람들과 섞여서 살 생각을 하니까 끔찍하더군요. 난, 아침 예불 때마다 그 친구들의 영혼을 위해 기도하고 있어요."

"고맙습니다, 스님. 스님 같은 분이 계셔서 우리들이 외롭지 않다는 것을 지금에서야 알았어요. 우리한테 아무도 관심을 갖고 있지 않다고 생각하고 있었는데요."

"무슨 연유에서인지는 몰라두 서울 손님 마음에 번뇌가 꽉 채워져 있어요. 욕망을 놓으세요. 버리면 자유로워져요."

수아는 서울로 올라오면서 내내 행자스님의 법문 같은 한마디를 되뇌이고 있었다.

—버리면 자유로워진다.

그리고 행자스님이 연못에 핀 연꽃을 가리키면서 하던 얘기도 되새겨 보았다.

─진달래가 연꽃이 되려고 한다면 그것은 욕망이래요. 그러나 연꽃이 연꽃이 되려고 한다면 그것은 열망이죠. 그러니까 욕망은 바람이고 열망은 근원에 대한 동경이래요. 욕망은 덧없고 동경은 새로운 힘이 된데요. 제가 지어낸 얘기가 아녜요. '바바하리다스의 명상록'에서 읽은 거예요. 저두 사실 욕망과 동경 사이에서 방황하고 있거든요.

수아는 여행에서 돌아온 듯 즐거운 마음으로 가족들을 대했다. 식구들도 모두 그렇게 맞아주었다.

수아는 책상 위에 쌓여 있는 신문들을 뒤적거렸다. 신문 모니터가 수아의 중요한 일이기 때문에 수아의 부재중에 배달된 신문들이 산더미처럼 쌓여 있었다.

상아 기사가 줄을 잇고 있었다. 언론에서는 상아와 지민의 사랑을 21세기 최고의 순애보라고 극찬하고 있었다. 지민이 덕분에 상아는 스캔들에서 완전히 벗어날 수 있었다. 지민이 대통령 아들을 한방에 때려눕히는 권투 장면이 카툰으로 실리기도 했다.

수아는 혼자 웃었다. 수아는 책상 정리를 시작했다. 수아는 기분 전환이 필요할 때 책상 정리를 한다.

책상 서랍을 열었을 때 낯선 봉투가 눈에 띄었다. 봉투에 이름은 없었지만 직감적으로 그것이 지민의 편지라는 것을 알 수 있었다.

지민의 낯익은 글씨체가 안부를 묻는 듯했다. 여느 때와는 달리 이름을 부르지 않고 바로 문장이 시작되었다.

─베란다에 앉아서 아직 덜 여문 달을 보고 있다.
구름이 흐르는 것이겠지만 내게는 달이 흐르는 것으로 보인다.
완성되지 않아서 더 아름다운,

더 커질 여백이 있어서 미더운 달을 보고 있다.

저 달이 흐르듯 이 지상의 모든 것은 흐르는 것일까.

물이 흐르고 바람이 흐르고

그렇듯 나무가 흐르고 풀이 흐르고 우리가 흐르는 것일까.

내 안에 흐름을 느껴. 그 흐름 속에 내가 있음을 느껴.

미구에 다가올 미래의 강을 향하여 때론 느린 바람으로

때론 태풍 같은 바람으로 내가 흐르고 있음을.

어느새 달이 플라타너스 꼭대기에 걸려 있다.

플라타너스 잎이 나부낀다. 달도 덩달아 나부낀다.

지상의 모든 것들이 하나 둘 흔들린다.

살아 있는 것은 흔들리는 것인가 보다.

흐름 속에서 흔들리는 것, 아마 나도 그렇게 흘러가면서 흔들리고 있는 것이겠지.

달과 나무가 한 곳에서 흔들리다 또 따로따로 떨어지고

달은 달의 길을, 나무는 나무의 길을 흐르고 있다.

하지만 내일의 달은 또다시 플라타너스를 찾을 것이고

플라타너스 이파리들은 그 달빛을 받아 반짝일 것이다.

아니, 플라타너스 이파리 속에서 달빛이 여물 것이고

그 여문 달빛으로 아름답게 나부낄 것이다.

흐름 속에서 흔들리는 것, 그것이 우리 인생이야.

지민은 편지 끝에도 자기 흔적을 남기지 않았다.

수아 입에서 바보라는 말이 주문처럼 새어나왔다.

수아는 한 구절 한 구절을 다시 읽으면서 지민의 숨은 마음을 찾으려고 안간힘을 썼다. 지민이 무슨 말을 하려는 것인지 충분히 알면서도 좀 더 확실히 사랑하기 때문에 헤어지는 거라고 말해 주었으면 답답함이 덜할 것 같았다.

상아 결혼식 준비로 경황이 없었다. 신랑 신부를 볼 수가 없었다. 시간이 촉박한 탓도 있지만 될 수 있는대로 지민을 집에 들이지 않으려 했다. 지민도 상아를 문밖까지 데려다 주고 돌아갔다.

수아도 될 수 있으면 늦게 들어오려고 일부러 술자리를 만들었다. 수아는 상아 결혼 준비에 관여하지 않았다. 그것이 서로를 위해 최선의 방법이었다. 그저 들려오는 소리를 주워 듣는 정도였다.

"확실히 선생님이라 다르셔. 이미 다 결정이 난 일인데 무슨 말이 필요하겠느냐고 오빠 내조나 잘해 주라고 하시지 뭐야."

"그래, 나두 보고 놀랬어. 참 교양있게 생기셨더라."

아마 지민이 엄마로서는 지민이 수아를 데리고 오겠다고 하지 않은 것만으로도 다행이라고 생각했을 것이다. 장애인 며느리보다는 연예인 며느리가 백 번 천 번 나으니 말이다.

"근데 강 교수님은 너무 웃겨. 주례 부탁드리러 갔더니 오빠한테 노골적으로 자네한테 실망했다고 하면서 야단을 치시는 거 있지."

"원래 교수들이 그렇잖니. 총리께서 주례 봐주신다고 했어. 더 잘됐지 뭐."

수아는 강 교수가 왜 지민에게 그런 말을 했는지를 너무나 잘 알고 있기에 강 교수가 더욱 존경스러웠다.

드디어 결혼식 날이다.

장원도 휴가를 맡아왔고 인숙언니도 대구에서 올라왔다. 수아는 결혼식 참여를 놓고 혼자 많이 고민을 했다. 아무도 수아에게 참석과 불참에 대해 얘기하지 않았지만 수아는 자신이 없었다.

하지만 결혼식 전날 올라온 인숙언니 때문에 수아는 참석을 굳혔다. 수아 친구들도 오겠다고 해서 결혼식장은 동문회장이 될 것 같았다.

최고의 스타 결혼식답게 최고 호텔 그랜드 볼륨에서 결혼식이 치러졌다.

축하객들에 섞여 있는 지민의 옆모습이 수아 눈에 크게 확대되어 들어왔다. 가슴이 뛰었다. 괜찮을 거라고 생각했는데 조금도 괜찮지 않았다. 수아는 입술을 깨물었다. 마침 난희가 뛰어왔다.

앞 무리의 축하객들이 지나가자 지민의 전체 모습이 온전히 드러났다. 지민이 와서 인사를 했다.

"오셨습니까?"

수아한테 하는 말인지 난희한테 하는 말인지 알 수 없었지만 지민은 그렇게 정중히 인사를 했다.

"어머, 지민 씨 어떻게 그럴 수 있어요? 당장 물려요. 내가 납치할지도 몰라요."

난희는 수아가 하고 싶은 말을 거침없이 해댔다.

수아는 결혼식장에 와서 지민을 만나면 얼굴 가득 미소를 띠우고 장난스럽게 '선배 축하해. 우리 인생이 이렇게만 흘러갈 수 있다면 성공 아냐?' 라고 지민의 편지에 대한 화답을 하려고 했지만 결국 아무 말도 하지 못했다. 말이 나오지도 않았을 뿐더러 또 다른 축하객들이 몰려와 수아와 지민 사이를 차단해버렸다.

수아는 신부 대기실로 갔다. 상아가 왕비처럼 앉아 있었다. 상아가 먼저 '언니' 하며 반겨주었다.

"언니하고 사진 찍어야지."

상아가 수아를 불러들였다. 그리고 기자들에게 수아를 소개했다.

"우리 언니예요. 앞으론 언니랑 더 가깝게 지내세요. 시민운동가이거든요.”

　이상하게 수아는 말이 나오지 않았다. 상아한테 뭐라고 축하의 말을 전해야 하는데 이상하게 입이 떨어지지 않았다. 수아는 바보처럼 아무 말도 못하고 신부 대기실을 빠져나왔다. 그리고 가족석이 아닌 뒷좌석에 친구들과 함께 자리를 잡았다.

　결혼식 장면이 멀티비전으로 중계되고 있었다. 주례는 총리였고 사회자는 최고의 남자 MC였다. 결혼식이 시작되기 전 멀티비전을 통해 신랑 신부 비디오가 마치 영화처럼 상영되었다.

　두 사람 모두 행복해 보였다. 그런데 이상하게 지민의 모습이 점점 낯설게 느껴졌다.

　사회자가 신랑 입장을 알렸다. 지민이 씩씩하게 걸어 들어왔다. 홀이 넓어서 꽤 긴 거리를 걸어야 했다. 수아는 깊은 생각에 잠겼다.

　―저 남자가 과연 내가 사랑했던 남자일까. 지민, 서지민 그는 과연 나를 사랑했을까. 내가 사랑했던 것은 분명한 사실이지만 그가 나를 사랑했다는 것은 믿을 수가 없다. 나를 사랑했다면 그는 지금 이곳에 있으면 안 된다. 적어도 저런 여유 있고 행복한 표정을 지어서는 안 된다. 그래, 그는 나를 사랑하지 않았다. 이제 나도 그를 사랑하지 않으리.

　신랑 신부가 행진을 할 때까지 계속 수아는 마음속으로 지민의 사랑을 잊겠다고 다짐하고 또 다짐했다.

　―버려야지. 사랑도 버리고 지민도 버리고 추억도 버려야지. 다 버리자. 깨끗이.

해후

"아이구, 내가 늦었나 봐."

"아녜요 어머니, 전 미리 와서 기다리는 게 취미예요."

웨이터가 지민 어머니 앞에 물잔을 갖다놓았다.

"주문하시겠습니까?"

"네, 주문 받으세요."

"어머니, 오늘 새우요리 어떠세요?"

"그럴까?"

"와인 준비해 주세요."

수아는 지민 엄마 생일을 꼭 챙겼다. 어버이날에는 카네이션 꽃바구니와 선물을 보내드렸고 생일은 식사를 하며 함께 시간을 보냈다.

상아 대신이라기보다는 지민 대신인 마음이었다. 지민이 군에 있을 때도 수아는 지민 대신 어버이날 카네이션 꽃바구니를 지민 어머니에게 보냈었다. 사돈끼리 사이가 별로 좋지 않았다. 결혼 당시 시댁에 의논 없이 모든 일을 처리해서 지민 엄마 마음을 상하게 했던 것이다.

지민 엄마는 지민이 그렇게 서둘러 유학을 가는 것도 못마땅했다. 아들을 빼앗기는 기분이었다. 그때 쌓인 서운함이 풀어지질 않아 사돈 사이에 왕래가 없었다. 그래서 수아가 나설 수밖에 없었다.

"늘 고마워요. 사돈처녀."

"아이, 어머니두 무슨 말씀을요. 제가 즐거워요. 오늘은 어머니랑 어디에서 무엇을 먹을까, 어머니가 어떤 옷을 입고 나오실까, 오늘은 이런 말씀을 여쭤 봐야지 하면서 얼마나 기대가 되고 설레이는데요."

"작가여서 확실히 다르네."

"자, 어머니 건배해요. 어머니의 청춘을 위하여."

와인잔이 청명한 소리를 냈다.

"지민이하고 똑같은 말을 하네. 어제도 전화로 그러지 않겠어. 어머니의 청춘을 찾으라구."

"그래요? 어머니가 워낙 젊으시니까 청춘이란 단어가 막 떠오르는 거예요."

"정말이야?"

"그럼요 어머니. 참, 한 가지 청이 있어요."

"뭔데?"

"내년 생신부터는 며느리가 생신상 차려드릴 테니까 생신날 저한테 시간 못 내주실 거 아녜요. 하루 전날이나 다음날 정도에 저 만나주세요."

"그건 오히려 내가 부탁할 일이지. 나두 사돈처녀가 딸 같고 친구 같고 그래서 좋아."

"와, 정말이죠? 우리 다시 건배해요."

수아는 지민 엄마한테 인정을 받고 싶었다. 수아는 자기를 싫어했거나 싫어할지도 모르는 사람을 향해 가깝게 다가가서 그들의 마음을 바꿔놓지 않으면 못 견디는 성격이었다. 그것은 수아가 하고 있는 시민운동과도 통하는 일이었다. 수아는 사람들이 장애인을 긍정적으로 생각하도록 하는 인식개선운동에 앞장서고 있었다.

7년의 세월이 흐르는 동안 작은 변화들이 큰 변화를 만들어 놓았다.

장원은 같은 치과 전공의와 결혼해서 부부가 치과를 개업했다. 딸만 둘이어서 수아네 집에서는 걱정이 많았지만 장원은 괘념치 않았다.

수아는 모교에서 박사 학위를 받고 시민운동연구소를 개소해 활발한 사회활동을 펴고 있었다.

지민은 건축공학으로 박사 학위를 받은 뒤 모교 전임강사로 강의를 맡아 귀국을 서두르고 있었다. 상아는 아이 둘을 키우느라 정신이 없었다. 큰아이는 딸로 지수이고, 둘째는 아들로 민우인데, 7살과 5살이었다.

그동안 상아만 아이들을 데리고 몇 번 왔을 뿐 지민은 한 번도 들어오지 않았다. 그런데 귀국하기도 전에 삐걱거렸다. 상아가 시댁에 들어가서 못산다고 고집을 부렸다. 상아는 아빠한테, 집을 얻어줄 형편이 못 되면 이층을 자기가 쓰겠다고 했다. 장원이 분가를 했기 때문에 이층 장원 방과 상아 방이 비어 있었다. 그래서 당분간 친정에 있기로 결정을 지었다.

수아 아빠도 형편이 예전처럼 여유롭지 못했다. 수입이 없어 쪼들리고 있었다. 변호사 사무실도 합동으로 사용하는 법률사무소에 방 한 칸을 얻어 운영했다. 집에서 놀 수 없으니까 그저 소일 삼아 출근을 하는 것뿐이었다. 기사도 옛날부터 수아 아빠를 모시던 인정으로 작은 월급이지만 도와주고 있는 입장이었다.

김씨 아줌마가 나간 후 수아 엄마가 살림을 했는데 몸이 안 좋아서 고생이 심했다. 이틀에 한 번씩 오는 파출부가 청소와 빨래를 하고 반찬을 만들어 주었다.

수아는 집에 편의시설을 마련한 후 혼자서 할 수 있는 일이 많아졌다.

거의 모든 일상생활이 느리지만 큰 불편 없이 이루어졌다. 외출을 하면 연구소 직원들이 도와주었기 때문에 수아로 인한 별도의 인건비 지출은 없었다. 아직 경제력이 없어서 여유는 없었지만 수아는 돈에 큰 관심이 없었다.

수아가 운영하는 시민운동연구소가 언론을 통한 시민운동을 연구하고 있었기 때문에 언론에 자주 나오다 보니 박수아 하면 시민운동전문가로 이름이 많이 알려졌다. 수아가 쓴 에세이집들이 꽤 많이 읽혀 수아를 작가로 생각하고 있는 사람들도 많았다.

하지만 수아는 박사 학위를 갖고도 강의를 맡지 못하고 있었다. 시간강사로 여기저기에서 부르긴 해도 전임 자리는 모교에서조차 고려하고 있지 않았다. 수아는 말은 하지 않았지만 그 부분에 대해 서운함이 많았다.

그 서운함 때문인지 수아는 시민운동에 모든 열정을 쏟아 붓고 있었다. 그녀의 시민운동 요지는 '현대의 민심은 언론' 이라는 것이다. 언론이 여론을 형성하는 매개체가 되기 때문이다.

그런데 언론은 천심이 아닌 만큼 완벽하지도 않고 순수하지 못한, 다소 인위적인 측면이 없지 않아 있다. 그래서 언론을 감시하는 역할이 필요하게 되었다. 그 기능을 별도의 심의기관에서 수행하기도 하지만 순수한 수용자 입장에서의 감시는 시민의식이 성숙했을 때 가능하다. 그렇기 때문에 언론에 대한 모니터는 시민의식의 발로이고 그것이 시민운동으로 발전해야 한다고 주장했다.

그러니까 언론을 통해 올바른 민심을 만들겠다는 것이 시민운동연구소에서 하는 일이기 때문에 그야말로 모든 민심이 모이고 있다 보니 정계, 재계, 문화 · 사회계에서 신경을 곤두세우고 있었다. 그러다 보니 수아의 존재를 무시할 수 없게 되었다. 혹자들은 수아가 아버지 뒤를 이어 국회의원이 되려고 정치 기반을 다지고 있는 것이라고 말하면서도 그리 큰 신경을 쓰지 않는 눈치였다. 수아가 중증의 장애인이기 때문이었다. 수아도 그 사실을 알고 있었고 정치는 절대로 하지 않겠다고 선언했다.

드디어 상아네 가족 귀국날이다.

짐이 꽤 있어서 차 한 대로는 안 될 것 같아 수아 아빠 차와 수아 차 두 대가 가기로 했다. 상아가 오면 수아가 마중을 나갔었는데 이번에 나가지 않으면 지민 때문이라고 생각할 수도 있을 것 같아 수아도 마중을 나갔다.

수아는 정말 아무런 느낌이 없었다. 잊겠다고 마음을 강하게 먹었기 때문이기도 했지만 7년이라는 세월이 그렇게 만들었다.

시간이 약이라는 말이 맞았다. 아플만큼 아프고 나면 툭툭 털고 언제 아팠었냐는 듯이 일어날 수 있다. 상처가 완전히 아물고 나면 실연은 잊혀진다. 그리고 또 누군가를 사랑하게 된다.

인천공항은 너무 넓어서 불편했다. 입국자 모니터를 계속 쳐다보고 있었다. 상아보다는 지수와 민우를 찾는 것이 빨랐다. 항상 아이들이 먼저 뛰어 나왔다. 특히 민우는 지민과 많이 닮아 민우를 처음 본 순간 수아는 깜짝 놀랐었다. 민우를 보면서 자식은 닮은꼴이라는 사실을 새삼 확인했다.

그런데 모니터에 먼저 들어온 얼굴은 지민이었다. 수아는 순간 당혹스러웠다. 전혀 예상치 못했던 상황에 어떻게 해야 할지를 몰랐다. 그가 수아를 발견하고 손을 흔들었다. 그 모습은 마치 군복무를 마치고 제대하고 돌아올 때와 똑같아 수아는 달려가 안기고 싶었다.

"상아는……?"

"아직 안 나왔어요."

순간 수아는 자신의 착각이 부끄러워 얼굴이 달아올랐다. 자기는 그대로인데 지민은 완전한 변절자였다. 수아는 상아를 찾아야겠다는 듯이 방향을 틀었다. 지민이 짐을 놔두고 뛰어갔다. 안부 한마디 없이 자기 여편네를 찾으려고 혼비백산하여 달려가는 지민 뒷모습에 수아는 욕설을 퍼부었다.

—나쁜 놈.

수아는 자기 자신을 달랬다.

—잊었잖아. 나하고는 아무런 상관도 없는 사람인데 왜 이래, 촌스럽게. 표정관리 잘해. 아무렇지 않은 듯 쾌활하게.

저쪽에서 지민이 상아와 함께 아이들을 데리고 왔다. 아이들이 수아에게 달려왔다.

"이모!"

지수와 민우가 달려들어 양쪽 볼에 입을 맞추었다. 아이들은 몇 번 봤다고 수아를 무척 따랐다.

"어떻게 된 거야? 왜 늦게 나왔어?"

"난 그래두 몇 번 왔었지만, 이이는 처음이어서 짐 다 찾을 때까지 기다렸다가 같이 나오려고 했는데 자기 짐 찾자마자 혼자 홀랑 나온 거 있지. 아무튼 의리 없다니까."

"당신 먼저 나갔다고 생각했지. 기다릴 거라구 왜 말 안 했어?"

"꼭 말해야 알아요?"

상아가 쏘아붙였다.

“자, 할머니 기다리신다. 어서 가자. 짐 많을 것 같아서 차 두 대 갖고 왔어.”

“잘했다. 당신이 짐 갖고 아빠 차 타요. 우린, 언니 차로 갈 테니까.”

수아도 그렇게 생각했었다.

상아는 차에 타자마자 지민 흉을 봤다.

“아무튼 융통성이라고는 10원어치도 없어. 어쩨 사람이 그런지 몰라. 답답해서 정말 내가 미친다니까.”

수아는 그저 씩 웃었다. 사실 지민은 약지 못했다. 하나만 알고 둘은 몰랐다. 수아도 상아 말에 크게 동감하고 있었다. 수아와 지민 사이를 아는 사람들은 지민이 너무 약아 상아를 택한 것이라고 생각했지만 수아는 그렇게 생각하지 않았다. 상아 말대로 융통성이 없기 때문이었다.

수아 차가 앞장섰다. 지민이 먼저 도착하면 지민이 머쓱해할 것 같아서 서둘렀다.

수아 엄마, 아빠가 기다리고 있었다. 지민과 상아, 그리고 지수와 민우가 수아 아빠, 엄마한테 귀국 인사로 큰절을 했다. 참 보기 좋은 모습이었다.

“수고 많이 했네. 그래두 전임 자리가 빨리 나와서 얼마나 다행인지 모르겠네.”

수아 아빠와 엄마가 한꺼번에 인사말을 했다. 짐들이 이층으로 올라가고 있었다.

“어서들 올라가라. 씻고 옷 갈아입어야지. 그리고 내려와서 점심 먹자.”

“엄마, 칼국수 해 놨어?”

“그럼, 해 놨지.”

“언니 방은 아랫층으로 옮겼나 봐?”

"응, 니들 불편할까 봐 침대만 옮겼어. 언니 책이 좀 많니? 서재는 그냥 이층에 됐다."

"이층 방 3개니까 애들, 방 하나씩 줘도 되겠다."

"아이구, 아예 눌러 살 셈이냐?"

"그럼, 난 우리 집이 좋아."

지민은 아무 말 없이 짐만 나르고 있었다. 상아 방과 그 맞은편의 수아 방, 그 사이에 놓인 소파 세트, 모든 것이 그대로였다.

지민은 옛날 생각이 났다. 소파에 앉아 수아와 바둑을 두던 때가 떠올랐다. 바둑판을 접고 저 방으로 들어가 수아와 공부를 하던 그 시절이 문득 그리워졌다. 이층에 올라오면 으레 저 방으로 들어갔었는데 하며 지민은 상아 방으로 향했다.

"여보, 우리 사는데 전혀 불편이 없겠지? 침대만 더블로 바꾸면 말야. 그리고 당신 작업은 언니 서재에서 하면 되잖아, 그치?"

"……."

"못마땅하면 대답 안 하더라?"

상아는 입을 삐죽거렸다.

아랫층에서 칼국수가 다 됐다고 소리쳤다. 수아가 수저를 놓고 있었다. 이층 식구들이 우르르 내려와 앉았다.

"갑자기 대가족이 됐다."

수아 아빠가 좋아하는 눈치였다.

"오빠네는?"

"걔네는 바빠서 얼굴 보기도 힘들어."

"일요일마다 안 와요?"

"요즘 노는 날마다 부모 찾아오는 효자 있다니?"

"엄만 무슨 소리야, 여기 있는데. 우리 집으로 들어오는 조건이 뭐였는 줄 알아? 상계동 어머님 댁에 토요일마다 가서 1박하는 거야.”

“당연히 그래야지. 그래야 우리도 쉬잖니.”

“엄만, 벌써부터 처가살이 눈치 주는 거유?”

그때 수아 휴대폰이 울렸다.

“네, 지금은 나와 있어서 그날 스케줄이 비어 있는지 잘 모르겠어요. 오후에 사무실로 전화주세요. 죄송합니다.”

“언니 정말 바쁜가 보구나? 아까 오면서도 계속 전화 오던데.”

“얘, 네 언니, 유명인사다.”

“나두 한때는 그런 시절이 있었는데…….”

“너네, 빨리 먹고 상계동 가야지.”

“아이, 피곤해. 아무래도 어머니 퇴근해야 하니까 저녁때 가지 뭐.”

“지금 안 가구? 나, 나갈 때 데려다 주려구 했는데.”

“그래? 차 없으면 불편한데. 애들 때문에.”

“여보, 우린 택시 타고 가. 이모 바쁜데 그럴 필요 없어.”

“당신은 한국 물정을 몰라서 그래. 택시 타기가 얼마나 힘든데.”

상아는 수아 차를 얻어 타려고 서둘러 준비하고 나섰다.

지민이 수아 옆좌석에 앉을 수밖에 없었다. 아이들은 어느새 잠이 들었고 상아도 피곤한 듯 눈을 감았다. 지민은 차창 밖으로 눈길을 고정시키고 있었다.

“강 교수님 찾아뵈야겠네요.”

“내일 가려구요.”

“강 교수님 학장 되신 거 알죠?”

“예.”

“강 교수님, 장애인을 위한 편의시설로 활동이 많으세요. 우리나라 장애인 편의시설은 그분이 다 맡아서 하고 있을 정도예요. 장애인편의

중진법이 제정됐거든요."

"그랬군요."

지민은 대답 외에는 아무 말도 하지 않았다. 그때 휴대폰이 울렸다.

"난데, 지금 어디야?"

"집안일을 보구 있어요. 한 시간 후에 들어갈 거예요."

"왜, 무슨 일 있어?"

"아뇨."

"오늘 내내 비웠다며, 뭐 안 좋은 일이야?"

"그런 거 아녜요. 들어갈 거예요."

"빨리 와. 보고 싶어서 눈빠지니까."

영건의 전화였다. 깍듯한 지민과 달리 너무 예의 없는 전화라서 불쾌감이 느껴졌다. 게다가 핸즈프리라 전화내용이 스피커를 통해 밖으로 왕왕 울렸다.

상아가 실눈을 뜨며 물었다.

"누구야?"

"응, 김영건이라고 시민운동가야. 나이가 무척 많아."

수아는 전화 예의가 없는 것을 나이가 많다는 것으로 변명했다.

"아주 가까운 사이 같은데? 애인이야?"

"그래, 애인이다."

그때 지수가 깨어나 물었다.

"엄마, 애인이 뭐야?"

"사랑하는 사람."

"아빠하고 엄마처럼?"

"그래, 아빠하고 엄마처럼."

지민은 김영건이란 이름을 입력시켰다. 수아한테 그토록 다정하게 대하는 사람에 대한 관심 때문이었다. 사실 지민은 수아는 변하지 않는 사철나무라고 믿고 있었다. 항상 그 자리에서 같은 모습으로 자기를 지키고 있을 것이라고 생각했다.

"언니, 그렇게 길을 잘 알아?"

"엄마 심부름 몇 번 왔었어."

"그랬구나."

"저기쯤 세워주세요."

"아녜요. 애들도 있는데."

차에서 내리는 상아에게 물었다.

"오늘은 여기서 잘 거지? 내일 전화해. 데리러 올게."

"아닙니다. 신경 쓰지 마세요."

상아가 지민이 보이지 않게 전화 걸겠다는 사인을 했다.

"여보, 민우 내가 안고 들어갈 테니까 당신 짐 챙겨 빨리. 지수도 빨리 내리구. 이모 고맙습니다 안녕히 가세요, 해야지?"

"그래 지수, 할머니랑 재미있게 놀다 와라."

지민이 서둘러 아파트 현관을 향해 걸어갔다. 상아와 지수는 계속 손을 흔들었다.

새벽부터 서둘러서인지 몹시 피곤했다.

연구소에 들어가니 일이 쌓여 있었다. 아무것도 하기 싫었다. 그래서 책상에 엎드려 잠시 눈을 붙인다는 것이 그만 잠에 빠져들었다. 잠결이지만 사람의 눈길이 느껴졌다.

"언제 왔어요?"

"한 30분 됐어."

"깨우지 않구요."

"곤히 자는 사람을 어떻게 깨우나 이 사람아!"

"언제 적부터 그렇게 예절이 발랐어요?"

"무슨 소리야, 시민운동가의 생명은 예절인데."

"나, 아까 창피해서 죽는 줄 알았어요. 왜 그렇게 예의 없이 전화를 해요?"

"내가 무슨?"

김영건은 억울하다는 듯이 두 손바닥을 펴보였다.

"왜 친한 척하느냐구요?"

"이 사람아, 친한 척이라니. 친한 거지. 시민운동가는 진실이 생명이야."

"나 정말, 아저씨하고 친하고 싶지 않거든."

수아가 김영건을 처음 만난 것은 대학 4학년 2학기 때였다. 시민운동 세미나에 참석했었는데 김영건이 토론자로 나와 있었다.

그는 말을 너무 설득력 있게 해서 주제 발표자 이상의 인기를 모았다. 게다가 머리를 길러 하나로 묶었는데 길이가 길지도 않은데다 깔끔한 멋을 연출했다. 잘 생긴 얼굴은 아니었지만 눈썹이 짙고 콧날이 오똑해서 강한 느낌을 주었다. 그런데 입술이 유난히 얇고 붉은 색을 띄고 있어서 수아는 남자 얼굴에 어울리지 않는다는 생각을 했다.

세미나가 끝난 후 대부분의 사람들은 도망가듯이 세미나장을 빠져나갔고 몇몇 사람들은 세미나 주최 측 사람들과 세미나 내용에 대한 평가를 하고 있었다.

주제 발표자는 세미나가 끝나기 무섭게 사라져 모습이 보이지 않았고 토론자들도 슬금슬금 자리를 떴지만 김영건 만은 끝까지 질문을 받아 주고 있었다. 인상 한 번 쓰지 않고 아주 진지하게 대답해 주는 모습이 보기 좋았다.

수아는 행동이 느리기 때문에 세미나장을 빠져나오기까지 시간이 걸렸다. 로비에서였다.

"학생, 누구 기다려?"

김영건이었다. 학생처럼 가방을 어깨에 둘러메고 있어서 웃음이 쿡 하고 나오는 것을 참았다.

"아뇨."

"그럼?"

"비가 너무 많이 쏟아져서요."

"하느님을 기다리고 있군. 하느님도 휴대폰 차고 있으면 좋으련만 왜 그 양반은 내 말을 안 듣는지 몰라."

수아는 더 이상 참을 수가 없어서 일단 웃어버렸다.

"나, 커피 한 잔 마시려구 하는데 같이 마셔주지 않겠어? 난 말야. 술은 혼자 마실 수 있는데 이 커피는 혼자가 안 돼."

왜냐고 묻고 싶었지만 수아는 묻지 않았다. 초조한 표정으로 비가 그치기를 기다리는 장애인에 대한 배려라는 것을 알았기 때문이다.

"자, 갑시다."

김영건은 수아 휠체어를 밀고 로비 자판기 앞으로 갔다.

"아가씨 커피 취향은?"

"프림커피요."

"다이어트하시는군."

김영건은 수아 커피를 먼저 뽑아 건네주었다. 그리고 자기 커피를 뽑았다.

"나두 프림이야. 같은 커피맛을 느끼려구."

수아는 무슨 말을 해야 할지 몰라 그저 빤히 쳐다보기만 했다.

"왜 시민운동에 관심을 가졌어요?"

"사회는 시민에 의해 바뀌어지니까요."

"뭘 바꾸고 싶은데?"

"사람들이 나를 바라보는 시선을 바꾸고 싶어요."

수아의 또렷한 답변에 김영건이 조금 당황스러워했다.

"바꿀 수 있는 방법도 생각해 보았나?"

"연구 중이에요."

커피를 다 마시고 나서도 두 사람의 대화는 이어졌다. 하지만 좀처럼 비가 그칠 생각을 하지 않자 빗속을 뚫고 세미나장을 빠져나왔다.

김영건이 휠체어를 접어 차 트렁크에 넣어주었다. 그리고 타란 말도 하지 않았는데 수아 차에 올라탔다.

"전철역에 내려줘."

수아는 비가 너무 쏟아져 전철역에 그냥 내려주기가 미안했다.

"모셔다 드릴게요."

"그래 주겠어?"

김영건의 목적지는 그리 먼 곳에 있지 않았다. 그는 불쑥 말했다.

"난 수아 씰 본 적이 있어."

"저를요?"

"응, 술집에서. 친구들과 술을 마시고 있는 모습이 참 멋있어 보이더군. 아까 보구 반가워서 커피 하자고 한 거야. 나하구 술친구하면 어때? 이거 내 연락처야, 전화해. 언제라도 환영이야, 수아 씨라면."

술집에서 보았다는 말에 수아는 술기운이 도는 듯 얼굴이 화끈거렸다. 알콜이 수아를 전혀 다른 사람으로 만들어 놓을 때가 있기 때문이다.

"고마워. 요금은 후불이다, 꼭 전화해."

김영건은 윙크를 하며 차에서 내렸다. 수아는 마치 뭔가에 홀린 듯 기분이 멍해졌다.

수아는 김영건 명함을 소중히 보관했다. 전화를 걸 용기는 없었지만 전화번호를 버릴 만큼 미련이 없는 것은 아니었다. 며칠 동안 김영건이란 인물이 수아 곁에서 맴돌았다. 수아는 지민에게 자랑을 하기도 했다.

"나, 오늘 아주 멋진 남자를 만났다. 난 여자들이 나이 많은 남자와 사랑을 한다는 게 이해가 안 됐거든. 어떻게 10년 이상이나 연상인 남자가 남자로 느껴지느냐구. 완전 아저씨지. 근데 난 오늘 알았어. 그것이 가능하다는 것을 말야. 남자가 나이가 많으니까 신뢰심이 생겨서 한없이 믿고 따르게 돼. 신경 쓸 것도 없고 아주 편해. 말하는 것도 예술이야, 행동은 더 예술이고."

"오늘 무슨 영화 봤는데?"

"영화 같은 소리 하고 있네. 내가 멋진 남자를 만나고 왔다고 했는데도 질투심이 안 생긴단 말야? 너, 남자 맞어? 남자는 여자를 밀고 당기고 하는 조절 능력이 있어야 해."

"야, 피곤하게 뭐하러 밀고 당기고 그렇게 복잡하게 사니?"

그날 수아는 처음으로 지민이 쪼다처럼 보였다. 만약 지민과 상아 사건이 발생하지 않았다면 김영건은 1회성 인물이었을 것이다.

수아는 지민을 빼앗긴 후 병적으로 일에 집착했다. 그래서 연구소 개소를 계획하고 김영건에게 전화를 했다.

"이게 누구야! 수아 맞지?"

"어떻게 제 목소리를 기억하고 계셨어요?"

"내가 관심 있어 하는 여자니까. 요금 청구 한번 빠르다, 어디로 나가면 돼?"

"시간 괜찮으세요?"

"나, 매일 목욕재계하고 기다렸어. 어디야?"

수아는 연구소 개소를 위해 그를 매일 만나다시피 했다. 그는 처음에는 연구소 개소가 빠르다고 시민단체에서 실무경험을 쌓으라고 만류했다. 김영건을 만나는 장소는 주로 술집이었기 때문에 수아는 취한 상태에서 이런 고백을 했다.

"아저씨, 저좀 도와주세요. 지금 뭐라도 하지 않으면 저 돌아버릴 거예요. 지금 저한텐 몰두할 일이 필요해요. 제 머릿속에 있는 것을 다 쏟아버리게 해 주세요."

"실연당했군."

"그래요. 사랑을 잃었어요. 사람을 빼앗겼어요."

"내가 보기엔 수아가 잃어버린 건 아무것도 없어. 거기까지만 갖고 있으면 되잖아."

"싫어요. 다 몽땅 버려버릴 거예요."

"첫사랑이었구나. 사랑에도 면역이 생겨. 두 번째 사랑, 두 번째 이별, 세 번째 사랑, 세 번째 이별… 점점 쉬워져."

"아저씨, 저 도와줄 거죠?"

"이러면 어떨까? 연구소 개소 준비 기간이 필요하니까 두 번째 사랑을 먼저 시작하는 거야. 눈에는 눈, 귀에는 귀듯이 사랑의 아픔은 사랑으로 치료해야 효과가 있거든."

"이 지옥 같은 고통에서 벗어날 수만 있으면 뭐든지 해야죠."

그날 이후 김영건은 수아를 애인처럼 대했다. 그는 수아를 위해 최선을 다했다.

수아를 언론시민운동전문가로 마케팅시키는 뒷바라지를 아끼지 않았다. 수아가 읽어야 할 책들을 구해 갖다주면서 공부하도록 했다. 그리고 연구소 설립에 필요한 모든 사무적인 진행을 도맡아 했다. 사회활동을 시작한 수아에게 김영건은 없어서는 안 될 절대적인 조력자였다.

김영건은 수아보다 13살이나 위였고 이혼하여 혼자 살고 있는 자유로운 남자였다. 그가 하는 일도 자유로웠다. 시간에 얽매이지 않고 직책에 연연하지 않았다. 시민운동계에서는 김영건이란 이름을 모르는 사람이 없을 정도로 많은 사람들의 존경을 받고 있었다. 그는 한마디로 이 시대의 대표적 시민운동가였다.

사람들은 그가 이혼을 한 것도 시민운동 때문이라고 생각했다. 그가 자기 개인 얘기는 하지 않아 그가 명문대학교 법학과 출신으로 노동운동에 뛰어들었다가 시민운동가로 제도권 밖에서 사회 문제를 연구하는 전문가가 되었다는 정도만 알고 있다. 그가 왜 이혼을 했는지, 아이는 있는지 등 가족에 대해서는 알려진 바가 없다.

수아도 남들과 다를 바가 없었다. 수아는 김영건이 편했다. 그의 자유를 수아도 함께 누리고 싶었다. 나이가 많아도 친구처럼 부담이 없었다.

"수아야."

"응."

가끔 수아는 '네' 대신 '응'이라고 대답하기도 했다.

"네 입술을 보고 있으면 본능이 꿈틀거려."

"그럼 내 입술이 섹시한 거네."

그날 수아는 김영건에게 기습을 당했다. 어느새 그의 입술이 수아의 작은 입술을 점령해버렸다. 수아는 이빨로 바리게이트를 쳤다. 그가 싫어서가 아니라 그 어떤 남자의 입술도 받아들일 수가 없었다.

그 후에도 김영건은 술만 취하면 그런 기습 공격을 시도했지만 거칠거나 집요하지는 않았다. 그는 수아가 원치 않으면 강요하지 않는 신사였다. 바로 그 점을 수아는 좋아했다. 수아와 김영건은 동지였다. 시민운동에 대한 얘기로 밤새 토론을 할 수 있는, 같은 길을 가고 있는 도반이었다.

김영건은 재야에서 힘으로 시민운동을 했고, 수아는 시민운동을 상품화시켜 기업적인 시민운동으로 새로운 바람을 일으키고 있었다. 수아가 연구소를 만들고 김영건에게 함께 일하자고 제안했을 때 그는 이런 말로 거절을 했다.

"내가 원하는 시민운동이 아냐. 난, 순수한 시민운동이 좋아."

하지만 그는 수아가 하는 일을 반대하지 않았다. 매우 적극적으로 도와주었다.

시민운동계에 지지기반이 없는 수아가 짧은 시간 안에 자리를 구축할 수 있었던 것은 김영건이 그동안 쌓아놓은 기반을 아낌없이 수아에게 내주었기 때문에 가능했고 지금도 변함없이 수아 막후를 지켜주고 있다.

수아는 상아 귀국 선물을 해 주기로 했다.

무엇이 가장 필요할까를 생각해 보았더니 자동차와 휴대폰이었다. 수아는 우선 휴대폰 두 개를 샀다. 같은 모델로 지민 것은 검정색, 상아는 빨간색으로 골랐다. 그리고 저녁 식사를 위해 서둘러 들어왔다.

시댁에서 하루를 보내고 온 상아는 피곤하다고 엄살을 피웠다. 아이들 씻기는 일도 지민에게 맡겼다. 수아는 그런 상아가 못마땅했다. 자기가 대신 아이들을 씻겨줄 수 있었으면 얼마나 좋을까 싶어 안타까웠다.

저녁때 장원네 부부가 왔다. 두 가족이 모이자 여덟 식구가 되었다.

"자, 선물 교환식이 있겠습니다."

"언니, 선물 교환식이라니?"

"야, 너네, 미국에서 오면서 선물 안 사갖고 왔어?"

"언니, 머리도 안 벗겨진 사람이 뭘 바래. 우리 미국에서 거지였어. 베이컨 한 조각도 벌벌 떨면서 샀다니까."

"알았어, 엄살은. 너네 결혼 선물도 못했고, 귀국을 축하하기 위해 오빠네와 내가 선물을 준비했어. 오빠부터 공개해."

오빠는 자동차 계약서를 내밀었다.

"수아가 힌트 준 거야. 대신 할부금은 너네가 갚아라."

상아는 박수를 치며 좋아했다.

"자, 이건 내 선물이야."

수아는 지민과 상아 앞에 예쁘게 포장된 상자를 하나씩 밀어 건네주었다. 상아가 궁금한 마음에 포장지를 확 찢었다. 그리고 휴대폰이 나오자 함성을 질렀다.

"언닌, 어떻게 내 마음을 꿰뚫어 보고 있는 것 같애!"

지민도 휴대폰을 꺼내 이리저리 살펴보고 있었다.

"선물 감사합니다. 신경 쓰게 해 드려서 죄송합니다. 그런데 어떡하죠, 저희는 준비를 못해서."

"어머, 이이는, 언니가 농담한 거지."

수아는 공연한 말로 지민을 불편하게 해 준 것을 후회했다.

올케는 내내 표정이 밝지 않았다. 너무 큰 선물을 해 준 것에 대한 불만 때문이었다. 수아는 올케가 신경이 쓰였지만 상아는 전혀 괘념치 않았다.

"오빤 좋겠다. 돈 많이 벌어서. 요즘 치과가 잘된다면서, 우리 식구 가면 공짜야? 여보, 당신 어금니 이상하다고 했지? 난, 가서 스켈링이나 해야겠다."

"그래, 한 번 와라. 네 언니는 상아 전문이니까 지수하고 민우는 네 언니한테 부탁해."

"맞아, 우리 지수, 치아 교정해야 된다."

올케는 이렇다 저렇다 말이 없었다. 수아는 아무런 반응이 없는 올케 때문에 자존심이 상할 때가 많았다. 왜 여자들이 시집 식구들한테 야박한지 수아는 이해가 되지 않았다.

그때 전화벨이 울렸다. 전화는 수아 몫이었다. 모든 전화가 수아를 찾는 것이 대부분이어서 다른 식구들은 아예 전화를 받을 생각을 하지 않았다.

"네, 어머니세요? 그간 편안하셨지요? 손주들 보시니까 좋으시죠? 네 어머니, 누구를 바꿀까요? 네, 잠시만 기다려 주세요."

지민 엄마는 지민을 원했다. 수아는 호칭이 어색해서 '지수야, 아빠 전화 받으시라고 해라' 라고 조카를 이용했다.

지민이 전화를 받는 사이에 상아 입이 삐죽 나와 있었다. 지민이 전화 수화기를 내려놓자마자 상아가 물었다.

"왜 전화하신 거래요?"

"응, 내일 나오라구."

"왜?"

"양복 사주시겠다구."

"당신만?"

"글쎄, 딴 말씀은 없으셨어."

"어련하시겠어. 어머니 눈엔 당신밖에 안 보이시는데. 손주 양말 한 켤레 안 사주시는 분이 웬 양복이야."

"상아야, 서 교수는 출근해야 하잖아. 자, 자, 저녁 먹자."

수아가 서둘러 분위기를 바꾸었다. 수아는 상아가 지민을 불편하게 만드는 것이 정말 싫었다. 상아가 왜 그토록 지민 엄마한테 못되게 구는지 납득이 되지 않았다.

"언니."

“응.”

“상계동 어머니가 언니 칭찬을 늘어지게 하시더라.”

“그, 그래.”

“어머니 생신, 언니가 챙겼다며?”

상아는 못마땅하다는 듯이 사실을 확인하고 있었다.

“으응, 혼자 계시니까. 엄마 심부름을 한 것 뿐이야.”

수아는 의미를 축소시켜 마무리 지어버렸다.

가족들이 다 모이자 의견이 서로 맞지 않아 충돌이 발생했다. 몇 명 되지 않는 가족인데도 너무 복잡하고 미묘해서 수아는 골치가 아팠다. 형제도 어렸을 때나 살갑게 느껴지지 자기 가족들이 생기자 각기 자기네 이익만 챙기기 바빴다. 수아는 그 옛날과 똑같은 마음을 가지고 있었기 때문에 변한 그들에게 서운했다.

자기 가족을 만들지 못한 외로움이 문득문득 수아를 서글프게 했다. 상아가 집에 들어와 살기 시작하면서 수아의 외로움은 더 커졌다.

상아네 네 식구가 온 집안을 장악해버렸다. 상아네에 맞춰 식사를 해야 했고 상아네 스케줄에 따라 아래층 식구들 생활이 움직여졌다. 지수와 민우가 있어 집안 분위기가 좋아졌지만 아이들 때문에 집안이 항상 전쟁터였다. 쿵쾅거리고 괴성을 지르고 앙앙거리고 울고 조용할 날이 없었다.

그래서 수아는 일을 갖고 집에 들어오지 않았다. 늦도록 사무실에 앉아 일을 마치고 집에 와서는 겨우 잠만 잤다. 아이들이 싫어서가 아니라 아이들 때문에 일을 할 수 없어 가급적이면 집에 있는 시간을 줄였다. 수아는 일요일에도 연구소로 나갔다.

그건 지민도 마찬가지였다. 강의 준비로 학교 도서관에서 살다시피 했다. 지민은 아이들 때문이 아니라 처가살이가 편치 않았기에 될 수 있는대로 밖에서 시간을 보냈다. 하지만 지민은 친구들과 어울려 술을 먹고 술에 취해 늦게 들어오는 일은 없었다. 저녁 식사는 반드시 집에 들어와서 가족들과 함께했다. 저녁 식사 때 수아가 번번이 보이지 않는 것이 신경 쓰였지만 지민은 물어보지는 않았다.

"엄마, 언니는 매일 이렇게 늦어요?"

"그럼, 네 언니가 얼마나 바쁜데."

"어떤 사람들이랑 어울리는 거야?"

"네 언니가 만나는 사람들이야 정말 다양하지. 우리나라 원로부터 시작해서."

"아니, 내 말은 누구랑 매일 밤 저녁 시간을 보내냐구?"

"그래, 아주 다양하다니까."

"엄마, 혹시 김영건이란 사람 알아요?"

"그럼, 알다마다. 우리 집에도 몇 번 왔었는데."

"엄만, 그 사람 어떻게 생각해?"

"뭘 어떻게 생각해?"

"언니도 결혼해야 할 거 아냐."

"쓸데 없는 소리, 수안 결혼 안 해."

수아 엄마는 아주 단정적으로 말했다.

수아 엄마는 아주 옛날부터 수아의 여성을 부정했었다. 수아 엄마는 수아가 여자의 행복을 찾는 것보다는 사람으로서의 구실을 하는데 최대의 목표를 두고 있었기 때문에 결혼은 꿈도 꾸지 않고 있었다. 수아 엄마는 수아가 지금 정도로 활동을 하고 있는 것만으로도 성공했다고 생각하기에 다른 바람이 없었다.

"엄만, 언니를 너무 몰라. 엄만 옛날에도 언니는 공부할 필요 없다고 생각했었잖아. 언니한테 필요한 건 돈이라구 말야. 죽을 때까지 먹고 사는데 필요한 돈 말야. 하지만 언닌 공부하길 원했어. 자기가 원했으니까 그 어려운 공부를 해냈고 또 공부를 했으니까 지금 사회적으로 인정받는 일을 하고 있잖아. 언닌 지금 결혼을 원하고 있을지도 몰라. 엄만 왜 언니 결혼 문제에 대해서는 그렇게 부정적이야."

"수아가 결혼생활을 어떻게 해."

"왜 못해? 언니, 얼마든지 할 수 있어. 엄만 언니를 잘 몰라. 지금부터라도 언니 결혼 문제에 대해 진지하게 생각해야 해."

"네 언닌 사랑 같은 거 몰라."

"엄마, 언니가 연애박사라는 거 모르는구나? 언닌 나보다 먼저 남자친구를 사귀었다구."

그 말은 지민을 두고 하는 말이어서 지민 얼굴이 후끈 달아올랐다.

"아무튼 언니 결혼시켜야 해."

상아는 수아의 결혼을 강력히 권했다. 상아는 수아가 장애 때문에 결혼이 어렵다는 것에 동의하지 않았다. 상아는 수아야말로 사랑에 있어 개방적이고 열정적이기에 결혼이 필요한 사람이라고 믿었다.

지민도 상아 말에 동감했다. 수아 엄마의 생각은 편견에서 나온 잘못된 판단이라고 생각했다. 하지만 지민은 수아의 결혼 문제에 나설 입장이 아니었기에 침묵하고 있었다. 하지만 상아는 집요했다. 침대 위에서 또다시 수아의 결혼 문제를 꺼냈다.

"당신 생각은 어때요?"

"뭘?"

"언니 결혼 말예요."

"본인의 판단에 맡겨야지."

"중이 제머리 못 깎는다는 소리 못 들어 봤어요? 결혼, 특히 언니 같은 경우에는 주위에서 서둘러야 해요. 당신이 김영건이란 사람 좀 만나 보세요."

지민은 상아의 제안에 동의했다. 수아의 나이가 삼십대 중반을 넘어섰으니 결혼이 늦어진 것은 분명했다. 지민은 수아가 결혼해서 보통 사람들이 누리는 행복을 누려야 한다고 생각했다.

수아 연구소는 어떤 형식에 얽매이지 않았다. 소장이나 직원이나 동등했다.

소장 방이 따로 마련된 것은 수아가 장애 때문에 남몰래 처리할 일들이 있기 때문에 필요에 의해 독립공간을 마련했을 뿐 권위의 의미는 없었다. 전화도 수아가 직접 받았고 찾아오는 손님도 누구든 아무런 제재 없이 소장실을 직접 노크하도록 되어 있었다.

노크 소리가 들렸다.

"네, 들어오세요."

수아는 컴퓨터 모니터에서 눈을 떼지 않고 습관적으로 대답했다. 수아는 너무 몰두해 있는 바람에 노크 소리에 반사적으로 대답만 해 놓고 잠시 잊고 있었다. 대부분의 손님들은 그런 수아에 익숙해져 있어 자신의 존재를 여러가지 방법으로 요란하게 알려 수아를 일에서 떼어내었는데 이 손님은 기척조차 내지 않았다.

수아가 손님을 의식하고 고개를 돌렸을 때는 적어도 2분 정도는 지난 후였다. 2분이면 120초인데 손님에게 120초는 꽤 긴 시간이었다.

"어머, 오셨어요."

수아는 너무 황망해서 휠체어를 굴려 손님을 맞이하러 나갔다.

"좋은데."

수아는 자기 귀를 의심했다. 손님이 자기한테 반말을 하는 것이 아닌가. 그 옛날처럼.

“앉아요.”

손님은 손에 난 화분을 들고 있었다.

“나 주려고 가져왔으면 내 책상에 놓으면 될 텐데…….”

수아는 혼잣말처럼 손님에게 정보를 주었다.

손님은 수아가 흘린 정보에 따라 그 난 화분을 수아 책상 위에 놓았다.

“웬일이에요?”

“연구소 개소식 때 못 왔잖아.”

손님은 아무 거리낌 없이 계속 반말을 했다. 수아도 살짝 말을 놓아버렸다.

“우린 커피밖에 없는데…….”

수아는 손님을 대접하기 위해 정성껏 커피를 탔다. 커피 어떻게 할까요 라고 물어볼 필요가 없었다. 이미 손님의 커피 취향을 알고 있었으니 말이다.

손님은 어느새 수아 옆에 서 있었다. 손님도 커피를 나르는 일은 주인이 아닌 손님이 해야 한다는 것을 알고 있었다. 손님은 아무 말 없이 머그잔 둘을 양손에 들고 자리로 가서 앉았다. 유난히 커피향이 향긋했다. 수아는 그 향기를 마셨다.

수아는 뭔가 해야 할 말을 찾기 위해 머리를 굴렸지만 이상하게 아무 생각도 떠오르지 않았다. 맥박이 빨라져 안정을 찾지 못하고 있었다. 수아는 어쩜 손님이 과거의 일에 대해 뭔가 할 말이 있어서 왔을지도 모른다는 생각을 했다.

손님은 뭔가 결심한 듯 커피잔을 내려놓고 두 손을 모으며 입을 열었다.

“김영건 선생은 여기 상주하지 않나 봐.”

김영건을 찾는 것이 남자의 본능적 질투라고 수아는 복잡한 함수 문제의 실마리를 풀었다.

"그럼, 그분도 자기 작업실이 있는 걸."

"아주 가까운 사이 같던데……."

"그럼, 우린 동지야. 내가 그분을 만난 건 내 인생의 오아시스야."

수아는 손님의 반응을 살피기 위해 김영건에 대해 필요 이상의 수식어로 설명을 해 주었다.

"결혼은 생각해 보지 않았어?"

수아는 손님의 마음을 훤히 들여다보았다.

"왜, 생각은 해 봤지. 하지만 결혼은 우리 두 사람에게 어울리지 않는 장치에 불과해. 굳이 결혼이란 틀 속에 넣어 가둬 두지 않더라도 우리 두 사람은 동지로서 변함없는 우정을 나눌 거야."

"그래, 나두 그렇게 생각해."

손님은 또 말이 없었다.

"왜? 상아가 궁금해하나 보지?"

수아는 차마 지민이 네가 왜 궁금해하느냐고 따질 수가 없었다. 그래서 상아 핑계를 댔던 것인데 지민은 수아의 유도 신문에 걸려들었다.

"김영건을 한번 만나 보라고 하는데 굳이 그럴 필요 없겠네."

"김영건 만나서 뭘 알아보려구? 나하구 결혼해 줄 의사가 있는 건지 아니면 장난치는 건지 그거 물어보려구?"

"아냐, 그런 거. 가족 입장에서 알고 있어야 할 부분이 있을 수도 있잖아."

지민은 말은 옛날처럼 하고 있었지만 입장은 수아의 제부를 고수하고 있었다.

"신경 쓰지 마. 내가 알아서 해. 결혼하고 싶으면 하겠다고 말하지, 내가 지금 누구 눈치를 보겠어. 이제 볼일 다 끝난 것 같네."

“약속 있니?”

“먼저 들어가. 난 일이 좀 남았어.”

“참, 우리 어머니 보살펴 준 거 고마워.”

“며느리가 한국에 없어서 친정에서 한 것 뿐인데 뭐.”

“일하더라도 저녁은 먹고 해야 하지 않니?”

“왜, 나 밥 사주려구?”

“응.”

“서 교수는 집에 가서 먹어. 저녁 준비해 놨을 텐데.”

“우리 옛날에 잘 가던 학교 앞 그 집 아직도 있더라구. 한번 가 보고 싶어서.”

“그래, 그 아줌마도 그대로야. 좋아, 가자.”

지민은 차를 가져오지 않았다. 김영건과 만나 한잔 하려고 일부러 자동차를 두고 왔다고 했다. 지민은 수아 차로 이동했다.

지민은 아주 능숙한 솜씨로 수아의 이동을 도와주었다. 지민은 수아를 돕는 방법을 조금도 잊어버리지 않고 있었다. 지민은 옛날에 앉던 그 자리로 수아를 안내했다.

“아유, 이게 누구야?”

아줌마가 지민을 알아보았다. 수아 덕분에 사람들은 지민을 쉽게 기억했다.

“유학갔다고 하더니 돌아온 거야?”

“네, 아주머니. 건강하셨어요? 그대로이시네요.”

“지금 보니까 이 사람 기다리느라고 저집이 수절을 했구먼.”

수아가 말을 끊으려고 나섰다.

“아줌마, 이 친구가 옛날에 먹던 것 먹고 싶데요.”

“알았어. 옛날 맛으로 해 줄게.”

옛날과 모든 것이 똑같았지만 다른 것이 있었다. 예전에는 지민과 수아가 다른 손님들과 같은 연배였지만 지금은 손님들에 비해 두 사람 나이가 많다는 것이다. 그것이 세월의 흐름을 실감나게 해 주었다.

수아는 첫 잔을 쭉 마셔버렸다.

"술, 너무 많이 하는 거 아니니?"

"술이 유일한 친구야. 술은 정직하고 언제나 내 편이거든. 그런 눈으로 보지 마. 알콜리즘은 아니니까."

"참 많이 변했다."

"누가? 내가? 내가 뭘 변했다는 거야. 나처럼 변하지 않는 사람도 없지. 정말 변한 사람이 남 변한 걸 탓하고 있네."

"그래, 참 많이 걸어왔다. 어쩜 이렇게 시간이 빨리 갔는지 몰라."

"시간이 흐른 건 상관 없어. 아무리 시간이 많이 지났어도 나무는 항상 그 자리를 지키고 있거든."

"나두 나무라고 생각하고 있었는데……."

"나무 되기가 어디 쉬운 줄 아니?"

수아는 또 한 잔을 입속에 털어 넣었다. 지민도 질세라 수아처럼 똑같이 따라했다.

"너한테 묻고 싶은 게 있어."

수아도 지민에게 묻고 싶은 것이 있었다. 하지만 도저히 입이 떨어지지 않아 알콜의 힘을 빌리려고 그렇게 술을 몸속으로 집어넣고 있던 것인데 뜻밖에 지민이 먼저 입을 열었다.

"anything."

"나 입영하는 날 논산훈련소에 상아 보낸 거 너였니?"

지민은 정말 엉뚱한 질문을 하고 있었다.

"그게 왜 지금 와서 궁금하니?"

"우리가 언제부터 어긋나기 시작했는지 정확히 알고 싶어."

"왜?"

"그래야 누군가 책임을 질 거 아냐, 나든 너든. 물론 다 내 잘못이지만 근본적으론 너한테 문제가 있었어. 상아 대리역은 어린 시절에 끝냈어야 해. 그런데 넌 계속 가면놀이를 했어. 넌, 중요한 시기에 항상 너 대신 상아를 내보냈어. 날 위해서였다고 말하겠지만 언제부터인가 난 그것이 당연한 일로 여겨졌다구. 내 말 무슨 뜻인지 알겠니?"

"그러니까 내가 그렇게 만들었다는 얘기네. 그 언제부터인가가 입영하는 날 논산훈련소라는 얘기구. 그런데 어쩌지. 논산훈련소에 상아를 보낸 건 내가 아닌데. 상아가 가겠다고 했어. 그 전날 입영전야 파티 때 친구들하고 약속을 했기 때문에 어쩔 수 없이 가야 한다고 하더군. 말릴 이유가 없었지. 상아의 애프터서비스라고 생각했으니까. 근데 그날은 왜 그렇게 달랐을까?"

지민은 담배를 꺼내 물었다. 그리고 그동안 가슴에 묻어 두었던 그날의 그 시간으로 빨려 들어갔다.

지민은 엄마도 오지 못하게 했다. 지민 엄마는 학교 때문에 시간을 내기가 힘든 이유도 있었지만 수아도 오지 못하는데 싶어 혼자서 조용히 들어가려고 친구들의 동행도 거절했다. 그런데 뜻밖에 상아가 나와 있었다.

"웬일이야?"

"그게 무슨 소리야? 애인한테."

상아는 눈을 흘겼다. 상아는 애인처럼 꾸밀 필요가 없었는데도 그 전날 친구들 앞에서 했던 것처럼 지민의 애인 역할을 계속했다. 지민이 머뭇거리면 지민 팔을 잡아당겨 상아가 리드했다.

"오빠 머리 깎으니까 더 잘 어울린다. 스님들이 머리카락을 다 잘라

내는 이유는 번뇌를 없애기 위해서래. 오빠도 묵은 번뇌 다 털어버려."

그 말에 지민은 그저 씩 웃기만 했는데 지민은 그 후 상아의 그 말뜻을 자주 떠올리곤 했다. 자신의 묵은 번뇌가 수아라는 뜻인가 하고 잠시 생각한 적도 있었다.

상아는 그날 하루 완벽한 지민의 애인이었다. 지민은 상아와 함께 있으면서 늘 수아를 떠올렸지만 그날은 이상하게 수아 생각이 조금도 나지 않았다. 마치 그동안의 수아가 상아가 되어 자기 옆에 있다고 믿게 되었다.

헤어질 시간이 되자 상아가 눈물을 머금은 눈으로 지민을 쳐다보았다. 지민은 그런 상아가 너무 아름다워 두 손으로 얼굴을 감싸고 눈물을 닦아주었다.

"바보, 울긴. 난 괜찮아."

"오빠, 상사 말 잘 들어. 그래야 기합 덜 받는대. 치사하더라도 비위 잘 맞춰줘. 오빠 몸 편한 게 최고지 뭐."

상아는 지민을 진정으로 걱정하고 있었다.

지민이 잡았던 상아 손을 놓으며 고마워 와줘서, 잘 지내, 라고 인사를 하자 상아는 지민 가슴에 파고들었다. 그리고 서럽게 큰 소리로 흐느꼈다. 지민은 망설임 없이 상아를 꼭 안아주었다. 전날 술에 취해 상아를 안았을 때와는 기분이 달랐다. 지민은 상아의 긴 머리카락을 쓸어내려 주며 우는 상아를 달래주었다. 상아가 정말 사랑스러웠다.

상아는 지민 가슴에 묻었던 얼굴을 들어 지민을 빤히 쳐다보았다. 상아의 큰 눈망울 속에 지민이 들어 있었다. 상아가 눈을 감았다. 지민의 상아의 너른 이마에 입맞춤을 했다. 하지만 상아는 눈을 뜨지 않았다. 지민 눈에 상아의 앙증맞은 입술이 꽉 차 들어왔다. 하지만 지민은 그 입술에 자기 입술을 포갤 용기가 없었다. 그래서 그는 바보처럼 상아를 살며시 밀어냈다.

상아는 눈을 감은 채로 기습적으로 지민 입술 위에 자기 입술을 살짝 붙였다 떼었다. 상아는 모든 이별의식이 끝났다는 듯이 쾌활한 표정으로 지민을 보내주었다. 상아는 지민에게 계속 손을 흔들었다.

그날 이후 지민은 상아를 생각하는 시간이 많아졌다. 예전에는 수아의 일부분으로 상아를 받아들이고 있었지만 그날 이후 상아는 수아와 별개의 존재로 지민 가슴에 자리하고 있었다.

지민이 혼자서 비밀 한 가지를 꺼내 점검하는 동안 수아는 혼자 술을 마시고 있었다.

"그래, 지금 와서 그 이유를 알아 뭐하겠어? 하지만 웬지 그날은 불안했어. 상아가 내 대신 가겠다는 말을 하지 않았거든. 상아도 널 사랑했던 거야. 물론 그날은 그렇게까지 생각하지 않았지. 나중에서야 알았어. 상아도 널 사랑할 수 있다는 생각은 했었지만 상아가 너를 차지하리라는 생각은 하지 않았었어. 왠 줄 아니? 네가 날 선택할 거라는 것을 나는 추호도 의심치 않았거든. 근데 넌 망설임 없이 상아를 선택하더라. 정말 웃겼어."

수아는 웃음을 흘려냈다. 그 웃음 속에는 눈물이 담겨 있었다.

"미안해, 널 실망시켰다면……."

"아니, 사과하지 마. 그런 건 사과하는 게 아냐. 너한테 실망한 게 아니라 사랑에 실망했어. 영원한 사랑은 없다는 사실에 난 정말 분노했어. 오히려 난 너한테 고마워. 넌, 네 책임을 다 했으니까."

"정말 힘들었어. 이 땅을 떠났으니까 숨을 쉬고 살았지 그렇지 않았으면 미쳐버렸을 거야. 그런데 요즘 다시 괴로워. 널 보니까 정말 참을 수가 없어."

지민이 고통스러운 듯 눈을 감고 잔을 비웠다.

"괴로워하지 마. 이미 다 끝난 일이야. 인생은 시행착오야, 해프닝이라구. 오늘로 다 털어버리자. 말해 줘서 고마워. 난, 사실 아무 일도 없었다는 듯이 침묵하는 너한테 많이 서운했었어. 이제 됐어. 가끔씩 친구로 술 한잔 하는 건 괜찮겠지."

"해프닝이라구? 난 그렇게 생각 안 해. 그건 우연한, 그저 스쳐 지나가는 바람 같은 사건은 아니었어. 진지하고 치열한 삶이었다고. 다만 모든 게 서툴렀을 뿐이야."

수아는 지민 얼굴에 퍼져 있는 쓸쓸함을 보았다. 수아는 그 쓸쓸함의 의미를 애써 찾아내고 있었다.

—그는 후회하고 있는 것이 틀림없어. 그는 아직도 나를 사랑하고 있는 것이 분명해. 그래, 나를 못잊어 하고 있는 거야.

그때 휴대폰 벨이 울렸다.

"어, 당신이야? 응, 처형하고. 그럼, 김영건 선생도 함께 있지. 이제 곧 갈 거야."

—그래, 나는 그의 처형이구나. 김영건도 함께 있다고 거짓말을 해야 할 정도로 그와 나는 떳떳치 못한 관계구나.

아니 그보다 더 현실적인 문제는 그가 빨리 들어가야 한다는 사실이었다. 그를 붙잡아 둘 수 없다는 것이 수아를 쓸쓸하게 만들었다.

"먼저 들어가. 난 직원들하고 한잔 더 하고 갈 거야."

지민은 순순히 수아 뜻에 따라주었다. 그것은 지민의 뜻이었는지도 모른다. 돌아서는 지민을 보면서 수아는 이를 악물었다.

잠복기

신학기가 시작되었다.

교수로 출근하는 지민을 상아가 배웅해 주었다.

"잘해요. 괜히 책잡히지 말구요. 요즘 아이들이 얼마나 영악한지 알아요. 너무 잘해 줘두 안 되구 너무 권위적이어두 안 돼요. 아셨죠?"

상아는 지민의 뒤를 졸졸 따라가며 입을 잠시도 쉬지 않았다. 상아는 지민 양복 옷매무새를 매만져 주었다. 수아는 멀리서 그 모습을 지켜보았다. 참 아름다워 보였다. 자기도 뭔가 축하의 말을 건네고 싶었지만 비집고 들어갈 틈이 없어 포기했다.

지민이 아무 말이 없자 상아는 다시 확인했다.

"내 말 알아들었어요?"

"다녀올게. 지수야, 민우야, 엄마 말씀 잘 듣고 잘 놀아. 아빠가 들어올 때 아이스크림케익 사올게."

지민은 늘 아이들과 다정히 인사를 나누는 자상한 아빠였다. 수아 예상이 맞았다. 수아는 예전에 지민이 어떤 아빠가 될까를 상상해 본 적이 있었는데 바로 그런 모습이었다.

상아가 한숨을 쉬며 돌아섰다.

"뭐가 그렇게 걱정되니?"

"애를 물가에 내놓는 느낌이야. 언니도 알다시피, 지수 아빠 너무 착해서 휘둘림당하기 일쑤거든. 아마 국내에 있었으면 학위도 못 땄을 거야. 친구애들 얘기 들어 보니까 박사 학위 받는데도 로비가 필요하다고 하더라구. 교수 자리는 아예 공식적으로 가격이 매겨져 있다면서. 재단에서 밀던 사람이 있었는데 지수 아빠가 임용되었으니 얼마나 시집살이를 시키겠어."

"애, 그건 이름 없는 대학에서나 있는 일이지. 명문대학인데 그런 거 없어. 걱정하지 마. 그리고 강 교수님이 계신데 잘해 주실 거야."

"언니, 자기 일 아니라고 그렇게 편하게 얘기하우?"

상아는 자리에서 발딱 일어나 민우에게 달려갔다. 민우가 넘어져 울기 시작했기 때문이다.

수아는 지민 일을 자기 일이 아니라고 생각해 본 적이 없기 때문에 상아 말에 서운한 것은 바로 자기였다. 수아는 출근 준비를 했다. 아까 지민이 섰던 그 자리에서 조카들에게 인사를 했다.

"이모 다녀올게. 지수, 민우 싸우지 말고 잘 놀아."

"언니, 오늘 일찍 들어올 수 있어?"

"왜? 한턱 쏠려구?"

"아무튼, 눈치가 구단이야."

"알았어. 오빠한테도 전화할 테니까 준비해."

"뭐 오빠까지 불러. 무슨 대단한 일이라구."

그때 수아 엄마가 방에서 나왔다.

"왜 대단하지 않아. 난, 우리 사위가 교수된 게 너무 자랑스러운데."

"아 참, 오늘 그럴 게 아니라 너희들 지수 할머니 모시고 식사해라. 뭐니 뭐니 해도 할머니가 가장 좋아하시지 않겠니?"

"아유, 아유 골아퍼. 상계동 할머니 얘기는 꺼내지도 마."

"수아 말이 맞긴 해도 오늘만 날이야. 내일도 있는데. 그리고 아범 교수 만든 건 바로 나다. 상아하고 결혼시켰으니 교수 됐지, 우리 식구 안 됐으면 꿈이나 꿀 수 있는 일이냐?"

"엄마, 엄마가 그런 생각 갖고 있으면 지수 아빠 마음 편치 않아요. 누가 교수를 만들어요? 지수 아빠 스스로 된 거예요."

그 말에 상아도 동의를 표했다. 하지만 상아는 결국 축하 모임을 친정에서 먼저 갖게 만들었다.

지민은 연구실 문 앞에 붙은 서지민이란 이름에 눈길이 멈추었다. 교수님 연구실 앞에서 교수님 성함을 확인하고 노크를 하기 전에 옷매무새를 고치던 학창 시절이 떠올랐다. 자기 이름을 보는 기분이 묘했다. 지민은 버릇처럼 옷매무새를 고치고 심호흡을 했다. 이미 자기 물건을 옮겨놓느라고 여러 번 들락거렸던 연구실인데 첫 강의가 있는 날의 첫 출근이어서 그런지 기분이 달랐다. 지민은 천천히 손잡이를 돌려 앞으로 잡아당겼다. 문이 열리자 책상 위에 놓인 장미꽃다발이 정열적으로 인사를 건넸다.

—누가 꽃을 보냈지?

지민은 서둘러 책상 앞으로 걸어갔다. 카드가 꽂혀 있었다. 봉투에 박수아라고 적혀 있었다. 마치 수아가 그 자리에 있는 듯했다. 카드 속에서 수아 목소리가 새어나오는 듯했다.

—가만히 생각해 보니까 내가 기다리고 있던 왕자는 직업이 없는 사람

이지 뭐예요. 그런데 사람들은 그런 무직자인 왕자를 왜 좋아하는지 몰라요. 서지민 교수가 훨씬 멋있어요. 그동안 고생 많았어요. 정말 존경받는 교수가 되세요.

지민은 혼자서 씩 웃었다. 그리고 몇 번을 반복해서 읽고는 서랍 속에 고이 넣어두었다.

전화벨이 울렸다.

"네, 서지민입니다. 네? 어머니, 출근했습니다. 오늘 저녁이요, 오늘은 학교 교수님들하고 회식이 있는데요. 내, 내일 찾아뵙겠습니다. 죄송합니다."

지민은 전화를 내려놓으며 마음이 무거웠다.

교수 회식은 거짓말이고 며칠 전부터 상아가 오늘 저녁을 예약해 놓았기 때문이었다. 지민은 혼자 계신 어머니 생각만 하면 눈시울이 뜨거워졌다. 상아가 어머니에게 조금만 잘해 주었으면 좋겠다는 안타까움이 가슴속에 늘 가시로 남아 있었다. 지민은 어머니에게 죄를 짓고 있는 것 같았다.

수아 머리 속에 하루종일, 출근하며 나누었던 엄마와 상아 얘기가 떠나지 않았다. 가족들이 다 모인다면 자기 하나 빠진다고 해서 큰 문제될 것이 없을 듯해서 연구소 일로 조금 늦으니 먼저 식사하라는 전화를 걸고 다른 약속을 했다.

"어머니, 참 오래간만이시네요. 얼굴이 안돼 보이세요, 어디 편찮으세요?"

"나두 다른 시어머니랑 다를 바가 없나 봐요. 그러지 말아야지 하면서도 서운한 게 많네."

"왜 안 그러시겠어요. 오늘부터 출근했으니까 곧 자리잡을 거예요.

그러면 어머니 모시고 살겠죠."

"지금도 함께 살지 못하는 이유가 난 이해가 안 돼요. 예전에는 한방에서 다 살지 않았수? 아직 아이들 어린데 왜 방이 따로따로 필요한 건지."

"요즘 젊은 사람들은 다 그래요."

"오늘두 사돈처녀가 전화주지 않았으면 나 저녁도 못 먹고 밤 꼬박 새웠을 거유. 아범이야 학교 회식이 있어서 못 오는 거 이해하지만 아범 대신 아이들 데리고 어멈이 와야 하는 거 아니유?"

"어머니, 제가 싫으세요? 전, 어머니하고 데이트할 수 있어서 너무 좋은데요."

"아니, 누가 오래? 전화라도 해 주면 좀 좋아."

"어머니, 기분 푸세요. 자, 건배해야죠. 교수 아드님 두신 거 정말 감축드립니다."

지민 엄마도 마음이 풀렸는지 잔을 부딪히며 말했다.

"고마워요. 우리 사돈처녀 대통령 되시구려."

서로 얼굴을 마주 보며 큰 소리로 웃었다.

"어머니, 한 가지 부탁이 있어요."

"뭔데?"

"저 만났다는 얘기, 서 교수님한테도 지수 엄마한테도 비밀로 해 주세요. 전, 어머니가 좋아서 데이트 신청하는 건데 가만히 생각해 보니까 제가 이러는 거 동생한테 미안한 일이더라구요. 절 사돈이라고 생각하지 마시구 그냥 그 두 사람과 상관없는 사람으로 생각해 주세요. 그래야 앞으로도 어머니 편하게 뵐 수 있어요."

"알겠수. 나두 그렇게 꽉 막힌 늙은이 아닌데 사돈처녀 입장을 왜 모르겠수. 걱정하지 말아요. 비밀로 할 테니."

"어머니 감사합니다."

수아는 지민 엄마가 불쌍하다는 생각이 들었다. 혼자서 지민을 키우느라고 온갖 고생을 다 했을 텐데 아들의 효도를 받기는커녕 아들을 빼앗겼으니 홧병이 날만도 했다. 상아가 조금만 지민 엄마한테 잘해 주었으면 하는 생각이 들었다.

수아는 상아가 못하는 부분을 자기라도 채워 드리고 싶어 지민 엄마한테 신경을 썼다. 왜 시어머니와 며느리 사이는 그렇게 사랑이 생기지 않는지 이해가 되지 않았다. 수아는 상아의 태도를 보면서 올케를 이해하려고 애썼다.

수아는 지민 엄마와 헤어져 부지런히 집으로 향했다. 저녁 식사가 끝나고 맥주 파티가 벌어지고 있었다.

"죄송합니다. 늦었습니다."

"그렇게 일이 많니?"

장원이 걱정스럽게 물었다.

"응, 대통령 되려구."

지민 엄마가 한 말이 생각나서 그냥 한 말인데 식구들 눈이 휘둥그래졌다.

"정계 진출하려구요?"

도통 말이 없는 올케가 물었다.

"농담이에요. 자, 자, 파티를 계속합시다."

"축하 꽃다발, 감사해요."

하고 지민이 인사를 하자 상아 눈이 커졌다.

"언니가 꽃바구니 보냈어?"

"응."

"당신은 그 애길 왜 지금 해?"

"말할 기회가 없었잖아."

상아한테 꼼짝도 못하는 지민이 가여웠다.

"지수야, 아빠가 아이스크림케익 사 오셨니?"

수아는 분위기를 바꾸려고 지수를 끌어들였다.

"그래 지수야, 이모 아이스크림 좀 갖다 드려라."

아이스크림 덕분에 찬 공기를 데울 수 있었다.

수아는 아이스크림을 열심히 퍼먹었다. 식구들 앞에서는 할 말도 없고 하고 싶은 생각도 없었다. 이상하게 수아는 거리감이 느껴졌다. 그래서 가족 모임이 불편했다. 빨리 끝내고 쉬었으면 좋겠다는 생각이 간절했다. 하지만 혼자서 쉬겠다고 방으로 들어가는 행동은 절대로 하지 못하는 수아였다.

다음날 상아네는 상계동 할머니댁에 갔다. 상아는 상계동에만 다녀오면 입이 댓 자는 늘어져 있다. 집에 들어오는 모습부터 이상했다. 상아는 가방만 달랑 들고 들어오고 지민이 잠든 아이들을 하나씩 날랐다.

수아는 아이를 받아주고 싶은 생각이 굴뚝 같았다. 지민은 아이들 짐까지 혼자 날랐다. 수아는 그런 지민에게 미안함을 느꼈지만, 수아 엄마는 당연한 듯이 소파에서 상아의 불평을 들어주기 바빴다.

지민의 표정도 굳어 있었다.

"먼저 올라가겠습니다. 주무세요."

인사를 하고 도망치듯 가버렸다. 수아는 지민의 뒷모습을 계속 살피고 있었다.

"저 봐, 저렇다니까. 왜 지가 삐쳐. 자기 엄마라면 그저 벌벌 떨어. 자기 엄마한테만 잘해 주면 나한테 아무 요구도 하지 않겠데. 내가 뭘 잘못했다는 거야, 도대체!"

"홀시어머니가 그래서 힘들다고 하는 거야."

수아는 엄마 태도도 못마땅했다. 상아를 따끔하게 야단칠 생각은 하지 않고 오히려 상아와 죽을 맞추고 있었다. 엄마가 며느리한테 대접을 받지 못하는 것도 바로 그런 태도 때문이라고 생각이 들었다.

"나두 내일부터 돈 벌러 나갈 거야. 그래야 독립을 하지. 집에 들어오기 싫으면 따로 나가서 살래. 겉보리 서 말만 있어도 안 하는 게 처가살이래. 난, 뭐 좋아서 여기서 사는 줄 알어."

상아는 지민이 들으라는 듯 큰 소리로 말했다.

"너, 혹시 아버지한테 손 벌릴려고 하는 거니?"

"요즘들은, 유산 미리미리 나눠준다고 하더라."

"뭐? 유산? 우리 집에 돈이 어딨니? 네 아버지가 다 없앴지."

"있는 거라도 미리 줄 수 있잖아."

"딸년은 모두 도둑이라고 하더니 네가 그짝이구나."

수아 엄마는 화가 나서 자리에서 일어났다.

"나중에 상속세 옴팍 맡는 것보다 낫지 뭘 그래. 관둬. 치사해서 줘두 안 가져."

상아도 화가 나서 이층으로 뛰어 올라갔다.

모든 식구들이 다 화가 나 있었다. 돈 때문이었다. 수아도 화가 났다. 이럴 때 돈을 내주며 원하는대로 하라고 할 수 없는 자신의 무능함에 화가 났다.

화가 난 그날 밤 문소리만 쾅쾅 날 뿐 모든 것이 조용했다. 다음날부터 상아의 연예계 복귀 문제로 집안이 시끄러웠다.

이층에서 큰 소리로 싸우는 소리가 들렸다.

"마누라가 탤런트인 게 창피해? 당신 직업이 소중한만큼 내 직업도 소중해. 교수는 고등직업이고 탤런트는 하등직업이야? 당신 지금까지 그렇게 생각하고 있었어? 왜, 진작 얘기하지 그랬어. 그럼 창피한 직업

가진 나하고 결혼하지 않았을 거 아냐. 당신 혹시 속으로 날 의심하고 있었던 거 아냐? 그 스캔들, 가슴에 꽁하고 품고 있었지? 그래서 창피하다는 거 아냐. 당신 어머니가 나 미워하는 것도 다 그 이유에서야. 노인이니까 그럴 수 있다고 생각했었어. 근데 이제 보니까 당신도 그렇구나, 그랬었구나.”

“왜 그래? 또.”

상아가 스캔들을 들먹거린 것은 이번이 처음이 아니었다.

상아는 큰 문제에 부딪힐 때마다 스캔들을 끄집어냈다.

“말해 봐, 당신. 그러면 그렇다, 아니면 아니다라고 대답해야지. 왜 대답을 피해?”

“나, 출근해야 해. 아무 생각하지 말고 푹 쉬어.”

지민은 앞을 가로막는 상아를 밀치고 출근을 서둘렀다. 상아는 지민이 자기를 밀쳐냈다고 통곡을 했다.

수아는 아직도 스캔들 악몽에서 벗어나지 못하고 있는 상아가 안타까웠다. 수아 엄마도 깜짝 놀랐다. 수아 엄마는 딸의 과거를 완전히 잊어버리고 있었다. 그저 화려했던 스타였다는 것만 기억하고 있을 뿐이어서 그런 대스타를 지민이 같은 가진 것 없는 남자에게 주었다고 으스대고 있다가 갑자기 스캔들 얘기가 불거져 나오자 상아에게는 지민이 너무 과분하다는 생각이 들었다. 수아 엄마는 180도 태도가 변했다.

“지수 에미야, 그냥 아범 뒷바라지만 하고 살어. 엄마도 탤런트는 싫다. 나이 들어서 다시 나온 사람들 어디 빛 보디? 다시 나가면 더 추해져. 그냥 인기스타로 남아. 너도 알다시피 시집 잘 간 여자 탤런트들 컴백하는 거 봤니? 다 살기 곤란하니까 기어나오는 거라구. 세상 사람들은 이제 그때 그 일 모두 잊었어. 엄마도 잊었다. 그러니 너두 잊어버려. 탤런트 생활 다시 안 하면 그 일은 완전히 묻히고 말 거야. 아버지

하고 의논해서 너희들 나가 살 수 있도록 해 주마. 지수 할머니 말이 맞어. 처가살이, 남자 앞길 막는 거다. 정 무료하면 문화센터에 나가서 취미생활 해. 아이들은 엄마가 봐줄게. 이제 됐지? 아범 편하게 해 줘라. 남자는 집이 불편하면 밖에서 돌기 마련이다."

상아의 흥분이 조금씩 가라앉았다. 상아는 성격이 급해서 성질이 나면 마치 미친 사람 같았다. 예전에도 그랬었는데 결혼을 한 후 더 심해진 듯했다.

저녁때 수아가 지민에게 전화를 했다. 수아는 상아에게 지민과 술 한 잔 하고 들어가겠다고 알려주려 했는데 잠을 잔다고 해서 통화를 하지 못했다.

지민은 수아와 단둘이 있을 때는 어김없이 옛날처럼 대했다. 수아는 두 가지 역할을 너무도 잘해내는 지민이 참 대단해 보였다.

"나, 지금 상아 언니 입장에서 제부에게 부탁하는 거예요."

"그렇습니까. 말씀하세요."

조금 전까지만 해도 친구처럼 '야, 너두 한 번 생각해 봐라' 했던 사람이 어떻게 이렇게 얼굴색 하나 바뀌지 않고 자기 역할에 충실할 수 있는지 수아는 자기 앞에 앉아 있는 지민이 무섭다는 생각이 들었다.

"그 스캔들에 대한 지민 씨 생각을 듣고 싶어."

"난, 처음부터 스캔들 따윈 아무런 문제가 되지 않았어. 상아에게 그런 일이 없었으면 난 상아를 안아줄 필요가 없었을 거야. 근데 그 사람은 잊어버릴만 하면 그 얘기를 꺼내. 나보구 어쩌란 말이야. 뭘 인정하라는 거냐구. 정말 미치겠어. 아마 그 사람은 평생 그 악몽에서 벗어나지 못할 거야. 나두 마찬가지겠지."

"그 문제에 대해서 지민 씬 아무 거리낌이 없다는 뜻으로 받아들여도 되겠네. 근데 왜 연예계 복귀를 반대하는 거야? 내가 보기엔 상아는 재주가 있어서 그냥 썩히기 아까워. 이제부터야말로 인기에 연연하지 않고 성숙한 연기를 할 수 있을 텐데 말야. 상아한테 일이 필요하다는 생각 안 해 봤어?”

“좋아, 다 좋아. 하지만 연예인 생활을 다시 하면 그 스캔들에서 자유로울 수가 없어. 상아가 다시 웃음거리가 된다구. 난, 얼마든지 참을 수 있어. 하지만 상아는 병들고 말 거야. 네가 알다시피 상아가 얼마나 약한 아이니? 상아는 보호장치가 필요해. 그냥 놔두면 안 된다구.”

수아는 지민의 입장이 충분히 이해가 되었다. 지민은 학교에서 상아 때문에 곤란을 당하는 일이 많은 모양이었다.

—이봐 서 교수, 와이프가 유명한 탤런트였다면서? 이름이 뭐야? 대표작을 대 봐. 그래야 생각나지.

선배 교수의 질문이라 대답을 해 주면 열이면 열, 하나 같이 ‘아, 그 대통령 아들과 스캔들 있었던 여자구나’ 하는 것이었다. 우리 사회에서는 흠집이 있는 여자와 사는 남자들은 하나 같이 바보 취급을 받는다. 차라리 부인이 장애인이라고 하면 속으로는 ‘겨우 그 정도구나’ 하면서도 겉으로는 ‘아, 훌륭해, 대단해’ 라고 칭찬을 했을 것이다.

지민은 상아로 인해 멍에를 지고 있었다. 그런데도 상아는 지민의 아픔을 이해해 주지 않았다. 자기가 가장 아프다고 남의 아픔에는 콧방귀를 뀌었다. 그래서 지민은 그 누구에게도 위로를 받을 수 없었다.

“그 문제가 이렇게 질기게 괴롭힐 줄 몰랐어.”

지민은 고개를 설레설레 흔들었다.

너무나 아파하는 지민을 바라보며 수아는 자기도 모르게 지민의 머리를 감싸안았다.

"괜찮아, 괜찮아. 곧 괜찮아질 거야."

지민은 수아 가슴에서 꺼억꺼억 소리내어 설움을 쏟아냈다. 수아는 지민이 진정될 때까지 그렇게 지민의 머리를 끌어안고 있었다. 가장 상처가 깊은 사람이 지민이고 가장 위안이 필요한 사람이 지민이라는 것을 알고 있었기 때문이다.

지민이 술에 취해 수아와 함께 들어오는 것을 상아는 곱지 않게 쳐다보았지만 아무 말도 하지 않았다. 수아도 특별히 할 말이 없었다. 뭔가 설명을 한다는 것이 더 이상하다는 생각이 들었다.

상아는 분가를 위한 준비로 바빴다. 두 사람이 살기에는 너무 큰 46평 아파트를 고집하는 바람에 지출이 초과됐는데도 상아는 뭘 믿고 그러는지 카드로 가구들을 들여놓았다. 상아는 자기 공간이 마련된다는 기쁨에 얼굴이 그 어느 때보다 환해 보였다. 지민의 서재도 꾸며주고 아이들 방도 꿈동산 같았다. 그리고 상아는 자기 개인 방을 고집했다. 그래서 46평이 필요했던 것이다.

이렇게 집안 꾸미기가 완성이 되자 상아는 사람을 초대하기 시작했다. 주로 연예계 동료였다. 상아는 손님을 초대할 때마다 지민을 일찍 들어오게 했다. 행복하게 사는 모습을 보여주기 위해서였다. 지민도 그럴 필요가 있다고 판단했기에 상아의 집들이 파티에 이의를 달지 않았다. 손님이 돌아가고 나면 상아는 피곤하다고 뒤도 돌아보지 않고 침대 속으로 파고 들어갔다. 초대 뒷마무리는 지민의 몫이었다.

"아직도 또 초대할 손님이 남아 있어?"

출근 준비를 마친 지민이 침대 위에서 두 팔을 쭉 뻗으며 기지개를 켜는 상아를 보고 물었다.

"아유, 이젠 좀 쉬어야겠어. 너무 피곤해."

"어머니가 친척 몇 분하고 오시고 싶어하서."

"뭐라구? 나보구 잔치를 하란 말야?"

"잔치는 무슨 잔치, 간단히 저녁 드시면 돼."

"어머닌, 당신 다녀가셨으면 됐지 무슨 친척까지 끌고 오시려고 해."

"그렇게 알고 준비해. 이번 주 토요일에 오시라고 전화할 테니까."

"아니, 집을 산 것도 아닌데 무슨 집들이를 한다고 난리야. 전셋돈도 안 보태준 주제에……."

상아는 지민의 굳은 얼굴을 보고 찔끔해서 말을 멈췄다.

상아는 자기 손님들이 올 때는 상다리가 휘어지도록 차렸지만 지민 어머니와 그 친척들을 위해서는 그러고 싶지 않았다. 장도 보지 않고 있는 음식으로 겨우 흉내만 냈다. 지민은 상아의 그런 태도가 못마땅했지만 참았다.

"어머니, 내일 일요일인데 주무시고 가세요. 내일 제가 모셔다 드릴게요."

지민은 엄마 혼자 그 먼 길을 가서 빈집에 들어가 혼자 자야 하는 것이 마음에 걸려 엄마를 붙잡았다. 하지만 지민 엄마는 굳이 가겠다고 현관까지 나섰다.

"난, 우리 집이 편하다. 이상하게 아들 집인데도 불편하다."

이 말을 남기고 뒤도 돌아보지 않고 갔다.

상아는 잡는 척도 하지 않았다.

지민 엄마는 아들이 사는 모습이 마음에 들지 않았다. 평범한 여자와 결혼해서 가난하더라도 아들이 당당하게 사는 모습을 보고 싶었다. 지민 엄마 눈에는 아들이 잔뜩 주눅이 들어 있는 것처럼 보였다. 지민 엄마는 차라리 상아가 아닌 수아였다면 아들이 더 행복했을지도 모른다는 생각까지 했다.

지민은 엄마가 한 말이 마음에 걸려 아무 말도 하지 않았다.

상아는 온몸이 쑤신다고 공치사를 늘어놓았다.

"여보, 여기 좀 주물러 줘."

지민은 마음에 내키지 않아도 상아가 시키는 것을 거절할 용기가 없어 그대로 따라주었다.

"어쩜, 수고했다는 말 한마디 안 하고 가서."

"……."

"여보, 그리고 보니까 우리 집 식구들이 빠졌네. 초대를 해야겠지."

"그래야지."

이번에는 상아네 식구들이 초대되었다. 상아는 자기 친구들에게 만큼은 아니어도 지민네 식구들이 올 때와는 달리 모든 것을 새로 사서 정성껏 준비를 했다.

수아는 남의 집 가는 것을 꺼려했다. 휠체어를 타고 들어갈 수 없기 때문이었다. 휠체어 바퀴에 바닥이 긁히면 자국이 나기에 휠체어는 출입금지 품목이었다. 그래서 수아는 아직 장원네 집에도 가 보지 못했다. 물론 정식으로 초대도 하지 않았지만 잠시 들르는 방문도 하지 않았다. 하지만 이번에는 정식 초대인데다 초대에 응하지 않으면 모양새가 이상해질 것 같아서 참석하기로 했다.

장원네 식구들은 아무래도 늦기 때문에 수아가 아버지와 어머니를 모시고 왔는데 현관에서 한바탕 소란을 피웠다. 수아가 들어올 수 있는 방법을 찾기 위해서였다. 상아는 신문지를 깔겠다고 했고 수아 엄마는 수아를 수아 아버지와 둘이서 들자고 했다.

그때 지민이 아무 말 없이 나타나 수아를 가뿐히 안아 소파 위에 앉혔다. 마치 람보의 한 장면 같았다. 지민의 행동을 지켜볼 뿐 아무 말도 하지 않았다. 수아도 아무 생각이 없었다.

지수와 민우가 달려와 수아에게 안기는 바람에 어색함이 무마되었다.

수아는 상아네 집에 있으면서 내내 지민에게 안기던 순간을 반복해서 떠올렸다. 수아는 분명 그 순간 가슴이 철렁 내려앉았다. 수많은 남자들이 수아를 안아 옮겨주었지만 지민에게서 느껴지는 감정은 특별했다. 수아는 얼굴이 화끈 달아올랐다. 자기 감정을 들킬까 봐 수아는 아이들과 열심히 놀아주었다.

갈 때는 장원이 수아를 휠체어로 옮겨주었기 때문에 아무런 문제가 생기지 않았다.

상아는 화장대 앞에서 화장을 지우며 지민을 향해 물었다.

"당신, 옛 애인 안아 본 느낌이 어때?"

"처형이야."

"처형? 그래 처형이지. 하지만 옛 애인인 것도 사실이잖아."

지민은 대답을 하지 않았다.

지민은 이상하게 말수가 자꾸 줄어갔다. 상아와는 할 말이 없었다.

상아도 더 이상 말로 표현하지 않았다. 한 번 쏟아내면 봇물처럼 터져버릴 것 같았다.

지민이 수아를 안았을 때의 표정은 단순히 처형으로서가 아니었다. 아주 복잡하고 미묘했다. 그 묘한 표정은 이번이 처음이 아니었다. 지민과 수아는 부딪힐 때마다 그런 알 수 없는 표정으로 서로를 쳐다보거나 외면했다. 그 표정이 상아 마음에 항상 걸렸다. 상아는 어린 시절을 떠올려 보았다. 상아는 지민과 수아 사이에서 어렸을 때도 수없이 질투를 느꼈었지만 이런 묘한 느낌은 처음이었다. 질투보다 더 불쾌했다.

지민은 침대 위에 벌렁 누웠다. 그리고 아까 수아를 안았을 때를 떠올려 보았다. 지민은 수아가 곤란해하는 것이 보기 싫어 자기가 나섰던 것인데 상아 말을 듣고 나니까 수아를 안아준 것이 수아에게 부담을 준 것 같아 마음이 무거워졌다. 수아를 안았을 때 그 느낌이 너무 편안했다. 예전에 늘 안아주던 그 느낌 그대로였다. 느낌이 변하지 않았다는 것은 마음이 변치 않았다는 것을 뜻했다.

그날 밤 지민은 몸서리가 쳐지는 간음을 저지르고 말았다. 상아 몸을 더듬으며 수아를 느끼고 있었다. 지민은 수아에게 첫 키스를 하던 때를 기억해냈다.

그리곤 그때처럼 상아 이마에 입술을 갖다댔다. 그때 그 장면이 그대로 복사되어 지민의 머릿속에서 인화되고 있었다. 사실 지민은 상아와의 키스는 언제였는지 기억조차 없다. 술에 취한 상태에서 키스와 섹스가 한꺼번에 이루어졌기에 아름다운 추억으로 남아 있지 않았다.

하지만 수아와의 첫 키스는 잊을 수가 없다. 너무 또렷이 너무도 생생히, 그 느낌이 그 감격이 그 충격이 고스란히 가슴속에 담겨져 있다.

수아는 키스할 때 장난치기를 좋아했었다. 한참 달콤해서 정신을 놓고 있으면 수아는 혀를 쏙 빼가 어디엔가 감추어버렸다. 지민은 사라진 길고 말랑말랑한 요술봉을 찾기 위해 이리저리 찾아 헤매야 했다. 지민이 지친 듯하면 수아는 얼른 그 요술봉을 길게 뽑아 내주었다. 그래서 지민은 수아와 키스를 할 때 늘 오랫동안 탐닉해 들어갈 수 있었다.

하지만 상아는 달랐다. 상아는 마치 영화 촬영을 하듯이 근사한 폼을 요구했다. 지민이 고개를 오른쪽으로 틀려고 하면 두 팔로 지민 얼굴을 왼쪽으로 확 꺾어버렸다. 그러면 지민은 느낌이 달라져 의무적인 키스로 끝나곤 했다. 그러면 상아는 '아유, 무드 없어'라고 짜증을 냈다. 그리고 어느 영화의 키스 장면이 명장면이었다는 등 하며 지민이 보지 않은 영화 장면을 얘기하는 바람에 지민을 곤욕스럽게 만들었다. 그러면 지민은 돌아누워 잠을 청했다. 그래서 부부관계가 키스에서 끝날 때가 많았다.

하지만 그날 밤 지민은 자신감 있게 섹스를 리드할 수 있었다. 섹스 상대가 상아가 아닌 수아로 보였기 때문이다. 소유하는 순간은 행복하고 통쾌했지만 큰 파도가 가라앉자 허탈했다.

어떻게 자기가 그런 속물적인 상상을 할 수 있었는지 속이 메스꺼울 정도였다. 수아한테도 상아한테도 죄인이란 생각이 들었다.

상아는 초대하는 일이 끝나자 밖으로 나가기 시작했다. 연예인 동료들의 저녁 초대가 이어졌다. 아이들은 친정 집에 맡겨놓고 지민에게는 늦는다는 통보로 간단히 끝내버렸다. 그런 날이면 지민은 밖에서 저녁을 해결하거나 집에 와서 혼자 라면을 끓여 먹었다. 혼자서 저녁을 먹으며 편하고 자유롭다는 생각을 했다. 아이들까지 없자 마치 총각 시절 같았다.

지민은 혼자라는 것이 이렇게 홀가분한데 왜 결혼들은 하는지 아니, 왜 인간은 결혼을 하도록 되어 있는지 이해가 되지 않았다. 아마 상아도 그런 자유를 얻기 위해 집밖으로 나갈 것이라고 상아를 이해하는 쪽으로 마음을 돌리고 있었다.

그때 전화벨이 울렸다.

"지수 아빠 들어왔군요, 큰일났어요. 이쪽으로 좀 와야겠어요. 민우가 고열이 나서 지금 응급실에 와 있어요."

응급실이라는 단어가 지민 머릿속에 번개를 내리쳤다. 지민은 수화기를 내려놓기 무섭게 병원으로 향했다.

수아가 민우를 간호하고 있었다.

"놀랐죠? 해열제 맞고 열이 내렸어요. 아깐 겁이 나서 나도 모르게 호들갑을 떨었네요. 쉬고 있는 사람 공연히 놀라게 해서 미안해요. 애엄마도 곧 올 거예요."

지민은 대답 대신 긴 한숨을 내쉬었다.

"낮에 잘 놀았대요. 저녁 무렵 씻기고 밥 먹인 것밖에 없는데 열이 갑자기 오르니까 엄마가 놀래서 전화를 하셨더라구요."

수아는 자초지종을 설명해야 할 것 같아서 지민에게 병원에 오기까지의 과정을 말해 주었다. 수아는 그 말을 하면서 계속 떨고 있었다. 아이가 아픈 것을 처음 보는 수아로서는 마음이 안정이 되지 않았다. 사실 병원에 실려오기 전의 민우 상태는 심각해 보였다. 눈이 거의 돌아간 상태였다.

지민은 자리에서 일어나 나가버렸다.

수아는 지민이 화가 나 있다고 생각했다. 아이를 돌보지 않고 늦게까지 돌아다니는 상아에게 화가 났고 아이 하나 제대로 보지 못하는 자기 집 식구들에게 화가 났다고 생각했다. 그래서 수아는 민우에게 눈을 떼지 않고 민우의 작은 손을 꼭 잡고 있었다. 민우가 마치 어디론가 날아가버릴 것만 같아 수아는 민우를 놓을 수가 없었다.

지민이 수아 앞에 커피를 내밀었다. 그제야 수아는 지민을 똑바로 쳐다볼 수 있었다. 지민이 바르르 떠는 수아 손에 커피잔을 쥐어주었다. 지민의 따스한 위로였다. 수아는 커피잔을 들고서야 목이 타고 있다는 사실을 알았다.

"피곤할 텐데 들어가요. 이제 내가 왔으니까 괜찮아요, 안심해요."

수아는 지민을 본 순간 마음이 진정되었던 것이 사실이다. 하지만 집에 들어간다고 마음이 편할 리 없었다.

"지수 엄마 오는 거 보고 갈게요."

둘은 말이 없었다. 그저 똑같이 민우만 쳐다보고 있었다. 민우의 얼굴이 점점 편안해지고 있었다. 두 사람의 마음도 점점 편안해졌다.

상아가 종종걸음으로 달려왔다.

"아니, 애를 어떻게 봤길래 이 지경을 만들어 놓았어."

상아는 원망부터 퍼부었다. 약간의 술 냄새가 풍겼지만 취한 기색은 없었다.

상아는 원래 술을 못하기 때문에 술좌석에 어울려도 멀쩡했다. 상아와 지민 사이에도 말이 없었다.

"지수도 엄마네 있으니까 오늘은 성북동으로 가요."

상아가 말했지만 지민은 상아 말을 무시하듯 수아에게 말했다.

"지수는 내일 아침에 데리러 가겠습니다."

지민은 민우를 번쩍 안고 병원을 나섰다. 상아가 입을 삐죽거리며 지민 뒤를 따랐다.

"언니, 대단한 일도 아닌데 여기저기 전화하고 난리야."

상아는 지민에게 전화한 것에 핀잔을 주었다. 그렇게 상아를 보낸 수아의 마음이 편할 리 없었다. 수아는 너무 피곤해서 몸이 물에 젖은 솜뭉치 같았다.

그런 일이 있은 뒤에도 상아는 외출을 멈추지 않았다. 상아는 자기 고집대로 연예계 복귀를 준비하고 있었던 것이다.

상아는 확실히 끼가 있었다. 그 끼를 발산하지 않으면 미쳐버릴 것 같아 식구들의 만류에도 불구하고 TV드라마 출연을 따냈다. 상아가 맡은 역할은 전성기 때에 비하면 너무나 볼품 없는 조역이었다. 주인공의 친구 역인데 대사도 별로 없었다. '어머, 어머, 그러니? 세상에 그럴 수가 있니?' 하는 정도의 맞장구가 고작이었지만 상아는 대본 연습이다 촬영이다 회식이다 해서 무척 바빴다.

지민은 상아의 태도에 대해 가타부타 말이 없었다. 상계동 어머니가 걱정을 하면 '너무 걱정하지 마세요. 집에 가만히 있는 것보다 나을 것 같아서 제가 허락했어요' 라고 거짓말을 했다. 그런데 성북동 어머니가

상아의 연기자 생활에 대해 말하면 '애들 엄마 고집을 누가 꺾겠어요'
라고 포기한 듯 말했다.

상아는 밤 촬영으로 집을 비우는 일이 많았고 자연히 지수와 민우는
성북동에서 살았다. 아이들 때문에 지민도 성북동으로 퇴근을 했다. 영
락없는 홀애비였다. 와이셔츠 단추가 떨어져 소매가 덜렁거렸고 바지
가 구겨져 있어 보기 흉했다.

수아는 아이들보다는 지민이 더 불쌍했다.

"이거, 세일이어서 샀어요."

수아가 와이셔츠를 내밀었다.

"집에 가면 많은데……."

"여긴 집이 아니잖아요. 입고 출근하세요."

수아는 지민을 위해 와이셔츠를 고르며 행복했다. 여자의 행복은 남
자의 옷을 고르는데 있다는 것을 처음으로 느꼈다.

지민이 수아가 사준 와이셔츠를 입고 출근을 하려고 내려왔다. 입은
것을 보니까 더욱 행복했다. 짜릿하기까지 했다.

"잘 맞네요."

지민의 인사에 수아는 그냥 웃어 보였다.

"오늘, 이모는 출근 안 하시나 보다."

수아 엄마가 방에서 나오자 지민은 수아에게 물으려고 했던 것을 민
우에게 그렇게 둘러 말했다.

"아이구, 오늘 이모 출장 가잖아. 모르고 있었어?"

"그래요? 어디로요?"

"미국 워싱턴에서 세미나가 있어요."

수아가 대답했다.

"한참 걸리겠네요."

"한 보름 정도 예정하고 있는데 더 걸릴지도 모르겠어요."

지민은 상아가 지방 촬영 때문에 못 들어오는 날이 많아도 아무렇지도 않았는데 수아가 집을 비운다고 하자 이상하게 허전했다. 갑자기 기운이 딱 떨어져 발걸음이 무거웠다.

지민은 아이들에게도 인사를 하는 둥 마는 둥 하고 집을 나왔다. 강의를 하면서도 연구실에서도 내내 수아 생각만 했다. 미국에 있을 땐 한 번도 오지 않더니 이제서야 미국에 가는 수아가 야속했다. 자기도 수아를 따라 비행기를 타고 떠나고 싶은 마음이 간절했다.

"어머, 웬일이에요?"

"공항까지 데려다 줄게."

"우리 직원이 해 줄 텐데."

"가족이 해야죠."

지민은 친구가 되었다, 제부가 되었다 갈피를 잡지 못했다.

수아는 일부러 온 지민의 호의를 받아주기로 했다. 그래서 지민 차를 타고 인천공항으로 향했다. 수아는 지민과 여행을 떠나는 기분이었다. 강 교수님 별장으로 가던 기억이 떠올랐다. 그때 수아는 외출을 자주 하지 않던 때라 어디를 가고 있다는 것에 흥분이 되었는데 지금은 지민과 작은 공간에 함께 있다는 사실이 그녀를 설레이게 했다.

"저기."

"저기."

시선을 지민은 앞쪽으로 수아는 오른쪽으로 고정시키고 있다가 갑자기 시선을 돌리며 그렇게 똑같이 말했다. 수아와 지민은 옛날부터 이렇게 동시에 똑같은 행동을 잘했다. 둘은 동시에 웃었다. 그리고 동시에 먼저 라는 말로 양보했다.

둘이 하고 싶은 말은 똑같이 강 교수님 별장 얘기였지만 두 사람은 엉뚱한 말로 동시 동작에서 벗어나려고 애썼다.

"강의, 어떻게 하구 왔느냐구."

수아가 먼저 말을 하기로 했다. 예전에도 그랬던 것처럼 말이다.

"땡땡이지 뭐."

"그랬구나… 말해."

"어, 강 교수님이 요즘은 주거 편의시설 모델 개발 중이신데 나도 참여하게 됐어."

"그래? 그럼 서 교수도 편의시설 쪽이야?"

"그럼, 당연하지."

"우리 집 지어 달라고 부탁해야겠네."

수아가 말하는 우리 집에 지민도 포함이 되고 싶었다.

"여유 생기면 내가 예쁜 집 지어줄게. 강 교수님 별장보다 더 편안하고 그림 같은 집으로 지을 생각이야."

수아는 그 예쁜 집이 상상이 되었다. 지민은 수아를 위해 우리나라 건축문화를 바꾸겠다고 건축공학을 선택한 것이고 대학에 들어가서는 강 교수를 만나 무장애 공간에 매료되어 수아가 살 집을 틈만 나면 종이 위에 그리곤 했었다. 그리곤 그 속에 자기와 수아를 그려 넣으며 이렇게 말했었다.

—수아야, 내가 늦게 들어오면 초인벨 울리지 말고 바로 들어가는 걸로 하는 게 좋겠지?

—왜 늦을 생각을 해, 벌써부터.

—야! 남자가 사회생활 하다 보면 늦을 수도 있고 집에 못 들어갈 수도 있는 거지.

─뭐? 외박까지.

그때 수아는 지민이 진짜 외박을 한 듯이 온갖 구박을 다 해댔다.

당연히 한 집에서 같이 살 줄 알았는데 지민이 지어주는 예쁜 집에 지민이 없다는 사실이 예쁜 집의 가치를 떨어뜨리고 있었다.

퇴근 시간이라 막혀서 인천공항까지 꽤 긴 시간이 걸렸다. 하지만 둘은 별다른 대화를 나누지 못했다. 술에 취해야 알콜 덕분에 솔직해지지 맨정신으로는 이성이 강하게 작용해서 마음을 굳게 닫고 있었다.

지민은 수아를 케어하는 일에 능숙했기 때문에 수아는 아주 편안했다. 함께 떠날 일행들이 벌써 와 있었다. 그 속에 있던 김영건이 뛰어왔다. 왜 그렇게 늦었어, 하며 수아 휠체어 손잡이를 빼앗았다. 지민은 빼앗기지 않으려고 손에 힘을 꼭 주었지만 김영건에게 결국은 빼앗기지 않을 수 없었다. 수아가 모르는 사이에 발생한 아주 짧은 전쟁이었다.

"참, 인사하세요. 우리 제부 서지민 교수예요."

수아는 지민을 김영건에게 소개했다.

"아, 예. 그랬군요. 난, 누구신가 했네요. 말씀 많이 들었습니다. 김영건입니다."

지민은 달려오는 사람을 본 순간 그 사람이 김영건이라는 것을 금방 알 수 있었다. 김영건은 수아를 동료 이상으로 대하고 있었다. 수아도 김영건을 스스럼 없이 대해 주었다. 두 사람을 보면서 지민은 자신이 끼어들 수 없음을 깨달았다.

"서지민입니다. 처형에게 큰 힘이 되어주신다고 들었습니다. 감사합니다."

진심이었다. 지민은 수아를 도와주는 사람이면 누구나 고마웠다. 김영건이 아니었어도 지민은 그렇게 인사를 했을 것이다. 하지만 김영건은 지민 말에 대꾸도 하지 않았다.

수아도 일행들과 수속 절차를 밟느라고 지민에게는 눈길조차 주지 않았다. 지민은 수아 짐 가방을 들고 있다가 그 가방마저 빼앗겼다. 지민은 손이 어색해서 담배를 피웠다. 복잡하게 얽혀져 있던 마음이 조금씩 풀어지는 것 같았다.

수아가 왔다.

"바쁜데, 가야지?"

"응, 가야지."

"고마워."

벌써부터 해야 하고 또 하고 싶었던 말을 이제야 했다.

"고맙긴."

"참, 들어갈 때 민우 아이스크림 사다줘야 해. 내가 사갖고 들어간다고 했거든."

"알았어. 어서 가 봐."

지민은 잘 가, 건강해 이런 말을 해야 한다고 생각하면서도 왠지 어색해서 그만두었다. 아니 그런 말보다 더 하고 싶은 말이 있었다. 가지 마였다. 지민은 수아가 떠나는 것이 싫었다. 수아가 영영 돌아오지 않을 것 같았다. 아니 김영건과 같이 가는 것이 싫었다. 돌아올 때 수아가 혼자가 아닌 김영건과 깊은 사이가 되어, 둘이 되어 있을 것만 같았다.

수아는 어느덧 탑승구 입구에 줄을 서 있었다. 뒤에 김영건이 있었다. 수아는 입구에 가까워지자 고개를 돌려 지민을 찾았다. 지민이 그 자리에 그대로 서 있자 얼굴 가득 미소를 띄우며 손을 흔들었다.

지민도 수아처럼 흉내를 냈다. 처음 하는 행동이라 어색했지만 그렇게밖에 마음을 전달할 수 있는 방법이 없었다.

수아가 더 환하게 더 강하게 답변을 보내고 있는데 김영건이 휠체어

방향을 확 틀었다. 수아 뒷모습은 김영건에게 가려져 보이지 않았다.

지민은 다시 담배 한 대를 피워 물었다. 수아가 아직도 남아 있는 공간이라 쉽게 떠나지질 않았다.

사람을 보내고 혼자서 돌아가는 길은 너무나 황량했다. 침묵이 두려워 라디오를 틀었다. 마침 머라이어 캐리의 'without you'가 흘러나오고 있었다. 당신 없이, 이 노래는 지민의 마음을 너무도 잘 표현하고 있었다.

생각해 보니 수아가 먼저 지민 곁을 떠난 적은 없었다. 항상 떠나는 쪽은 지민이었다. 남아 있는 사람이 힘들다는 것을 지민은 그제야 알 듯했다. 자기가 떠났을 때 수아가 얼마나 아파했을까 싶어 가슴속에 찬 바람이 불었다.

상아와의 사건이 터지기 전 수아는 마치 이별을 예감한 듯 이런 말을 했었다.

—지민 씨, 우리가 과연 결혼할 수 있을까?

—그런 말이 어딨어.

—사랑한다고 모두 결혼하는 건 아니잖아. 엄마가 그러는데 부부 인연은 따로 있대. 우린 부부 인연이 아닐 수도 있어.

—왜, 딴 남자 생겼니.

—차라리 그랬으면 좋겠어. 지민 씬 너무 오랫동안 내 고통을 나누어 졌는데 그것이 결혼으로 계속 이어지면 지민 씨 피해가 너무 크잖아. 이쯤에서 지민 씨는 쉬고 다른 사람이 해 주는 게 더 내 맘이 편할 듯해.

—아이구 그러서, 눈물 나도록 고마운 배려네. 야, 가만히 보면 넌 심각한 바람둥이야. 너도 연예인이 될 걸 그랬나 봐.

—연예인이 바람둥이야? 아무튼 지민 씨도 다른 남자들하고 똑같애.

수아는 상아가 탤런트가 된 후 연예인에 대한 좋지 않은 발언에 예민한 반응을 보였다.

—미안해, 그런 뜻은 아냐.
—지민 씨.
—응.
—우리 만약 부부 인연이 없어서 결혼하지 못한다 해도 서로 원수처럼 지내지는 말자. 절대로 만나서는 안 되고 모든 추억을 잊어버려야 하고 생각도 해서는 안 되는 그런 이별은 나, 못할 것 같애.

지민은 그 말이 떠오르자 갑자기 기분이 밝아졌다. 수아는 절대로 도망가지 않는다는 중요한 단서가 있는데 걱정할 것이 없었다. 수아가 부탁한대로 아이스크림을 사가지고 처갓집으로 갔다. 뜻밖에 상아가 와 있었다.

"언니, 데려다 주었다면서요?"

상아가 물었다.

지민은 큰 잘못을 들킨 것 같은 기분이 들었다. 하지만 상아는 의외로 부드러웠다.

"나두 언니 태워다 주려고 전화했더니 방금 떠났다고 하더라구."

"막히는 길이라 좀 서둘렀어."

"언닌 좋겠다. 나두 미국 가고 싶다. 미국에 7년을 살았어도 여행 한번 제대로 못했잖아요."

"미국 촬영은 없어?"

"촬영 가는 게 뭐 놀러가는 건 줄 알아요? 촬영은 노동이에요, 노동."

상아는 저녁을 먹고도 집에 갈 생각을 하지 않았다.

"언니도 없는데 뭐, 가느라고 애쓰지 말고 오늘 여기에서 자요, 우리."

지민은 수아가 없는 집이어서 있기가 싫었는데 상아는 수아가 없으니까 편한 모양이었다.

"여보, 이번에 언니, 김영건이랑 사건 내고 왔으면 좋겠다."

지민이 가장 우려하고 있는 것을 상아는 간절히 바라고 있었다. 항상 상아는 지민과 다른 생각, 다른 행동을 해서 지민을 쓸쓸하게 만들었다.

"나, 도면 작업이 있어."

"언니 서재에서 해."

지민은 상아의 제안을 받아들였다. 집에 가자고 갈 상아가 아니어서 빨리 포기하는 편이 현명했다.

상아는 지민을 끌고 수아 서재로 들어갔다.

"봐, 얼마나 좋아. 언닌 요즘 서재에 올라오지도 않더라. 하긴 언니가 뭐 연구하는 게 있어야지. 여보, 조용하고 좋지? 당신 일해, 나 졸려. 어제 한숨도 못 잤거든. 나 당신 방해 안 하고 잘 테니까 당신 작업하고 잘 때 들어와요. 나, 피곤하니까 건드리지 않기다."

상아는 부탁을 할 때는 이렇게 남을 있는대로 배려하고 다정하고 애교스럽기까지 하다. 상아는 나가며 자기 의무를 말로 때웠다.

"커피 마시고 싶으면 당신이 해결해요."

지민은 상아가 수아를 공항까지 배웅해 준 것을 따지고 들지 않는 것만으로도 다행이기에 다른 불평을 할 처지가 아니었다.

수아와 어린 시절을 보낸 방이라 너무도 많은 추억이 한꺼번에 떠올랐다. 세 벽면이 책들로 가득 채워져 있었다. 지민은 천천히 그 책들을 살폈다. 신문방송학과 관련된 전공 책, 시민운동, 언론, 문학, 철학 서적들이 잘 분리되어 꽂혀 있었다.

그러다 겉표지가 낡은 초라한 책들에 눈길이 닿았다. 『폭풍의 언덕』,

『죄와벌』,『젊은 베르테르의 슬픔』… 지민이 수아에게 선물한 책임을 금방 알 수 있었다. 책을 한 권 꺼냈다.『슬픔이여 안녕』이었다. 표지를 넘기자 지민 글씨가 나왔다.

—내 친구 수아의 열다섯 번째 생일을 축하하며, 수아의 어린 왕자 지민.

지민은 그 문구에 쿡 하고 웃음을 뱉어냈다. 자기도 그런 간지럽고 촌스러운 말을 할 수 있었구나 싶어 자기 자신에게 흉을 보고 있었다.

책갈피를 넘겼다. 빨간 밑줄이 드문드문 보였다. 수아는 책을 그냥 읽는 법이 없었다. 중요한 문장에는 꼭 밑줄을 그어 두고 노트에 그 문장들을 옮겨 적어 두곤 했었다. 책 뒷장에서 수아 글씨를 발견했다.

—이 작품은 사강이 1952년 소르본 대학을 낙방하고 쓴 것이다. 만약 사강이 합격을 했더라면『슬픔이여 안녕』이란 작품은 세상에 나오지 않았을 것이다. 그리고 사강 역시 프랑스를 대표하는 여류작가가 되지 못했을 것이다. 지민이 이 책을 나한테 선물한 이유도 바로 그 실패에서 꽃피운 성공 때문이 아닐까.

또 내 슬픔과 안녕하기를 원하고 있기 때문이다. 나도 안녕을 하고 싶다. 이 세상의 모든 고통과…… '고통이여 안녕' 나한테 정말 많은 것을 느끼게 하고 가르쳐 준 작품이다. 지민아, 고마워.

수아는 항상 책 후미에 이런 촌평을 남기곤 했다. 특히 지민이 선물한 책에는 반드시 메모를 남겼다.

지민은 수아가 대견스러웠다. 어린 나이에 어떻게 그런 깊은 생각을 할 수 있는지 수아가 커 보였다.

밖에서 아이들이 뛰어 올라오는 소리가 들렸다. 지민은 책을 얼른 꽂고 자리에 앉았다.

"아빠, 아이스크림 먹어도 되지요?"

민우였다.

"아빠, 그거 이모가 사주신 거니까 이모 오면 같이 먹어야 하지요?"

지수였다.

"이모, 오늘 안 오셔. 그러니까 이모 기다리지 말고 먹어. 아빠랑 같이 가서 먹자."

지민은 아이들을 데리고 아래층으로 내려왔다. 지민은 냉장고에 넣어 둔 아이스크림을 꺼내 아이들 앞에 갖다놓았다.

"아빠, 이모 미국 가셨어요?"

"응."

"언제 오세요?"

"열 밤 자면."

"와, 열 밤이나요?"

민우는 이빨이 빠져 텅 비어 있는 입술을 삐죽거렸다.

"아빠, 이모한테 전화해요. 할 말이 있어요."

"너, 이모한테 선물 사 오라 그럴려고 그러지?"

지수가 민우 마음을 알고 무안을 주었다. 사실 지민도 수아와 통화를 하고 싶었다. 아들 민우처럼 선물을 부탁하고 싶어서가 아니라 서재에서 본『슬픔이여 안녕』을 선물했을 때의 추억을 되새김질하고 싶었다.

"아빠, 오늘 우리 유아원에서요, 우리 엄마가 TV에 나온다고 했더니요, 아이들이 거짓말이래요. 아이들이 왜 안 믿는 거죠?"

"TV에 나오는 사람은 훌륭한 사람이거든."

“아빠가 더 훌륭하잖아요.”

“엄마가 더 훌륭한 거야.”

그때 수아 엄마가 나왔다.

“진짜 훌륭한 사람은 이모야, 이모 봐라. 이모는 몸이 불편한데도 성한 사람 몇 배의 일을 하지 않니? 이모는 박사지, TV에도 많이 나오지, 사람들한테도 존경 받지. 그러니 얼마나 훌륭해.”

수아 엄마의 말에 지민도 맞장구를 치고 싶었지만 아이들한테 엄마의 권위를 세워주어야 하겠기에 꾹 참았다.

수아네 집에서 수아의 위치가 확실히 달라져 있었다. 지민이 미국으로 떠나기 전만 해도 수아는 집안일에서 소외되는 주변 인물이었는데 7년 만에 돌아와 보니 수아는 집안 대소사를 관장하는 중심 인물로 가정을 장악하고 있었다. 지민은 수아의 그런 힘 있는 모습이 정말 보기 좋았다.

오히려 요즘은 상아가 수아에게 밀리고 있었다. 상아는 그런 지각 변동에 불만을 품고 있었지만 대세에 밀려 어쩔 수 없이 받아들이고 있는 듯했다. 연예계 복귀도 수아에게 지고 싶지 않아 예전의 인기를 다시 붙잡아 보려고 시도한 것이었다.

상아는 연예계 복귀에 성공하려고 안간힘을 썼다. 처음에는 작은 역할에도 만족해했지만 점점 배역에 욕심을 부렸다. 상아는 주인공을 따내기 위해 연출가는 물론 작가들에게도 로비를 했다. 상아는 알고 있었다. 한 작품만 뜨면 바로 CF 제의가 들어오고 영화계에서도 손짓을 하고 드라마 캐스팅도 자연스럽게 이어지는 것을. 그래서 로비에 쏟는 돈이 투자라고 생각했다.

아침에 지민이 출근을 하는데 상아가 하품을 있는대로 켜며 말했다.

“여보, 오늘 연예제작부에서 전화 갈 거예요.”

“왜?”

“추석 특집으로 잉꼬 부부 TV오락관 한대.”

“여보, 난 학생들을 가르치는 교수야. 교수가 연예인 프로그램에 나가서 히히덕거리며 게임하는 거, 그게 어울린다고 생각해. 당신?”

“그건 옛날 얘기예요. 요즘은 튀는 교수들이 얼마나 많은데, 그렇게 튀어야 출세한다구.”

“난, 출세하고 싶지 않아. 지금 이대로 만족해.”

“그러니까 이 모양으로 살지.”

“이 모양이 어때서? 당신 눈에 내가 그렇게 우스워 보여? 그런 거야?”

“누가 우습데? 무슨 남자가 야망도 없느냐구. 나, 당신 편의시설 연구하는 거 알어. 그거 돈 되는 일 아니잖아. 난, 당신이 공모전에 나가서 대상도 받고 대한민국에서 내로라 하는 건물이 당신 작품이라는 자랑도 할 수 있었으면 좋겠어. 그런데 당신이 하는 일이 뭐야? 겨우 편의시설 아냐?”

“겨우?”

“그래, 겨우. 내가 모를 줄 알고. 당신 언니 때문에 편의시설에 매달리는 거 아냐?”

“마음대로 생각해.”

지민은 계단을 쿵쿵거리며 뛰어 내려갔다.

“당신, 거절하면 나두 가만 있지 않을 거야.”

상아는 애초 계획과는 달리 강경책을 썼다. 좋게 얘기하려고 했는데 지민이 생각보다 강하게 나왔기 때문이다.

하지만 상아는 알고 있었다. 지민이 거절을 하지 못한다는 것을. 지민은 원래 거절을 하지 못하는 성격이었다. 그래서 상아를 거절하지 못하고 받아들였다. 어쩜 수아를 받아들인 것도 거절을 하지 못하는 성격 때문이었을지도 모른다.

친구가 장애인이라고 친구를 거절하지 못할 정도로, 여자와 하룻밤을 잤다고 여자를 거절하지 못할 정도로 지민은 거절에 약하다는 것을 지민을 알고 있는 사람은 다 알고 있었다.

결국 지민은 방송국에 끌려 나갔다. 수아가 없는 동안 가장 큰 사건은 바로 방송 출연이었다. 지민은 이번이 마지막이라고 단서를 붙였다. 체질에 맞지도 않지만 학교 노교수들이 싫어한다는 구체적인 이유를 밝혔다. 그 이유는 사실이었다.

지민은 수아와 결혼 발표를 하던 기자회견 때도 너무나 어색해서 진땀이 났었다. 지루하고 고통스러웠다. 그런데 이번 방송 출연은 더욱 그랬다. 생각하고 싶지도 않은 악몽이었다.

수아 마중에 온 식구가 총출동했다.

지수와 민우는 이모라면 깜박 죽는 아이들이어서 이모 마중에 빠질 리가 없었고 상아도 추석 명절 연휴라서 촬영이 없었다. 그래서 온 가족이 가게 되었다.

수아는 김영건과 함께 나왔다. 뭔가 즐거운 얘기를 하고 있는 듯 표정이 밝았다. 민우가 가장 먼저 수아를 발견하고 달려가 안겼다.

민우는 너무 반가워서 이모 목을 꼭 끌어안고 입을 맞추고 난리였다. 수아는 민우가 안길 때마다 지민의 숨결이 느껴져 혼자서 진저리를 치곤 했었는데 민우가 너무 열정적으로 달려들자 지민의 느낌이 더 강해 얼굴까지 빨개졌다.

그 모습을 바라보며 가장 부러워한 사람은 지민이었다. 자기도 달려가서 수아를 덥썩 안아주고 싶었다. 하지만 지민은 자리에 그대로 서 있었다. 움직이면 자기가 무슨 행동을 할지 몰라 두려웠다.

"수아 씬 인기가 좋구나. 온 가족이 이렇게 열렬히 마중을 나오니 말야. 혼자 사는 사람 서러워서 못살겠네."

김영건이 지민에게 악수를 청하며 반갑게 인사했다.

"참, 제 동생 상아예요."

"첫눈에 알았지요. 대스타를 만나 보게 돼서 영광입니다. 악수를 청해도 될까요?"

상아는 수줍은 듯 손을 내밀었다.

"그렇지 않아도 한번 뵙고 싶었어요. 언니를 많이 도와주신다고 해서."

"돕긴요. 제가 기생을 하고 있지요. 상아 씨가 날 구명해 주고 있습니다."

"괜찮으시면 저희랑 함께 가세요. 저녁 식사 같이하시죠."

상아가 제안했다.

"아냐. 다들 피곤한데 각자 집으로 가자. 김 선생님 어서 가세요."

수아가 상아의 제안을 물리쳤다.

"그래 간다, 간다. 저, 그럼 물러갑니다."

김영건은 지민과 상아에게 깍듯이 인사를 했다.

그리고 수아의 등을 한 번 어루만져 주며 자리를 떴다. 그런 행동이 지민과 상아 눈에는 예사롭게 보이지 않았다. 하지만 느낌은 각기 달랐다. 상아는 다정스런 모습이어서 보기 좋았고 지민은 결혼도 하지 않은 사람이 어떻게 저렇게 자연스럽게 남의 여자를 만질 수 있을까 싶어 불쾌했다.

수아가 돌아오자 집이 갑자기 꽉 차는 기분이었다. 수아는 지수와 민우 선물밖에 사 오지 않았다. 외화 낭비는 반애국적 행동이기 때문에 수아에게는 절대 불가였다.

다음날이 추석이어서 상아네 식구들은 바로 돌아갔다. 추석날 아침 상아네는 상계동 집으로 갔고 장원네만 있었다. 장원네도 아침 차례를 마치고는 바로 처갓집으로 향했다.

수아는 계속 잠에 빠져 있었다. 시차 적응 문제도 있었지만 집을 떠나 생활했다는 것이 수아에게는 힘든 일이었다. 점심도 먹지 않고 계속 자고나니 벌써 저녁때였다. 상아네가 와 아이들이 쿵쾅거리고 있었다.

수아는 저녁을 맛있게 먹었다.

"언니, 미국에서 굶었수?"

"난, 김치가 최고야. 양식 너무 느끼해."

그 말에 지민이 빙그레 웃었다.

수아는 양식을 싫어해서 지민과 데이트를 할 때 맨날 허름한 선술집이나 삼겹살, 아구찜 같은 고춧가루와 마늘이 꼭 들어가는 집만 찾아다녔었다.

저녁을 먹고 TV 앞에 앉았다. 추석 특집프로가 시작되었다. 한복을 곱게 차려 입은 부부들 속에 지민과 상아가 보였다. 아이들이 아빠 나온다고 손뼉을 쳤다.

지민이 슬그머니 일어났다.

"당신 어디가?"

"담배 피러."

지민은 자리를 피해 도망가는 것이었다.

송편 빚기 게임을 하고 있는데 사회자가 지민에게 마이크를 대며 물었다. 부인이 가장 좋아하는 음식이 무엇이냐는 것이었다.

"제 아내는 음식을 좋아하는 것이 아니고 분위기를 좋아하는 것이기 때문에 그때 그때 분위기 따라 좋아하는 음식이 달라지지요."

"아, 그럼 분위기를 맞추려고 노력하시겠군요."

“애쓰고 있습니다.”

“야, 애처가의 표본입니다.”

그 말은 맞는 말이었다. 상아는 분위기를 즐기는 무드파이다.

이어서 부부사랑 확인 게임이 이어졌다. 발만 보고 아내 찾기, 냄새로 아내 찾기 등을 지민은 무사히 잘 통과했다.

“자, 이번에는 추억 찾기 게임입니다. 이 게임은 아무래도 박상아, 서지민 부부팀이 유리할 것 같네요. 초등학교 6학년부터 사귄 가장 오랜 연애 기간을 자랑하는 부부니 말입니다.”

옆에 있던 여자 MC가 덧붙였다.

“그렇게 오랫동안 연애를 한 건 기네스북에 오를 일이죠.”

하지만 두 사람은 번번이 서로 엇갈리는 대답을 해 폭소를 자아내게 했다. MC가 끼어들었다.

“아니, 어떻게 된 겁니까? 지금 두 분의 주장이 서로 다르거든요. 혹시 첫사랑이 따로 있는 것은 아닙니까?”

상아가 수습에 나섰다.

“우린 너무 어려서 만났기 때문에 사랑이란 감정을 갖지 않았었어요. 처음엔 우정이잖아요. 제 남편은 고지식한 사람이라서 우정과 사랑을 엄격히 구분하는 것이고, 난 어린 시절의 우정을 사랑에 포함시켜 생각하는 거고, 그 차이에요. 아까두 첫 키스를 한 장소가 난 논산훈련소이고 제 남편은 어촌 민박집이라고 한 건 논산훈련소에서는 입술만 부딪혔기 때문에 남편은 그것을 뽀뽀라고 생각하는 거라구요.”

“그렇죠, 뽀뽀와 키스는 분명히 다르지요.”

상아의 기지로 해명이 되었지만 지민은 고지식하다 못해 답답한, 영락없는 꼰대가 되고 말았다.

가족들은 지민이 화면발이 잘 받는다는 둥 상아 순발력이 뛰어나다는 둥 하며 칭찬하기 바빴지만 수아는 다시 배신의 불덩어리가 끓어 올랐다. 논산훈련소에서 상아랑 키스를 해 놓고도 어떻게 아무렇지도 않게 자기를 대할 수 있었을까 싶어 지민의 이중성에 치를 떨었다. 공항에서 자기를 쳐다보던 눈빛이 너무나 애절해서 비행기 안에서 내내 지민 생각만 했었는데, 미국에서도 일을 마치고 호텔방에 들어가면 지민을 꼭 껴안고 있었는데 그런 자신이 부끄럽고 한심했다.

수아는 이제 지민에게 속지 않겠다는 다짐을 하며 잠을 청했다. 잠이 오지 않아 뒤척이며 지민을 씹던 무척 긴 밤이었다.

선택

"수아야!"

수아는 깜짝 놀라 급히 술잔을 내려놓았다.

"왜 그렇게 놀래?"

"그렇게 안 불렀잖아요."

"수아 첫사랑은 그렇게 불렀나 보지?"

"그럼요, 동갑이고 친구였는데."

"그럼 수아 씬 뭐라고 불렀어?"

"지……."

수아는 너무 놀라 자기 입을 막아버렸다.

"지, 뭐야?"

"유도 질문은 인권 침해에요."

"첫사랑 이름 지민이지, 서지민."

"미쳤어."

"그래, 미쳤는지도 모르지. 공항에서 두 번밖에 만난 적이 없는 서지민이지만 나한테 아주 익숙한 캐릭터였어. 어디에서 만난 적이 있나, 이상하다 이상하다 계속 그 캐릭터와 숨바꼭질을 하다 드디어 찾아냈지. 수아 씨 작품 속의 인물과 동일하더군. 자기 작품마다 빠짐없이 등장하는 인물, 물론 작품마다 이름은 달랐지만 주인공 여자가 사랑하는 인물의 캐릭터는 유사성이 많았지. 난, 그것이 수아 씨 특유의 작품 세계일 거라구 생각했는데 서지민을 보고서야 알았지. 그건 실존 인물이고 수아 씨 마음 깊숙이 들어가 있는 남자는 지민이란 인물 하나라는 것을 말야."

"나도 미처 생각하지 못했던 추론이네요. 만화적이긴 하지만 재미있네요."

"다른 사람은 속일지 몰라도 난 못 속여."

"말 같지도 않은 소리 집어쳐요."

수아가 매섭게 김영건을 노려봤다.

"나도 오늘로 끝내려고 해. 우리 결혼하자."

"미쳤어."

"나란 인간 수아 씨한테 턱도 없이 부족하다는 거 알어. 그래서 지금까지 결혼이란 말은 입 밖에도 꺼내지 않았어. 하지만 수아 마음을 붙잡아줄 남자가 필요하고 더군다나 언제 불거져 나올지 모를 불륜을 예방할 장치가 필요하단 판단이 들었어."

"……."

수아는 듣고만 있었다.

"수아는 큰일을 할 사람이야. 서 교수도 마찬가지이고. 두 사람 다치게 하고 싶지 않아."

"걱정 안 하셔도 돼요. 그 사람은 감성보다 이성이 훨씬 강해요. 감정에 휩싸일 사람이 아녜요."

"내가 보기에도 그래. 문제는 수아 씨야. 수아 씨는 그 반대잖아. 화약고를 가슴에 품고 있는 활화산이라구."

"아뇨. 아무리 마음이 뜨거워도 몸이 차갑기 때문에 폭발할 염려가 없는 사화산이에요. 그런 일 절대 없어요."

"사람 일은 장담하는 게 아냐."

"그렇다고 아저씨와 결혼하는 건 말도 안 돼요. 그런 사실을 뻔히 알면서 나랑 결혼할 맘 생겨요, 아저씬?"

"애기했잖아. 난, 늘 수아 씨를 생각했어. 내가 변변칠 못해서. 너를 가질 엄두를 내지 못했던 거야."

"아저씬 항상 사람을 기분 좋게 해 주는 마법사예요. 하지만 아저씨가 변변치 못하다는 말은 지나친 과장이에요. 지나가는 사람을 붙들고 물어보세요. 내가 부족한지, 아저씨가 부족한지……."

수아는 울고 있었다. 김영건의 인간적인 사랑에 온몸의 세포가 풀이 죽어버렸다.

"난 청혼했어, 날 사랑해 주지 않아도 돼. 날 남편으로 받아주지 않아도 돼."

"미쳤어. 정말 미쳤어."

그날 이후 수아는 김영건을 똑바로 쳐다볼 수가 없었지만 김영건은 아무 일도 없었다는 듯이 평소와 다름이 없었다. 그런 김영건이 수아는 너무나 고마웠다.

어느 날 상아가 수아 앞에서 김영건에 대한 얘기를 꺼냈다. 수아 엄마는 일언지하에 반대했다.

"우리 수아가 어디가 부족해서 그런 남자한테 시집을 가니? 그 사람 10년 만 있으면 환갑이야. 부인하고는 이혼을 해서 남남이 됐다 해도 자식하고는 연을 끊을 수 없는 거다. 왜 애들 뒤치닥거리를 수아가 하

니? 그 사람 집 한 칸 변변히 없는 모양이던데 수아가 그런 집에 시집가
서 어떻게 사니?”

“엄만, 요즘은 연상 연하 그런 나이 같은 거 안 따져. 그리고 자식 효
도받을 수도 있잖아. 또 돈이 없으면 어때? 우리 집에 들어와서 살면 되
지. 그분, 사회적으로 얼마나 존경받는 사람인데.”

“존경이고 뭐고 다 소용없다. 수아는 엄마 아빠랑 사는 게 제일 편해.”

“그건 엄마 생각이지. 왜 엄만 언니 생각을 안 해?”

“얘가, 왜 지언니 시집 못 보내서 안달이야?”

수아는 듣고만 있었다. 옛날부터 엄마는 수아에 대해 일방적인 판단
을 했다. 그것이 사랑이라고 생각했다. 하지만 엄마의 판단은 항상 빗
나갔다. 수아가 힘들어하는 것이 바로 그 잘못된 판단을 바르게 잡는
것인데 결혼 문제 만큼은 수아가 직접 나설 수가 없었다.

“언니 생각을 말해 봐.”

상아는 엄마와 말이 통하지 않자 수아를 개입시켰다.

“엄마, 난 그 사람 조건이 나쁘다고 생각하지 않아요. 그 사람 아주 좋
은 사람이에요. 나한테 필요한 사람이기도 하구요. 그 사람도 날 원해
요. 하지만 자신이 없어요. 내 몸 추스르기도 힘든데… 안 돼요, 그건.
그 사람한테 못할 짓이에요.”

수아 엄마는 딸의 반격에 정신이 나간 듯했다. 상아도 할 말을 잃었다.

수아는 중요한 시점에서 이렇게 사람을 한 방에 눌러놓는 특별한 힘
이 있었다.

상아는 퇴근해서 돌아온 지민을 붙들고 성북동에서 있었던 일을 대사
한마디 빠트리지 않고 고스란히 전해 주었다.

“내가 뭐랬어요? 언니, 그 사람 좋아한다니까. 그리고 중요한 건, 그
사람이 언니한테 청혼을 했다는 사실이야. 그동안 결혼 얘기 없다가 미

국 다녀와서 청혼한 걸 보면 미국에서 무슨 일이 있었던 게 분명해. 우리가 나서야 해요. 웬만하면 내가 해결했으면 좋겠지만 여자가 나서는 거 이상하잖아요. 그렇다고 장원오빠가 나서겠어요? 우리 오빠 그런 일에 재주가 없거든. 오빠두 엄마처럼 이혼한 남자라고 반대할 게 뻔해. 그러니까 당신이 나서요. 이번에 언니 결혼 문제 매듭지어야 해요, 알았죠?"

지민은 수아가 정말 그렇게 말을 했다면 아니, 그보다 미국에서 부부연을 맺었다면 모든 사람들의 축복을 받으며 공식적인 부부가 되는 것이 옳다고 생각했다. 그래서 상아의 부탁을 거부하지 않았다.

지민은 수아가 자기와 눈길조차 부딪히지 않으려고 하는 것이 김영건과의 관계 때문이라고 나름대로 해석했다.

약속 시간보다 일찍 나갔는데도 김영건이 벌써 와 있었다.

"제가 먼저 와서 기다렸어야 하는데 죄송합니다."

"장소를 내가 정했기 때문에 내가 먼저 온 거예요. 내 편의를 봐주셨는데, 근데 먼저 시작했습니다. 이 집에 맡겨둔 양주가 있어서요."

"잘하셨어요."

"즐겨 드시는 걸로 다시 주문하죠."

"아닙니다. 전, 애주가가 아니어서 술을 가리지 않습니다."

"그렇군요. 그럼 한잔 받으세요."

김영건은 모든 행동이 아주 자연스럽고 멋스러웠다. 지민은 서울에 처음 올라왔을 때 느꼈던 위축감이 엄습해 왔다.

"오늘 제가 뵙자고 한 것은."

"빨리 들어가셔야 되나요?"

"아, 아닙니다."

"천천히 합시다. 서둘러서 좋을 것 없죠. 오늘 이런 자리 마련된 거 수아 씨도 알고 있나요?"

"모, 모릅니다."

"알겠어요. 그럼 어부인이 보내셨군요."

"그렇긴 합니다만 저도 뵙고 직접 확인하고 싶었습니다."

"그래요. 제가 청혼했어요. 답변을 기다리고 있는 중이죠. 난, 수아 씨가 내 청혼을 휴지통에 넣어버렸는 줄 알고 서운해했는데 그래도 가족들에게 알리긴 했나 보군요. 대단히 기분 좋은데요."

"전, 그것까진 잘 모르겠습니다. 그저 아내가 선생님 만나 뵙고 선생님의 분명한 뜻을 알아보라고 해서……."

"제 청혼은 분명한 사실입니다. 아주 오래전부터 결혼하고 싶었어요. 하지만 내가 비집고 들어갈 틈이 없더군요. 말은 하지 않았지만 가슴에 품고 있는 사람이 있는 듯했어요. 그래서 그저 주위를 맴돌았지요."

"그런데 왜 갑자기 청혼을……."

"이제 수아 씨 가슴속에 있는 사람을 떼어내 주려구요. 너무 오래 묻어두면 썩거든요."

지민은 담배를 꺼냈다. 어느 틈에 김영건이 라이터 불을 켜 가까이 내밀었다.

"아, 참, 담배를……."

지민이 양해를 구하는 제스처를 했다.

"물론이에요. 술좌석에서는 그런 예절이 거추장스럽죠."

지민은 있는 힘을 다해 담배 필터를 빨았다. 입 안 가득 연기를 모았다. 그리고 한숨과 함께 뿜어냈다. 수아 가슴속에서 썩고 있는 자신을 뽑아내려는 듯 열심히 빨아서 힘껏 내뿜었다.

"서 교수는 어떻게 생각해요?"

"만약 그렇다면 떼어내야지요."

지민은 만약을 강조했다. 범행을 은폐하려는 범죄자의 심리에서일 것
이다.

"서 교수가 도와줘요. 수아 씨 행복하게 해 줄 능력은 없지만 바람막
이는 돼줄 수 있어요."

"결혼을 서두르시는 또 다른 이유는 없으신가요?"

"무슨 뜻이죠? 아, 미국이요?"

김영건은 큰 소리로 웃었다.

"어르신들이 그렇게 생각하시나 보군요. 천만에요. 수아 씨를 정말
모르시는군요. 수아 씬 가슴속에 있는 남자 이외엔 관심이 없어요. 그
래서 내가 질투가 난다니까요."

모든 면에서 김영건이 한 수 위였다. 김영건은 자기가 하고 싶은 말을
다 하면서도 상대방이 전혀 눈치 못 채게 했다. 분위기가 무르익자 김
영건이 묻기 시작했다.

"난 말예요. 사람과 사람 사이에는 무선의 전류가 흐르고 있다고 믿
고 있어요. 텔레파시라고 하죠. 수아 씨가 가슴속에 그 사람을 담고
있으면 그 사람도 수아 씰 놓지 못해요. 보이지 않는 기류가 형성되어
그 속에 묶이게 되거든요. 하지만 수아 씨가 그 사람을 가슴 밖으로
꺼내버리면 그 사람도 수아 씰 놓아버릴 거예요. 어때요, 서 교수 생
각은?"

"글쎄요. 잘 모르겠지만 그렇게 쉽게 떼어내 놓고 그럴 수 있을 것 같
지는 않네요."

"물론이에요. 하지만 사람들은 그렇게 되었다고 믿을 거예요. 그런
부담에서만 벗어나도 한결 가벼워지지 않겠어요?"

그의 말 한 마디 한 마디가 가슴을 콕 콕 찔렀다. 그는 지민이 그동안
생각하지 못했던 진실을 일깨워 주었다.

“중매 잘 하면 술이 석 잔이라죠. 잘 부탁합니다.”

김영건은 지민에게 정중히 부탁까지 했다. 하지만 지민은 그 부탁을 들어줄 마음이 전혀 없었다. 그저 미국에서 아무 일도 없었다는 것을 확인한 것이 큰 수확이었다.

지민은 자기 마음을 들키지 않으려고 거짓말을 했다.

“처형의 행복을 위해서라면 오히려 제가 부탁을 드려야죠.”

지민은 술을 즐기는 편도 아니었지만 실수를 할까 봐 자제를 했다. 김영건은 술이 너무 세서 도저히 맞춰줄 수가 없었다.

수아의 결혼 얘기가 공론화되었다. 하지만 수아의 결혼을 찬성하는 사람은 상아 한 명 뿐이었다.

수아 아버지는 ‘큰 뜻을 품었으면 독신이 좋다. 그래야 뜻을 펼 수 있어. 봐라, 우리나라 여성사를 봐도 훌륭한 여성은 모두 독신이었어. 아빠, 수아가 일로 성공하는 사회적인 인물이 되었으면 한다’ 고 말했고 수아 엄마는 여전히, 김영건이 부족하다는 것이 반대 이유였다.

장원은 수아 결정을 따라야 한다고 말하면서도 결혼했을 때 발생할 문제점을 조목조목 대며 수아에게 결혼은 득이 되지 않는다는 식으로 은근히 반대를 했다. 올케 역시 찬성은 아니었다. 김영건이란 인물을 신뢰할 수 없다는 것이었다.

지민은 아무 말도 하지 않았다. 그저 듣고만 있었다.

상아 혼자서 찬성론을 펴고 있었다.

“이이가 만나 봤는데 사람 괜찮더래요. 예절도 바르고 생각도 깊더래요. 언니에 대한 사랑이 끔찍하더래요. 난, 언니가 그 사람과 결혼하면 사회활동에 오히려 도움이 된다고 생각해요. 그 사람은 시민운동계에서 알아주는 정통파예요. 정치권에서도 김영건을 끌어들이려고 얼마나 회유하고 있는지 아세요. 국회의원 선거에 나가면 거뜬히 당선을 할 인물로 손꼽히고 있다구요. 그리고 언니가 결혼을 함으로써 사회적인 관심을 더 끌어 모을 수 있는 효과가 있다고 봐요."

지민은 상아 얘기를 들으면서 꾸미고 계산하는데 정말 천부적인 능력이 있다는 사실을 발견하고는 상아를 다시 한 번 쳐다보았다. 김영건을 만나고 들어왔을 때 상아가 김영건이 어떤 사람이냐고 묻길래 그저 좋은 사람이라고 말한 것 뿐인데 상아는 마치 자기가 만나기나 한 듯이 설명을 했다. 그리고 김영건과 결혼했을 때 얻을 수 있는 효과에 대해서는 너무나 치밀하게 계산하고 있었다. 아마 자기와 결혼했을 때도 그런 계산을 했었을 것이라고 생각하자 갑자기 소름이 끼쳤다.

"당신도 말 좀 해 봐."

상아가 지원을 요청했다.

"처형이 원하는대로 해 드려야……."

그러자 상아가 끼어들었다.

"언니가 원하고 있다니까, 김영건이 자기한테 과분한 사람이라고 말한 걸 보면 몰라."

그날 가족들이 모여 수아 결혼에 대해 의논한 결과는 장원의 말대로 수아 결정에 따르자는 것이었다.

수아는 모르는 척하고 있었지만 모든 것을 알고 있었다.

상아가 나서서 전해 주었기 때문이다. 하지만 상아는 자기에게 유리한 말만 전해 주었다. 사실 수아도 김영건의 청혼에 대답을 해 주어야 하겠기에 고민하고 있었다.

김영건의 말에도 일리가 있었다. 자기와 지민 두 사람을 위해 결혼이란 보호 장치가 필요한 것은 분명한 사실이었다.

만약 결혼을 한다면 김영건이 최고의 상대였다.

수아가 고민하는 것은 누구와 결혼할 것이냐가 아니라 결혼을 할 것이냐 하지 말 것이냐 하는 결혼 자체에 대한 문제였다. 수아는 스스로 결정할 수 없어 어렸을 때 해 보았던 놀이를 해 보았다. 손가락 하나 하나를 접으며 '김영건과 결혼을 해야 할까요, 하지 말아야 할까요'를 해 보았는데 기가 막히게도 접었던 손가락이 쫙 펴졌고 동전 던지기를 시도하며 앞면 나오면 했을 때 바로 앞면이 나왔다. 그때는 이 놀이를 지민이한테 편지가 올까요, 안 올까요로 했는데 그 놀이는 수아가 원하는 쪽으로 만들어야 끝났다.

하지만 지금은 한 번 하다가 그만두었다. 왜냐하면 수아가 원하는 것이 정해져 있지 않았기 때문이다. 그러다 내린 결론은 자신이 원하는 것이 무엇인지 모른다는 것은 간절히 원하고 있지 않기 때문이고 따라서 결혼은 불필요하다는 것이었다.

수아는 김영건을 만났다.

이상하게 김영건은 청혼을 한 후부터 외모에 신경을 썼다. 예전에는 세수도 하지 않은 채 자다가 부스스한 모습으로 뛰어나오곤 했었는데 요즘은 항상 비누 향기가 났다. 그리고 머리 길이도 적당하게 잘라 단정해 보였다. 수염도 말끔히 밀어 얼굴이 환해 보였다. 옷도 예전에 보지 못했던 멋스런 새옷이었다. 그런 김영건을 보자 수아는 말이 나오지 않았다.

"요즘 바람났나 봐."

수아는 퉁명스럽게 장난을 쳤다.

"맞아. 족집게네. 사람들이 그러더라. 안 하던 것 하면 죽는다고 조의금 마련해야겠대."

"끔찍해."

"왜? 내가 죽는 건 싫으니?"

"아저씨가 죽는 게 싫은 게 아니라요. 난, 사람이 죽는 게 싫어요. 내가 죽을 때까지 아무도 죽으면 안 돼요."

"수아 씨 몇 살까지 살 건데?"

"92살."

"뭐? 그렇게 오래 살 거야? 그럼 난 105살까지 살아야 하네."

"물론이지."

"야, 난 자신 없다. 그리고 난 오래 살고 싶지 않아. 늙는 고통이 얼마나 큰 건데."

"몰라. 아무튼 난 90살은 반드시 넘길 거야."

"왜 그러는 건데?"

"세상이 바뀌는 걸 보고 싶어서요. 그래야 안심하고 눈을 감지요."

"세상을 빨리 바꾸는 수밖에 없군. 명대로 살려면 말야. 야, 근데 그거 나에 대한 사랑의 표시니? 사랑하는 사람이 죽는 건 차마 볼 수 없는 일이란 수아 씨 글, 읽은 적이 있는데."

"치, 내가 말했잖아요. 난, 사람이 죽는 게 싫다구."

김영건은 술잔을 털어 넣었다.

"바람났냐고 물었지? 참 묘하더라. 수아 씨를 위해 그래야 한다는 생각이 드는 거야. 아니, 그러고 싶은 거야. 그렇게 안 어울리니?"

"아뇨, 멋있어요. 아주 잘 어울려요, 근데 아저씨?"

"말하지 마. 수아 씨가 쉽게 결정내리지 못할 거라는 거 알어. Yes가 아니면 말하지 마. 말 안 하면 Yes에 대한 기대로 행복하지만 No라고 말하면 너무 너무 불행해져. 나, 행복하고 싶어. 당분간만이라도……."

"Yes든 No든 우리 사이는 달라질 것이 없어요. 그건 아저씨도 잘 알잖아요."

"우리, 술 마시자. 자, 이 잔은 원샷이다."

김영건은 수아의 말을 들으려고 하지 않았다. 수아도 말하지 않는 것이 더 좋겠다고 생각하고 청혼에 대한 대답을 묻어버렸다.

마침 상아가 바빠지는 바람에 수아에게 결혼을 독촉하는 사람이 없어져 수아의 결혼 문제는 침묵 속에 빠져 마치 없었던 일처럼 되어버렸다.

상아가 바빠진 이유는 소원대로 주말 연속극 주인공을 맡은 것이다. 남편이 있는 유부녀가 연하의 총각과 사랑을 나누며 사랑의 진정한 의미를 찾아간다는 내용이었다. 요즘 세태를 대변하고 있는 드라마여서 시작도 되기 전부터 매스컴에서 경쟁적으로 취재를 했다. 박상아가 아니면 해낼 수 없는 연기라고, 박상아를 위해 연출가와 작가가 호흡을 맞춘 드라마라고 박상아를 추켜세웠다.

그런데 그 드라마는 시작 전부터 지민의 심기를 불편하게 했다. 이런 인터뷰 내용 때문이었다.

만약 극중의 배상준이 나타난다면 드라마처럼 가정을 깰 수 있겠느냐는 질문에 상아가 그럴 수 있다고 대답했기 때문이다. 이 말 한마디로 사람들은 박상아 결혼생활에 적신호라고 이혼설이 나돌았다.

상아는 그 소문에 신경을 쓰지 않았지만 지민은 언짢아했다. 자기 가정을 놓고 사람들이 이러쿵저러쿵 말하는 것 자체가 부담스러웠다. 그리고 사람들이 자기를 서지민으로 봐주지 않고 박상아 남편으로 생각하는 것이 마치 자기 존재를 말살당하는 기분이 들었다. 교수들도 지민에게 '이봐 서 교수, 마누라 꼭 붙잡아' 라고 농담을 할 때 지민은 쥐구멍에라도 숨고 싶었다.

이 일로 가장 흥분한 사람은 상계동 어머니였다.

—내가 뭐라고 했니? 여자는 내보내는 게 아니라고 했지. 내가 창피해서 학교에서 얼굴을 못 들고 다닌다. 너 앞으로 어떻게 할 생각이니? 난

이번 기회에 아주 그 집과의 인연이 끝났으면 좋겠다.

　상아의 부재로 지민과 부딪힐 일이 없자 오히려 집안이 조용했다. 아이들은 외할머니가 맡아 키우고 있었고 지민은 혼자서 홀아비 생활을 했다. 성북동에 와서 식사를 하라고 해도 거절했다. 보다 못해 수아가 전화를 했다.
　"아이들이, 아빠 보고 싶어 해요."
　"……."
　"듣고 있어요?"
　"응."
　지민이 응이라고 대답한 것은 예전의 수아로 대하고 있는 것이지만 수아는 아이들 때문에 전화를 했기에 그래서는 안 된다고 생각했다.
　"아이들, 다시 안 볼 사람처럼 왜 그래요?"
　"어머니께서 잘 돌봐주셔서 걱정 안 합니다. 또 아이들이 이모를 좋아하니까 아빠나 엄마 보고 싶어 하지 않을 거예요."
　"그런 말이 어딨어요? 아무튼, 내일은 꼭 오세요. 지수 생일이에요. 저, 그만 끊을게요."
　수아는 지민이 못 온다는 말을 할까 봐 서둘러 전화를 끊었다.
　요즘 수아는 상아 대신 아이들과 저녁 시간을 보내느라고 일찍 퇴근해서 집에 들어가기 바빴다. 아이들이 출근을 할 때마다 이모 몇 시에 들어오느냐 묻고는 그 시간을 기다리기 때문이다. 엄마 아빠의 무관심에 밀려 이모한테 매달리고 있는 아이들이 불쌍해서 수아는 자기라도 아이들에게 사랑을 쏟아야 한다고 믿었다.
　지수가 생일 파티로 외식을 원했기 때문에 지민과 상아에게 패밀리 식당으로 찾아오라고 각각 전화를 했다. 수아는 부지런히 집으로 가서 아이들을 태우고 약속 장소로 갔다. 아이들은 이리저리 뛰어다니며 좋아했다.

아이들은 너무 좋거나 너무 슬프면 수아에게 '엄마' 라고 불렀다. 곧 이모라고 수정을 했지만 엄마 소리를 들을 때마다 수아는 기분이 이상했다.

지민이 들어오고 있었다. 수아는 너무 반가워서 '지민아!' 하고 부를 뻔했다. 하지만 손을 흔들어 보였다. 민우가 아빠한테 달려가 안겼다. 지민도 민우를 힘주어 꼭 안아주었다.

"지수도 아빠한테 가서 인사해야지?"

하지만 지수는 수아 옆에 앉아 꼼짝도 하지 않았다.

"우리 공주님, 화나셨구나. 아빠가 그동안 너무 바빠서……."

"그래 지수야, 아빠 그동안 서울에 안 계셨어."

수아가 나섰다. 서울에 있으면서도 아빠가 자기들과 함께 있지 않았다는 것을 지수가 알면 상처가 되기 때문이었다.

아이들은 지방에 가면 집에 들어오지 못한다는 생각을 하고 있었다. 엄마가 집에 안 들어올 때마다 지방을 들먹거렸기 때문이다.

"아빠가 지수 선물 사 왔어."

지민은 지수에게 인형 세트를 내밀었다. 아빠 엄마 아이들이 있는 가족인형 세트였다. 민우가 보고 큰 소리로 말했다.

"이건 아빠, 이건 엄마, 이건 누나, 이건 민우. 어, 근데 이모가 없잖아."

약간 머쓱해졌다.

"이모만 없니? 할머니도 할아버지도 삼촌도 다 없네."

수아가 이렇게 자신은 가족이 아님을 설명해 주었다.

모처럼 즐겁게 식사를 했다. 수아는 정말 자기가 아이들 엄마가 된 기분이었다. 종업원이 사모님이라고 호칭하는 건 자기가 지민의 아내로 보였기 때문이니 말이다.

처음에는 시계를 자꾸 보며 상아를 기다렸지만 시간이 지나자 상아가 안 왔으면 좋겠다는 생각이 들었다. 지민과 아이들을 온전히 독점할 수 있어서 너무 행복했기 때문이다.

"저기……."

"오늘은 아무 말도 하지 마세요. 그냥 아이들만 생각하세요."

수아가 지민의 말을 막았다.

순간의 행복이지만 깨지는 것이 싫었다. 그건 지민도 마찬가지였다. 마치 처음부터 수아와 모든 것을 이루어 놓은 듯한 착각에 빠졌다.

결국 상아는 오지 않았다. 왜 못 온다는 설명조차 없었다.

"아이들 잘 시간이에요. 오늘, 아이들하고 같이 지내는 거 어때요?"

"내가 아이들을 데리고 가겠습니다."

"그래요. 늦더라도 지수 엄마 올 거예요. 그렇게 하는 게 좋겠네요."

지민이 지수와 민우를 자기 자동차에 태우려고 하자 민우가 달려왔다.

"난, 이모차 타고 갈 거야."

"민우야, 저녁때 엄마 오실 거야. 민우 착하지? 아빠랑 가세요."

지민이 민우를 데리러 왔다. 민우는 수아 볼에 뽀뽀를 하며 안녕 인사를 했다. 민우는 유난히 수아를 따랐다.

지민은 민우를 물끄러미 바라보았다. 자기도 수아 이마에 입술을 맞추며 인사를 하고 싶어졌다.

수아 차가 앞장섰다. 지민 차가 뒤를 따랐다. 하지만 곧 갈림길이 나타났다. 수아가 차창 밖으로 손을 내밀어 손을 흔들어 보였다. 아이들 모두 손을 흔들었다.

혼자서 집으로 돌아가는 길이 유난히 쓸쓸했다. 수아는 지수와 민우 얼굴을 차례로 떠올려 보았다. 그런데 어느새 지민의 얼굴이 끼어들었다.

지민 얼굴이 까칠했다. 밥을 제대로 챙겨 먹지 않은 것이 분명했다. 얼굴이 어두웠다. 세상 고민을 다 떠안고 있는 사람 같았다. 마음이 아팠다. 뒷바라지만 잘해 주면 최대의 기량을 발휘할 시기인데 한번 펴보지도 못한 채 사그라들고 있는 듯했다.

상아 휴대폰 입력 번호를 눌렀다. 아이들을 데리고 집으로 들어갔다는 것을 알려주기 위해서였다. 하지만 계속 전화를 받을 수 없다는 메시지만 나왔다. 수아는 간단히 음성메시지를 남겼다. 지수 아빠한테 신경 좀 쓰라는 당부를 하고 싶었지만 그 말은 차마 하지 못했다.

지민 휴대폰 번호를 눌렀다.

"내일 아침에 아이들 데리러 갈게요, 그냥 출근하세요."

"내일 아침에 봐서요."

지민은 상아가 들어온다는 확신을 갖고 있는 듯했다.

"그러세요, 그럼."

"저기, 고마워요."

지민의 인사가 낯설게 느껴졌다. 자기는 당연히 해야 할 일이라고 생각하는데 지민은 그것을 당연히 안 해도 되는 일로 생각하고 있다는 것이 서운했다.

이상하게 수아는 지민만 만나면 이런 서운한 마음이 자주 들었다. 식사를 할 때 아이들 음식만 챙겨주는 것도 서운했다. 예전에는 자기만 챙겨주었는데 하며 어린 조카들에게 질투를 느꼈다. 자기와 눈을 부딪히지 않으려고 하는 지민의 태도도 서운했다.

상아가 없을 때 얼마든지 마음을 전할 수 있으련만 지민은 오히려 마음을 굳게 닫고 있었다. 상아 일로 자기와도 멀어지는 듯했다. 전화를 끊을 때도 조심해서 잘 가라는 인사 없이 뚝 잘려져 나간 것이 마음에 걸렸다.

만약 다른 사람이었다면 아무렇지도 않았을 일인데 지민이기 때문에 그토록 마음이 허전한 것이었다.

지민은 잠에 빠진 민우를 안았다. 다행히 지수는 잠에서 깨어나 혼자서 모든 것을 처리했다. 엘리베이터를 타고 15층까지 올라가며 엘리베이터 속도가 참 느리다는 생각을 했다. 남자 혼자서 아이를 안고, 눈에 잠이 그득한 아이는 자기보다 더 큰 짐을 들고 억지로 서 있는 모습은 누가 봐도 처량했다. 엘리베이터에 사람이 탈 때마다 지민은 자신의 초라한 모습에 얼굴이 붉어졌다. 하지만 사람들은 그들에게 무신경했다.

지민 아파트는 복도식이어서 한참을 걸어 들어갔다. 하루 종일 비어 있던 집에 냉기가 감돌았다. 지민은 그 냉기가 싫었다.

민우를 침대에 누이고 지수 잠옷을 찾아주었다.

"지수, 아빠랑 세수하고 잘까?"

"싫어, 세수 안 할래."

"그래, 하지 마. 오늘은 지수 생일이니까 지수가 하고 싶지 않은 것은 안 해도 돼. 그럼 잘래?"

"싫어."

"그래, 자지 마."

지수는 뭔가에 잔뜩 삐쳐 있었다.

지민은 지수 옆에 나란히 앉았다. 그저 앉아 있을 뿐 아무 말도 하지 않았다.

"엄마, 언제 와?"

지수가 화가 난 것은 엄마 때문이었다. 지민이 화가 난 것도 상아 때문이었다. 그래서 아버지와 딸이 동지적인 마음으로 적을 미워하며 기다리고 있었다.

지민이 지수 어깨를 감싸안았다. 지수 어깨가 너무나 앙상했다. 아직 여물지 않은 어린 새끼를 두고 자기 일에 집착하는 상아가 이해되지 않았다.

수아가 아이들에게 쏟는 정성은 정말 지극했다. 수아는 모성 본능이 철철 넘쳤다. 지민은 그런 수아가 좋았다. 수아는 예전부터 남을 배려하는 천성적인 친절이 있었다. 자기가 손해를 보더라도 남이 편하면 그것으로 족한 성격이었다. 그래서 수아랑 함께 있으면 편했다.

지수가 하품을 했다.

"지수야, 누워서 기다리자."

지수를 자리에 뉘었다. 지수는 눕기는 했지만 눈을 감지는 않았다.

"아빠!"

"응."

"이모 말야."

"응."

"이몬 왜 못 걸어?"

아이들이 궁금해할 의문이었다.

미국 유학 시절 상아가 친정 나들이를 할 때 상아는 말을 겨우 하는 지수를 붙잡고 이런 설명을 했었다.

—지수야, 서울에 가면 엄마하고 꼭 닮은 이모가 있는데 이모는 휠체어를 타셔. 그러니까 지수가 가서 이모 휠체어를 밀어 드려야 한다.

아이가 자기와 다른 이모 모습을 보고 낯설어 할까 봐 상아는 지수에게 미리 이모에 대해 많은 것을 말해 주었다. 그때 지민은 상아가 참 잘하고 있다는 생각을 했었다. 그런데 막상 질문을 받고 나니 대답할 말이 궁색했다.

"지수 감기 들어서 아플 때가 있지? 이모도 그렇게 아픈 거야. 근데 감기는 며칠 밤만 지나면 말끔히 낫지만 낫지 않는 병도 있어. 하지만 이모는 다리만 아프지 다른 데는 안 아파. 아주 건강해."

"이모 병, 외삼촌이 고칠 수는 없는 거야?"

"외삼촌은 이 아픈 것만 고쳐주잖아."

"나, 이모 고쳐줄 거야. 이모 안 아프게 해 줄 거야."

"그래, 우리 지수 착하다."

지수가 다시 하품을 했다.

시계 바늘이 자정 근처에 있었다. 지수가 더 이상 잠과의 전쟁을 한다는 것은 불가능했다. 지민은 지수 눈을 감겨주었다.

"옛날, 아주 옛날에 신데렐라가 살았어. 근데 신데렐라는 얼굴이 아주 못생겼단다. 어느 날 왕궁에서 무도회가 열렸는데 신데렐라는 참가할 수가 없었지. 너무나 못생겨서 말야. 하지만 신데렐라도 동생들처럼 왕자님이 있는 왕궁으로 달려가 왕자님을 만나고 싶었지. 그래서 무도회 가면을 쓰기로 했어. 신데렐라는 왕자님과 춤을 추었지. 왕자님은 춤을 멋있게 추는 신데렐라에게 반해 그녀에게 입을 맞추려고 했단다. 신데렐라는 가면이 벗겨질까 봐 도망쳐 나왔지. 왕자님은 신데렐라를 찾기 시작했어. 그 소식을 들은 신데렐라는 왕자님에게 편지를 보냈어. 자기는 왕자님이 상상하는 미인이 아니라고 고백하면서 가면을 썼던 이유는 숨기려고 했던 것이 아니고 왕자님께 못생긴 얼굴을 보여 줘서 왕자님 기분을 상하게 해 주고 싶지 않았기 때문이라고 했지. 신데렐라는 아무런 표시도 남기지 않으려고 유리 구두를 신지 않았기 때문에 춤을 출 때 장미가시에 발바닥이 찔려 발이 아팠지만 왕자님과 춤을 추는 것이 너무 행복해서 아픔도 잊었다고 했어. 신데렐라의 편지를 받은 왕자님은 신데렐라를 더욱 사랑하게 되었단다. 그래서 신데렐라를 찾아 나섰지. 발바닥에 장미 가시로 찔린 자국이 있는 것으로 신데렐라를 찾을 수 있었어. 그래서 왕자님은 신데렐라하고 결혼해서 행복하게 살았대."

"아빠, 그 신데렐라는 정말 못생겼었어?"

"응, 하지만 마음이 무척 아름다웠어."

"얼굴이 못생겼어도 마음이 예쁘면 왕자님하고 결혼할 수 있는 거네?"

"물론이지."

지수 눈이 반짝거렸다. 잠을 재우려고 시작한 옛날 이야기가 오히려 잠을 깨워주었다.

"아빠, 그 못생긴 신데렐라 이야기는 어느 동화책에 있는 거야?"

"으응, 이모가 지은 이야기야."

"그렇구나."

지수는 입이 찢어질 정도로 하품을 하더니 하품 때문에 찔끔 나온 눈물을 닦았다. 그리곤 잠에 빠져들었다.

지민도 한꺼번에 피곤이 몰려와 지수 옆에 벌렁 누웠다. 자기도 누군가가 그렇게 편하게 재워줬으면 좋겠다는 생각이 들었다. 그 누군가는 당연히 상아여야 하는데 지민은 수아가 자기 마음속에 있음을 알고 얼른 그 생각을 털어버렸다.

얼마의 시간이 흘렀을까. 시계를 보니 자정을 넘어 짧은 바늘이 1자를 반이나 넘어 2자에 아슬아슬한 사이를 두고 있었다. 지민은 기다리는 일을 포기하기로 했다. 그래서 지수 방에서 나와 침실로 들어갔다.

유난히 침대가 넓어 보였다. 그 침대를 보니 상계동 어머니 말이 생각 났다. '꼴 좋구나, 홀아비 아닌 홀아비 신세가 되었구나' 하시며 혀를 찼었다. 지민은 정말 자기가 홀아비가 된 기분이었다. 하지만 그런 생 각도 잠시, 지민은 바로 잠에 빨려 들어갔다.

초인종 소리가 요란하게 울렸다. 아주 다급한 구조 요청 사이렌 같았 다. 그래서 지민도 몸을 민첩하게 움직였다.

문 밖에 있는 사람은 상아였다. 그런데 상아는 낯모를 남자의 등에 업 혀 있었다.

"선배님이 많이 취하셔서요."

남자는 상황을 간결하게 설명해 주었다. 그러면서 쏜살같이 들어와 상아를 소파에 뉘였다. 죄송합니다, 라고 남자가 인사를 할 때야 비로 소 그 남자가 드라마 남자 주인공이라는 것을 알았다.

"감사합니다."

남자는 지민 눈길을 피하며 가 보겠습니다 밖에서 스탭들이 기다려서 요, 라고 급한 걸음으로 나갔다.

지민도 어찌할 수 없었다. 너무도 갑자기 일어난 일이라서 그저 그대 로 받아들였다.

소파에 누워 있는 상아를 물끄러미 내려다보았다. 상아가 아니었다. 드라마 「마지막 사랑」의 정혜린 모습이었다. 남편의 사랑을 거부하는 정혜린처럼 지금 상아도 지민을 물리치고 있었다. 상아는 지수 생일 따 위 안중에도 없었던 것이다.

상아는 옛날부터 자기가 먼저였다. 다른 것들은 자기를 위해 치장된 장식품이었다. 상아에겐 지민도 아이들도 그저 소품에 지나지 않았다. 남편을 위해 아이들을 위해 자기가 무엇을 해야 하는지에 대해서는 생 각조차 하지 않았다.

정혜린이 되어 누워 있는 상아를 보면서 상아가 남의 여자라는 생각이 들었다. 그래서 자기가 어떻게 해서는 안 될 것 같았다. 하지만 그 여자는 상아임에 틀림없다. 왜냐하면 정혜린은 허구의 인물이니 말이다.

지민은 상아가 신고 있는 구두를 벗겼다. 너무나 경황이 없어 구두를 벗길 생각을 하지 못하고 구두를 신은 채 업고 들어왔던 것이다. 예쁜 발이 드러났다. 상아는 발이 유난히 예뻤다. 볼품 없이 비틀어진 수아 발 때문인지 상아 발은 조각을 해 놓은 듯이 반듯했다. 지민은 겉옷을 벗기고 상아를 편안히 뉘였다. 상아는 죽은 듯이 잠들어 있었다. 그런 상아를 바라보며 지민은 생각에 잠겼다.

상아에게 필요한 것은 자기가 아니라 드라마 「마지막 사랑」에 나오는 배상준 같은 남자일 것이다. 배상준은 정혜린을 위해 자기 모든 것을 불태우는 사랑 지상주의자였다. 대사 중에 이런 말이 떠올랐다.

—당신이 없으면 나도 없어요. 당신을 처음 본 순간 난 사라졌어요. 오직 당신만 남은 거예요. 당신 안에 내가 들어가 있다구요. 그러니까 당신 제발 나를 버릴 생각하지 말아요. 난, 내 목숨을 잃는다 해도 당신 포기하지 않아요.

지민은 그런 사랑이 가능할까 싶었다. 그건 작가가 만들어 낸 거품 사랑이란 생각이 들었다. 목숨과 맞바꿀 정도로 사랑이 소중한 것은 인정하지만 현실은 그렇게 하도록 내버려 두지를 않는다. 언제나 사랑을 포기하는 쪽으로 몰고 간다. 만약 자기가 드라마 속의 배상준 같은 인물이었다면 수아와의 사랑을 그렇게 끝내지는 않았을 것이다.

수아를 생각하면 가슴속에 독소가 번지듯이 통증이 느껴진다. 그것이 사랑일까. 지민은 애써 그것이 사랑이 아니라고 부정한다. 수아와 마주치면 심장 박동수가 빨라지면서 행동이 부자연스러워진다. 눈길을 어디에 두어야 할지 몰라 눈동자를 이리저리 돌린다. 말은 더더욱 나오지 않는다. 그래서 될 수 있는대로 입을 열지 않는다. 그렇다고 피하지는 않는다. 오히려 어떻게 해서든지 부딪히려고 애쓴다.

왜일까. 아직도 그녀가 보고 싶은 것인가. 지민은 애써 그런 것이 아니라고 부정한다. 그럼 지민에게 있어 수아는 뭐란 말인가. 지민은 수없이 물어보지만 답변을 만들지 않았다. 사랑이라고 하면 상아에게 못할 짓이 되고 사랑이 아니라고 하면 수아에게 못할 짓이 되기에 지민은 답변을 피하고 있었다.

지민은 상아를 안으며 수아를 생각하고 수아를 보면 상아가 떠올라 온몸이 결박된다. 지민은 상아에게도 수아에게도 완전한 사랑을 주지 못하기에 사랑은 불필요한 도박이라고 생각했다. 그래서 반 사랑, 탈 사랑을 덕목으로 여겼다.

지민은 아내를 업고 들어온 그 남자 탤런트 이름 따윈 아예 염두에 두지 않았다. 이상하게 질투심이 생기지 않았다. 진심으로 아내를 안전하게 데려다 준 것이 고마웠다. 그런데 그는 죄송하다고 했다. 그가 죄송할 게 뭐란 말인가. 남의 여자를 남의 남자가 업고 들어온 것은 나쁜 일로 되어 있다. 그래서 그는 지민에게 죄송하다고 인사를 한 것이다. 그 말만 하지 않았어도 지민은 그 일이 나쁜 일이라고 생각하지 않았을 것이다. 그제야 지민은 불쾌감이 들었다.

지민은 상아를 안아다 침대에 뉘이려던 마음이 사라졌다.

거실에서 오랜만에 사람 소리가 들렸다.

상아가 아이들과 아침 준비를 하는 소리였다. 지민이 거실로 나갔을 때는 이미 아침 식탁이 근사하게 차려져 있었다.

"여보, 당신도 빨리 와서 앉아요. 지수 생일 파티해야죠."

상아는 아무 일도 없었다는 듯이 시간을 완전히 되돌려 놓았다.

"아빠, 엄마가 누나 생일인데도 내 선물도 사주신데요. 내가 원하는 건 뭐든지 다 사주신데요."

민우가 좋아서 어쩔 줄 몰라했다.

지민은 출근 준비를 했다. 옆에서 상아가 옷을 챙겨주었다. 상아는 어제 일에 대해서는 아무 말도 하지 않았다. 상아는 항상 자기한테 불리한 일은 덮어두려고 한다.

"당신, 퇴근할 때쯤 애들 데리고 학교로 갈게요."

"애들 늦게 데리고 다니지 말고 낮에 사줘."

"아니, 백화점 가려는 게 아니구요. 상계동 어머님 모시고 저녁 식사하려구요. 어머님도 아이들 생일 꼭 챙겨주시잖아요."

상아는 상계동 어머니를 화해 카드로 내밀었다.

그때 전화벨이 울렸다. 상아가 전화를 받았다.

"어, 들어왔구나. 난, 아이들 데리러 가려고 했지."

"응, 됐어. 데리러 오지 않아도 돼."

상아는 잘라 말했다. 마치 집에 들어오지 않기를 바라고 있었던 것 같아 기분이 나빴다.

상아의 냉랭한 목소리에 수아도 기분이 상했다. 자기는 반가워 거의 비명을 질렀는데 상아가 목소리를 착 깔고 거절을 하는 태도가 건방지기 이를 데 없었다. 수아는 다시는 전화를 하지 않겠다고 결심했다. 그동안 상아네 문제로 연구소 일에 소홀했기에 일이 잔뜩 밀려 있었다.

수아는 일로 기분 전환을 했다. 선거를 앞두고 있었기 때문에 연구소 일이 많았다. 수아는 그동안 보류해 두었던 일들을 모두 진행시켰다.

"이제야 돌아왔구먼."

"돌아오긴, 내가 어딜 갔었나요?"

"우리 사회에서 왜 여성이 차별을 받는 줄 알어? 그건 여성의 모성 본능 때문이야. 여자들은 항상 가족이 먼저야. 일은 가족 다음이지. 수아 씬 안 그런 줄 알았는데 당신도 별수 없는 여자더군. 실망했어."

"자, 회의합시다. 아저씨 여성해방론 들어줄 시간 없어요. 근데 소문에 대한 진상부터 밝히세요. 여당 입당설이 사실인가요?"

"나참, 미치겠네. 수아 씨까지 소문에 솔깃한 거야?"

"사실인지 아닌지나 밝혀요."

"미친놈들이 무슨 말은 못해?"

"알겠어요. 그럼 못 들은 걸로 하죠. 이번에 우리 연구소에서는 낙선 운동을 하지 않기로 했어요. 사람에 대한 평가를 한다는 것은 대단히 위험한 살인 행위예요. 이번에 우리 연구소에서는 가장 이상적인 정치 인상을 만들어서 제시할 계획이에요. 우리 시대에 맞는 정치인, 우리 국민이 원하는 정치인의 모델을 생산해서 유권자들이 그 모델에 흡사한 정치인을 고르도록 하는 거예요. 우리 국민 스스로 선택하게 만드는 거죠."

"야! 그거 기찬 아이디어다. 수아 씨 작품이지?"

"그 모델링 작업이 장난이 아녜요. 소설처럼 꾸밀 수도 없고 인공 수정을 할 수도 없고 그래서 우선 설문 조사를 해야겠어요."

"예산이 만만치 않을 텐데."

"저두 그게 고민이에요. 만약 기업 협찬을 받으면 공정성에서 떨어져요. 그래서 대학생들을 대상으로 자원 봉사자를 모집하면 어떨까 해요."

"요즘 대학생들은 정치적 신념이 별로 없어. 우리나라 정치 발전을 위해 이 한 목숨 바치겠다는 뜨거운 열정이 없다구. 요즘은 일을 시키려면 아르바이트 시스템으로 운영을 해야 한다구."

"한 번 호소해 보죠. 진실은 통하잖아요. 요즘 대학생이라고 가슴이 없겠어요. 일단 시도해 보자구요."

"알았어. 정치계에서 긴장하겠는 걸. 은근히 자기 스타일을 넣어 달라는 청탁이 들어오겠어."

"모든 과정이 공개되는 것이 원칙이에요. 투명성이 생명이잖아요. 청탁도 공개해야죠."

수아는 이 프로그램을 성공적으로 수행하기 위해 밤낮을 가리지 않고 일을 했다. 집에 들어가서 씻고 옷을 갈아입고 바로 나오는 날이 많았다. 상아네 일을 까맣게 잊었다. 그러자 마음이 편했다. 수아는 상아네 일에 참견을 하지 않기로 했다. 역시 자기는 일을 해야 행복하다는 생각이 들었다.

수아는 우리 시대가 원하는 정치인 모델링 프로젝트로 언론 인터뷰가 많았다. 예전 같으면 거절을 했을 TV 인터뷰를 모두 응했다. 그것이 대국민 홍보가 되기 때문이었다. 수아의 인지도가 높아지자 입당 권유가 거의 압력 수준으로 들어왔다. 그때마다 수아는 자기가 할 일은 정치가 아니라 시민운동이라고 시민운동가로 남게 해 달라고 간곡히 부탁했다.

수아는 한 인터뷰에서 자신의 뜻을 분명히 밝혔다.

—전 정치에 뜻을 두고 있지 않습니다. 정치에는 기술이 필요하기 때문입니다. 전, 기술자가 아닙니다. 기술 없이 도전했다가 실패한 사람들을 많이 보았습니다. 저는 실패하고 싶지 않습니다. 실패는 어리석은 선택이 빚은 결과입니다. 우리 사회를 운영하는 것은 정치인이지만 정치인을

운영하는 것은 시민이고 국민입니다. 전, 그 시민 가운데 한 사람, 좀 더 욕심을 부린다면 시민을 이끌어 가는 역할을 하고 싶습니다. 제가 만약 정치인이 된다면 장애인으로서 여성으로서 그저 구색 맞추기를 위한 아웃사이더일 뿐입니다. 전, 그런 무의미한 대리역은 싫습니다. 솔직히 우리나라 정치인은 대리역밖에 못하지 않습니까? 정당이나 정부 수장의 하수인이라고 하면 지나친 표현일까요? 대리역은 실패한다는 것을 저는 경험한 바 있기 때문에 정치를 선택하지 않는 것입니다.

이 인터뷰 역시 큰 반향을 일으켰다. 정치인이 대리역을 하고 있다는 것이 사회 핫 이슈가 되었다.

상아는 정치인의 대리역 발언에는 관심이 없고 대리역은 실패한다는 경험 얘기가 신경이 쓰였다. 자기를 두고 한 말이라고 생각했다. 상아는 「마지막 사랑」이 조기 종영되는 바람에 집에서 쉬고 있는 터라 더 예민했다.

「마지막 사랑」은 시작은 좋았지만 아직 우리 사회가 불륜을 아름다운 사랑으로 봐주지 않는 사회적 관습의 턱을 넘지 못하고 주저앉았다. 남편이 있는 여자가 연하의 남자와 사랑에 빠져 가정을 깨는 스토리가 국민 정서에 맞지 않았던 것이다. 그런데 표면적인 실패 원인은 박상아의 어색한 연기로 언론은 몰고 갔다. 아직도 10년 전의 박상아로 착각하고 있다는 둥, 공주병 때문에 드라마에 몰입하지 못했다는 둥 하며 연기력 부족 판정을 내렸다.

하지만 상아는 절대로 그렇게 생각하지 않았다. 경쟁 채널에서 첫사랑을 주제로 한 정통 멜로드라마에 인기 절정의 남자 배우를 캐스팅해서 청소년들을 공략한 것이 채널 경쟁에서 패한 원인이라고 설명했다. 상아 의견도 틀리지 않았다.

상아는 신인 남자 탤런트를 캐스팅한 감독의 연출력을 씹고 있었다. 그런 상아의 푸념에 지민은 아무런 대꾸도 하지 않았다. 말을 잘못 꺼냈다가는 해서는 안 될 말까지 다 튀어나와 폭발을 할 것 같아서였다. 그저 상아가 주부로서의 자리를 지키고 있는 것만으로도 만족했다.

지민도 서울시 편의시설 프로젝트로 다른 일에 신경을 쓸 겨를이 없었다. 물론 강 교수가 연구 책임자로 되어 있었지만 사실상 모든 일은 지민에 의해 진행되었다. 지민은 모처럼 즐겁게 일을 했다. 시간 가는 줄 모르고 일에 몰두했다. 마음 같아서는 수아를 매일 만나 자문을 구하고 싶었지만 수아가 너무 바빠서 만날 시간이 없었다. 하다가 막히면 바로 전화를 걸어 의견을 묻는 정도밖에 시간을 낼 수밖에 없었지만 그래도 큰 도움이 되었다.

예전에는 수아한테 전화를 할 때 망설임이 있었지만 용건이 있어 전화를 하는데 망설일 필요가 없었다. 상아가 있을 때도 당당하게 전화를 했다.

"여보, 이번 프로젝트 돈 좀 되는 거예요?"

상아가 물었다.

지민은 돈이 되냐는 말에 할 말을 잃었다. 수아는 프로젝트 설명을 하자 '아이구, 큰일하시네. 정말 필요한 일인데, 근데 고생이 많겠어요. 처음 하는 연구라서 자료도 없을 텐데. 고마워서 어쩌지요? 그 연구팀 제가 저녁 한 번 살게요' 라고 격려해 주었다. 그런데 상아는 돈이 되지 않는 일이라고 못마땅해했다.

"카드 돈 막아야 할 거 얼마나 되는지 당신 알죠? 파산하지 않으려면 당신, 정신 바짝 차려야 해요."

상아는 자기가 저질러 놓은 일을 지민에게 몽땅 떠밀어버렸다. 물건을 살 때는 당신한테 돈 달라고 하지 않을 테니까 걱정하지 말라고 큰 소리를 치더니 이제 와서 책임을 전가시키고 있었다. 기가 막혔지만 지민은 아무 말도 하지 않았다.

"여보, 우리나라 교수 월급이 그 정도밖에 안 되는 거 문제 아녜요? 우리나라 사람들은 지적 자산을 우습게 안다니까."

상아는 불평을 늘어놓았다.

상아는 다른 작품으로 재기를 해 보려고 안간힘을 썼지만 생각처럼 되지 않았다. 빽은, 한 번은 통해도 두 번은 불가능했다. 상아에게는 「마지막 사랑」이 마지막 기회였는데 그것을 놓치고 말았다.

상아도 그런 생각이 들었다. 그래서 불안했다. 지금으로선 방법이 없다는 생각이 들어서 상아는 조용히 지내고 있었다. 지민은 그런 상아가 고마워서 될 수 있는대로 상아 심기를 건드리지 않으려고 조심했다.

"언니가 당신 일에 도움이 되긴 하는 거예요?"

"처형 아니면 못해. 요즘 정치 프로젝트 때문에 바쁜 중에도 틈틈이 도와주고 있는 거 정말 고마운 일이야. 당신도 언니 보면 인사 잘해."

"언니가 그것도 못해요? 당신이나 언니나 일 핑계대고 만나서 좋을 텐데 뭘 그래요?"

지민은 대답하지 않았다. 상아는 항상 그렇게 시비를 걸어왔다.

"언니가 당신 들어오면 전화하래요."

"그걸 왜 이제야 얘기하나?"

지민은 상아가 수아의 전화를 가끔씩 따돌리고 있다는 것을 알고 있었다. 지금도 전화가 왔었다는 것을 전해 주기 위해 탐색을 했던 것이다. 그것이 지민을 화나게 했다. 지민은 바로 전화 버튼을 눌렀다.

"접니다. 메시지 받았지요? 내일 우리 프로젝트 설명회가 있어요. 강 교수님께서 박 소장을 꼭 초대하라고 하셔서 전화했었어요. 제가 미리 챙기지를 못해서 너무 급하게 초청을 하게 되었는데 시간이 어떤지요?

아 네, 네, 그래주면 고맙지요. 알겠습니다. 교수님께 그렇게 말씀드리 겠습니다."

상아는 옆에서 전화 내용을 다 분석하고 있었다. 전화를 끊자마자 '온대?' 라고 확인했다.

"온대냐구?"

"엉, 웅."

"치, 아버지 생신 모임에도 못 나온 사람이 웬일이야."

그랬다. 수아는 요즘 정말 자기 시간이 없었다. 그것을 너무도 잘 알 고 있기에 지민은 너무너무 고마웠다.

"나두 가면 안 돼?"

"시사회 아냐."

지민은 뼈 있는 말을 했다. 상아는 매사를 가볍게 생각하는 경향이 있 었다. 연구를 연기쯤으로 생각했다. 상아는 학구적인 생각이 전혀 없었 다. 수아와 쌍둥이이지만 성격이나 성향은 정반대였다.

지민은 설명회가 있는 서울시청 주차장에서 수아를 기다렸다. 도착하 면 전화를 주기로 약속을 했지만 수아에게 그런 불편을 주고 싶지 않아 일찍 와서 기다리고 있었다.

강 교수가 도착했다.

"들어가지."

"교수님 먼저 들어가세요. 전, 박 소장과 같이……."

"어, 그래. 난 또 자네가 날 기다리고 있는 줄 알고 감격했지. 눈치 없 는 늙은이가 되어버렸네, 모시고 들어오게."

강 교수는 지민 어깨를 툭 한 번 쳐주었다.

시간에 맞춰 수아 차가 보였다. 지민은 장애인 전용 주차 공간으로 수 아 차를 안내했다.

"뭐하러 나와 있었어요? 요즘은 주차 요원들이 얼마나 잘해 준다구요."

지민 생각대로 수아는 도착을 해서 전화를 걸지 않을 요량이었다.

지민은 휠체어를 꺼내 수아가 휠체어로 옮겨 타도록 도와주었다. 그리고 휠체어를 밀고 들어갔다. 수아가 나타나자 사람들이 저마다 인사를 했다. 수아가 큰일을 하고 있다는 것이 실감났다. 수아는 많은 사람들을 제치고 강 교수에게 가서 인사를 했다.

"이렇게 좋은 자리에 불러주셔서 감사합니다. 강 교수님 덕분에 우리 장애인들의 이동이 훨씬 편리해질 거예요. 정말 큰일하셨습니다. 그 은혜 잊지 않겠습니다."

"아이구, 과찬이에요. 모두 서지민 교수가 한 일이에요. 난, 서 교수가 시키는대로 한 것뿐이에요."

서울시장이 참석한 자리에서 지민이 연구 결과를 브리핑했다.

"서울시를 인간 친화적인 무장애 공간으로 만든다는 것이 본 프로젝트의 목표입니다. 그동안의 장애인 편의시설은 최대 기준으로 설정을 했지만 본 프로젝트는 그것을 최소 기준으로 바꾸었습니다. 낮출 수 있을 때까지 낮추자는 것이지요. 따라서 보도와 차도의 턱을 기존의 높이 3㎝ 기울기 7.5도 이하에서 높이 2㎝ 기울기 5도 이하로 바꾸었습니다. 그 1㎝가 비장애인들에게는 아무것도 아니지만 장애인들에게는 절망의 높이이기도 합니다. 그리고 횡단보도 중간에 교통섬을 설치해서 신호등 시간에 맞춰 횡단보도를 건널 수 없는 장애인들이 중간에서 한 번 쉴 수 있도록 해 주는 겁니다. 횡단보도를 다 건너지 못했는데 중간에 신호등이 바뀌어 위험한 상황에 놓이게 되는 경우가 허다합니다. 다음은 건축물 편의시설에 대해 말씀드리겠습니다."

수아는 지민이 자기를 위해 서울을 아니 대한민국을 재건축하고 있다는 생각이 들었다. 지민이 장애에 대해 그렇게까지 깊이 생각했다는 사실이 놀라웠다.

사실 지민도 발표를 하며 다른 사람은 눈에 들어오지 않았다. 그의 눈에는 오직 수아만 보였다.

—수아야, 마음에 드니? 이 정도로 만들어 놓으면 장애가 느껴지지 않겠지? 너를 처음 만났을 때 난 의사가 되려고 했다. 그래야 널 바로 세워 줄 수 있을 것 같았거든. 근데 알았어, 현대 의술로는 그것이 불가능하다는 사실을 말야. 그래서 다시 생각해 보았어. 어떻게 하면 너를 장애의 불편에서 해방시켜 줄 수 있을까 하고 말야. 그러다 찾아냈지. 세상을 다시 만들어 놓으면 되겠구나 하고 말야. 널, 불편하게 하는 모든 장애물을 치워놓는 거야. 그래서 이 일을 시작했어. 조금씩 조금씩 바꿔 나가면 내가 할아버지가 돼서 힘이 없더라도 수아 너하고 유유히 산책을 즐길 수 있을 거야. 편의시설 잘 만들어서 우리 마음껏 산책하자 수아야.

갈등

"집을 지어요?"

"응."

"별장이요?"

"응."

"우리 형편에 무슨 별장이야, 우리 아직 전세 살고 있어요. 돈 있으면 아파트 분양 받아야지 무슨 별장이에요?"

"돈 많이 안 들어. 부지는 강 교수님이 떼어주신다고 했어. 화려한 별장이 아니라 무장애 주택 모델을 만들어 보려구."

"또, 또, 그 무장애. 난, 그 장애 소리만 들어도 신물이 나요. 언니 때문에 장애를 입에 달고 살았는데 당신마저 그 장애예요? 제발 집어치워요."

"여보, 무장애 공간은 장애인들에게만 필요한 것이 아냐. 우리 아이들에게는 안전하고 우리 부모님들에게는 편안한 최첨단 설계야. 미래의 건축은 안전과 편안함이 그 컨셉이라구. 그래서 무장애 공간이 떠오르고 있는 거야. 난, 미래형 설계를 하고 있는데 당신은 그것을 장애인 편의시설로만 국한시키면 어떡해?"

"몰라요 난, 집 지을 돈 있으면 내놔요. 당장 아파트 분양 알아볼래요."

"여보, 아파트는 좀 더 미루어도 상관 없지 않소?"

"별장이야말로 미루어도 되는 일이에요. 혹시 언니가 부탁을 하던가요?"

"아냐, 언니는 알지도 못하는 일이야."

"아, 그러고 보니까 당신이 지어서 언니한테 선물하고 싶은 모양이네."

"왜 자꾸 이모 얘길해? 내가 말했잖아, 무장애 주택 모델을 지으려고 한다구. 지어놓고 이모도 쓰고 우리도 사용하면 좋지 뭘 그래?"

"정, 별장 짓고 싶으면 무장앤가 뭔가 하는 거 생각하지 말고 지으세요. 난 그 무장애, 장애인 시설 같아서 싫어요."

"여보!"

지민의 음성에 노기가 가득했다.

"당신 언니야! 어떻게 그렇게 말할 수 있어?"

"언니도 힘들지만 언니 때문에 온 집안 식구가 다 힘들어요. 우린 피해자라구요."

그랬다. 수아의 장애는 수아에게 뿐만이 아니라 수아 가족 전체의 짐이었다.

"당신이 아무리 뭐라고 해도 난 결심 바꾸지 않아. 이건 내 중요한 연구라구, 그러니까 강 교수님께서도 도와주시는 거 아냐?"

지민은 강력하게 통보했다.

상아도 지민의 고집을 잘 알고 있었다. 그래서 꼬리를 내렸다. 자기도 말만 그렇게 했지 속으로는 그 집이 지민의 성과물이 된다는 것을 알고 있었다. 상아도 그런 별장이 필요하다고 생각했다. 수아와 함께 가족 나들이를 하려면 항상 머물 장소가 적당치 않아서 계획을 잔뜩 세웠다가도 떠나지 못하고 그대로 주저앉곤 했었다. 별장은 가족 공동 소유로 해서 가족 누구나 필요할 때 이용할 수 있는 공간이 되는 것이 바람직하다고 생각했다. 그래서 상아는 가족들이 다 모였을 때 별장 계획을 공개했다.

"그러니까 공사 비용을 갹출했으면 해. 우리는 설계와 총감독을 맡을게."

상아는 인건비로 대신하겠다는 뜻이었다.

"갑자기 웬 별장이니?"

장원이 올케의 눈치를 보더니 반대를 위한 질문을 했다.

"왜? 우리도 별장이 필요하지."

장원네는 별장의 필요성을 전혀 느끼지 못했다. 자기네 식구 외에 다른 식구들이 끼는 것은 놀이가 아니라 노동이었다.

수아 엄마만 찬성했다. 늙으면 그런 곳에 가서 사는 것이 소원이라고까지 말했다.

상아는 수아를 응시하며 말했다.

"언니는 어떻게 생각해?"

"나야 좋지. 근데 건축비가 얼마나 드는지 몰라도 굳이 갹출까지 할 필요 있겠니?"

수아는 장원의 반대를 눈치채고 이렇게 말했다.

"그래요, 제가 알아서 할 테니까 신경 쓰지 마세요. 다 완성되면 이용이나 많이 해 주세요."

지민은 상아의 제안을 빨리 마무리 지으려고 했다.

"자네가 무슨 돈이 있다구? 우리 수아 늘그막에 살 집이 필요했네. 나이 먹으면 아무래도 활동이 없을 텐데 굳이 서울에 살 필요 있겠나? 공기 좋은데 가서 조용히 지내는 게 좋지. 혼자서 생활하는데 지장이 없도록 자네가 잘 지어주게. 왜 자네가 요즘 연구 중인 무장애 공간이라는 새로운 설계법이 있지 않은가?"

수아 아버지의 말에 모두들 숙연해졌다. 수아 아버지는 벌써부터 가족 없이 혼자 살게 될 딸 걱정을 하고 있었던 것이다.

"그래요, 고모 집으로 지으시면 되겠네요."

올케는 더 이상의 논란이 없도록 하기 위해 이렇게 못을 박았다.

수아 아버지 말에 가장 감동한 사람은 지민이었다. 지민도 미처 수아가 늙었을 때를 생각하지 못했다. 수아는 항상 지금 이 모습일 거라고 생각했다. 하지만 분명히 수아도 늙을 것이고 남편도 자식도 없는 장애인 늙은이로 혼자 외롭게 살게 되는 날이 있을 것이다.

지민은 가슴이 아팠다.

"아빠가 무슨 돈이 있어요? 혹시 비자금 같은 거 숨겨두신 거예요?"

상아는 확실히 실리적이었다.

"은행 융자 얻으면 되지, 안 그래요 여보. 융자금은 수아가 조금씩 갚으면 되지 않겠니?"

수아 엄마가 해결 방안을 내놓았다. 상아는 엄마와 비슷한 점이 참 많다는 생각을 지민은 하고 있었다.

그날 가족회의 결과는 수아의 노년을 위해 무장애 공간의 집을 짓는다는 것이었다. 시공자는 서지민이고 건물주는 박수아인 우리나라 최초의 장애인을 위한 주택이 착공되었다.

그 일로 지민과 수아가 자주 전화 통화를 했고 만나는 일도 많아졌다. 가족끼리 만났을 때 예전에는 두 사람 사이에 말이 없었는데 이제는 서로 대화가 많아졌다.

　그런 변화가 상아를 예민하게 만들었다. 지민은 집에서 거의 식사를 하지 않았다. 상아는 처음에는 그것이 편했다. 일하기 싫어하는 상아가 남편 저녁 준비를 한다는 것은 여간 힘든 일이 아니었다. 아이들은 김밥, 떡볶이, 피자, 빵 등으로 때울 수 있었고 밥을 해 준다 해도 소시지나 햄만 썰어서 후라이팬에 부쳐주면 그만이었지만 지민은 찌개를 끓여야 하고 나물 한 가지 정도는 있어야 했다. 그런데 남편이 집에서 식사를 하지 않는 것은 가정을 등한시하는 일이 되었다.

　지민은 밤늦게 들어와서는 씻고 잠자기에 바빴다. 침대에 누우면 바로 코를 골았다. 대학 교수가 아니라 노동판 일꾼 같았다. 수업이 없는 토요일, 일요일은 가평에 가서 아예 살다시피 했다.

　"여보, 우리 아이들 불쌍하지도 않아요? 우리 아이들 에버랜드 한 번 못 가 봤어요."

　"지난 해에 많이 다녔잖아."

　"어제 밥 많이 먹었으면 오늘 굶어도 되는 거예요? 당신은 어떻게 하나밖에 몰라요. 당신은 설계사지 목수가 아녜요. 도대체 왜 그 집에 집착하는 거예요? 언니가 살 집이어서 그런가요?"

　"몇 개월 만 참으면 되는데 당신은 그것도 못해? 그리고 아이들 핑계 대지 마. 당신은 아이들 생일도 잊고 사는 사람이야."

　"그래요, 그렇지 않아도 당신이 왜 그 말을 하지 않나 했어요. 당신 지금 나한테 보복하는 거군요? 당신 정말 무서운 사람이에요. 말 한마디 하지 않고 입 꾹 다물고 있다가 적재적소에 터뜨려서 상대가 꼼짝 못하게 하는 거, 그거 당신 특기인 줄 알고 있지만 정말 무섭네요."

　"그만둡시다. 오늘은 약속이 됐으니까 안 되구 다음 주엔 아이들 데리고 나갑시다."

　"언니랑 약속 돼 있나 보죠?"

"제발, 당신, 그러지 마. 당신 언니야."

"당신 첫사랑이기도 하잖아요. 아니, 아직도 애인인지도 모르죠."

지민은 더 이상 그 자리에 있을 수가 없었다. 그래서 아침 식사도 하지 않고 집을 나왔다.

지민은 가평으로 향하며 내내 생각했다. 수아가 첫사랑인 것은 분명하다. 그런데 아직도 애인이냐는 말에는 다소 충격을 느꼈다. 수아와 전화를 하며 그녀 목소리를 들으면 기분이 좋아졌다.

집 얘기 말고도 학교 얘기, 사회 돌아가는 얘기, 무슨 얘기를 해도 잘 통했다. 심지어 점심으로 먹은 칼국수 얘기도 재미있는 화젯거리가 됐다. 수아와는 공유하고 있는 추억이 많아서 무슨 얘길 해도 다 연관이 지어졌다. 수아를 만나면 의욕이 생겼다.

수아는 항상 새로운 아이디어를 가지고 있었다. 그리고 그것을 실현해 보이려고 노력했다. 그런데 그것은 자기 개인을 위한 것이 아니고 대중을, 특히 약한 소외계층을 위한 일이었다. 자기가 아닌 다른 사람을 위해 자신의 모든 것을 아낌없이 베푸는 모습을 보면 자기도 모르게 존경심이 우러나왔다.

지민은 수아를 보며 자신을 추스를 때가 많았다. 물론 수아에 대한 감정 속에는 보랏빛 연정도 있었다. 수아 머리에서 나는 샴푸 향기가 코끝에 닿으면 수아 머리카락을 천천히 쓰다듬어 주고 싶었다. 수아 손끝이 닿으면 심장까지 찌릿했다. 피곤해서 눈을 감고 있는 수아를 보면 너무나 사랑스러워서 이마에 입맞춤을 해 주고 싶었다. 술이 취했을 때는 수아 입술을 훔치고 싶은 욕망이 생기기도 했다. 상아와 누워 있으면서도 머릿속으로 수아를 생각할 때도 있었다.

하지만 상아가 생각하는 것처럼 수아를 애인으로 생각하고 있지는 않았다. 수아는 애인이 될 수 없는 사이이기에 그런 생각을 한다는 것 자

체가 불미스러웠다. 지민은 상아가 해서는 안 될 말을 하는 것이 못마
땅했다.

벌써 강 교수님이 와 있었다. 오늘은 편의시설에 대한 점검을 하기로
되어 있었다.

"앞으로는 인간의 노동력을 줄여주는 쪽으로 문명이 발달할 걸세. 예
전에 귀족들은 수많은 하인을 거느리고 있었기 때문에 손가락 하나 까
딱하지 않아도 모든 일이 다 해결되었지. 하지만 21세기는 인력난이 심
각할 거야. 그 인력난을 해결하는 방법은 인력이 들지 않도록 세상을
재배치하는 것일세."

"저두 그렇게 생각합니다. 누군가를 위해 손이 되어주고 발이 되어주
고 그런 일이 불가능할 거예요. 그러니까 스스로 살아갈 수 있도록 환
경을 만들어야죠."

"사람들이 가장 많은 시간을 보내는 곳이 집이지. 그래서 노동력이
가장 많이 필요한 곳이 바로 집이라네. 그런데 사람들은 집을 크게만
소유하려고 하지. 가구만 잔뜩 들여놓고 말일세. 집을 부의 상징으로
보고 있기 때문이지."

"전, 이번에 가구까지 만들 생각이에요. 일반 가구는 장애인들이 사
용하기에 불편하거든요."

"그렇지 매우 불편하지, 생각 잘했네. 어떻게 모델 샘플링은 해 봤는
가?"

"네, 그동안 쭉 생각을 하고 있었거든요."

"어허, 그런가? 첫사랑의 영향이 크구먼."

강 교수도 첫사랑 얘기를 했다. 상아가 그렇게 말하는 것도 무리가 아
닌 듯 싶었다.

"참, 공사비를 박 소장이 대고 있다구?"

“네, 교수님.”

“하지만 이게 어디 돈 갖고 될 일인가? 자네 정성이 이만저만이 아니라구 이곳 사람들이 감동을 하더군. 자네 와이프가 장애인인 줄 알고 있더라니까.”

“어떻게 그런 생각을…….”

“왜, 나도 그런 질문을 종종 받았지. 초창기였어, 내가 편의시설을 연구 과제로 정하니까 집안에 장애인이 있느냐고 묻더군. 장애인들조차도 자기네들한테 관심을 갖는 이유를 궁금해했다더군. 자네는 나보다 더 열성분자이니 그런 소문이 날만 하지.”

“전, 그저 교수님 별장을 흉내내고 싶을 뿐이에요.”

“솔직히 말하게. 나보다 더 잘 짓고 싶다구 말일세.”

강 교수의 어린아이 같은 말에 지민은 큰 소리로 웃어댔다. 지민 가슴에 쌓였던 스트레스 조각들이 날아가는 듯했다.

지민은 가벼운 마음으로 강 교수와 도면을 검토했다. 강 교수도 지민을 도와 작업에 참여했다.

“애, 점심 먹으러 가기 전에 전화 걸지 그러니? 막혀서 시간 좀 걸리겠다.”

“싫어, 점심 먹었으면 우리가 먹지 뭐.”

수아 엄마가 상아한테 전화를 했다가 아침에 싸운 얘기를 듣고 아이들 데리고 가서 지민과 같이 먹으라고 김밥을 싸주었다. 별장 위치를 아는 사람이 수아밖에 없어서 수아가 데리고 가는 중이었다.

“아침도 안 먹고 나갔으면 배고플 텐데.”

“아침밥 안 먹은 게 그렇게 가슴이 아푸우?”

수아는 배고파서 일찍 점심을 먹으러 나갈 수도 있다는 말을 하려던 것인데 상아는 엉뚱한 의미로 해석을 했다. 수아는 못 들은 척했다.

열두 시가 훨씬 넘어서야 도착할 수 있었다. 상아는 지민이 강 교수와 함께 있는 것을 보자 마음이 놓였다. 또 지민 뿐만이 아니라 강 교수도 작업복 차림으로 인부들 속에 섞여서 일을 하는 것을 보자 더욱 안심이 되었다. 원래들 그렇게 하나 보다 하고 지민의 태도를 이해하게 된 것이다.

"아이구, 어부인께서 이런 공사장까지 어인 행차이신가요?"

"어머, 교수님도. 교수님이야말로 일요일인데 쉬시지 않구요."

"마누라가 집에 있으면 구박해요. 밥 세 끼 해 주기 싫다구 제발 나가래요. 그래서 이리로 피신 온 거예요."

지민은 뜻하지 않은 손님들의 방문에 기분이 들뜬 듯 좋아 어쩔 줄 몰랐다. 아이들에게 이것저것을 설명해 주었다. 아이들도 나무조각을 주워다 뭔가를 만든다고 부산을 떨었다.

"교수님 계신 줄 알았으면 더 맛있게 준비를 해 오는 건데."

상아는 마치 자기가 김밥을 싼 듯이 말했다. 그것이 상아의 특기였다.

"난, 또, 나 때문에 점심 준비해 갖고 왔는 줄 알고 감격했는데 객이었군요. 내가 먹을 건 있는 거예요?"

"그, 그럼요. 충분해요."

상아는 공을 가로채려다가 이런 실수를 하기도 한다. 강 교수와 약속이 돼 있다고 말하지 않은 지민만 탓하고 있었다.

지민이 흐트러진 나무들을 모아 훌륭한 의자를 만들었다. 식탁은 둥그런 나무 등걸 위에 차렸다. 김밥, 샐러드, 과일, 커피, 과자, 음료수로 한상이 차려졌다.

"저희는 김밥 싸면서 먹었어요. 어서들 드세요."

수아는 이렇게 말하면서 커피를 탔다. 지민이 아침밥도 먹지 않은데다 김밥을 유난히 좋아한다는 것을 알고 있기 때문이다.

지민이 뭔가를 찾고 있는 듯했다.

"참, 지수야, 김치 꺼내야지?"

"김치 있어?"

지민이 반가워했다.

상아는 김치가 있는 것을 몰랐다. 모를 수밖에 없었다. 상아는 자기 치장하기도 바빠서 수아가 데리러 갔는데도 10분 이상을 꾸물거리다가 나왔으니 말이다.

"물론이죠, 당신 김치 없으면 밥 한 숟가락도 못먹잖아요."

"자네 어쩜, 그것까지 나하고 같지? 난, 피자를 먹을 때도 김치 생각이 나는데 말야."

김치라는 말에 강 교수가 더 반가워했다. 두 사람은 정말 김밥을 콩 집어 먹듯이 먹어치웠다. 입이 짧은 아이들까지 돼지처럼 먹는 바람에 수아와 상아는 입에도 델 수 없었다. 정말 맛있는 점심 식사였다.

식사를 하고 나자 상아는 할 일이 없어서 내려가고 싶었지만 지민과 강 교수는 힘이 솟는다고 더욱 일에 의욕을 보였다. 강 교수는 수아에게 도면을 설명해 주며 자문을 구하고 있었고 아이들은 새로운 환경에 흥이 나서 자기네들끼리 재미있게 놀았다. 상아 혼자 외톨이였다.

상아야말로 아침부터 아무것도 먹지 않았던 터라 배가 고프고 배가 고프니까 짜증도 났다.

"자 우리, 아빠 일 방해하지 말고 내려가자."

"왜, 오늘은 일찍 퇴청하지? 일요일은 가족과 함께 보내야지. 어부인이 자네 모시러 온 걸세. 오늘은 내가 여기서 작업반장 하고 있을 테니까 어서들 내려가라구."

지민도 아침 일을 생각해 식구들만 돌려보낼 수가 없었다. 생각 같아선 해가 질 때까지 기다려 줬으면 좋으련만 상아가 기다려 주지 않는다는 것을 알고 있었기에 포기했다.

"어서들 내려가. 난, 강 교수님하고 데이트할 거야."

수아는 같이 출발하면 함께 가자 어쩌자 하면서 실랑이를 해야 하는 것이 싫어서 남겠다고 했다. 또 강 교수만 남겨두고 홀랑 가버리는 것도 옳지 않다는 생각이 들었다.

"아, 그거 좋지. 어서들 가게. 데이트 방해하지 말고."

그날 수아는 정말 늦게까지 현장에서 강 교수와 함께 있었다. 자기를 위해 지어지는 집이라고 생각하자 아무것도 없는 공간이지만 편안했다.

수아는 강 교수가 가지고 온 자료를 하나하나 놓치지 않고 살펴보았다. 지민이 하는 일이기에 수아는 벌써부터 건축학에 관심이 있었다. 특히 무장애 주택 설계는 장애인을 위한 건축양식이어서 더욱 알고 싶은 것이 많았다. 그래서 시간 가는 줄 모르고 공부를 했다.

그날 이후 상아는 집이 완공될 때까지라는 조건을 붙여서 지민의 주말 집짓기를 허용해 주었다. 상아도 지민을 잘 알고 있었기에 지민을 믿었다. 지민은 결코 도덕적으로 어긋난 일을 하지 않을, 아니 못할 위인이라는 것을 상아는 확신하고 있었다. 남편에 대한 믿음이 생기자 상아는 마음이 편안해졌다. 그 대신 지민이 쏟는 시간과 노력을 어떻게 보상받을 수 있을까만 생각했다.

상아는 친정에 가면 은근히 압력을 넣었다.

"그거, 다른 사람 같으면 집 한 채 값 받는다."

"그래서 지금 설계비 달라는 거냐?"

수아 엄마는 상아 마음을 뻔히 알고 있었다.

"누가 달래? 알고나 있으라는 거지. 그이 요즘 얼굴 불쌍해서 못 봐. 새까매지고 바짝 말랐어."

"보약 먹여."

“내가 무슨 돈이 있어?”

“너네는 돈 들어갈 일이 어디 있다구, 맨날 돈, 돈이냐?”

“내가 언제 돈, 돈 했어, 엄마? 엄마두 힘든데, 아파트로 이사하지 그래요? 요즘은 일반 주택은 돈도 안 돼. 아파트를 해야 증식이 된다구. 아빠한테 잘 말씀드려서 우리 아파트에서 살아요.”

“우리라니? 너 또 집으로 들어오려구 그러니?”

“미쳤어? 이제 죽으면 죽었지 친정살이는 안 해. 같은 아파트에 살자는 거지. 그럼 왔다 갔다 하느라고 시간 버리고 휘발유 버리고 그럴 필요 없잖아. 우리 아파트 분양 신청 넣어 보자. 내가 아는 사람들, 아파트 분양 받아서 집값 두 배로 늘린 사람들 많아.”

“네 아버지 고집 꺾을 사람 아무도 없다. 나중에 늙으면, 장원이네 이층 들어와서 같이 살잔다고 벼르시는 양반이야.”

“행여나 오빠가 들어와서 살겠다, 효도 받기는 물 건너갔어. 올케 하는 꼴 보면 몰라? 아마 같이 살자고 하면 이민 갈 걸? 지금도 애들 교육은 호주가 좋으니, 캐나다가 좋으니 그러고 있던데.”

“뭐야? 이민 갈 생각을 하디?”

수아 엄마는 소스라치듯 놀라 물었다.

“말은 하지 않지만 내 눈치가 그렇다는 거야. 나, 눈치 빠른 거 엄마도 알잖아.”

“그럴 리 없다, 그래도 장남이야. 그나저나 넌 이제 발 끊은 거냐?”

“발을 끊다니?”

“섭외 안 들어오느냐구?”

“지수 아빠가 방송이라는 방 자만 나와도 경기해.”

“그럴 만도 하지. 집을 자꾸 비우는데 어떤 남자가 좋아하겠니. 그래두 난 서 서방이 참 고맙더라. 어렸을 때부터 심지가 깊었어. 그러니까

수아하고 편지 친구하고 공부 가르쳐 주고 얼마나 알뜰히 보살펴 주었
니. 장원이보다 백 배 천 배 낫지. 너하고 결혼한 것도 그래. 딴 남자 같
으면……."

"엄마! 망령 들었수?"

"내가 뭐 없는 말했니? 서 서방한테 잘해 주란 말이야 이것아."

상아도 엄마 말이 틀렸다고는 생각하지 않았다. 다만, 그런 말이 듣기
싫었다.

그날 저녁 수아에게서 전화가 왔다.

"엄마한테 보약 얘기했니?"

"아니, 그랬으면 좋겠다구, 그냥."

"그래, 내가 거기까진 생각을 못했다. 내가 잘 아는 한의원이 있으니
까 지수 아빠 데리고 가서 진맥해. 내가 말해 놓을 테니까."

"이 사람이 가겠어? 관둬."

"관두긴. 내가 미안하잖니."

"미안한 줄은 알우?"

상아는 신경질을 부렸다. 이상하게 수아하고 말을 하면 상아는 화부
터 났다.

마침 지민이 들어와 있었기 때문에 지민도 알게 되었다.

"내가 언제 보약 먹겠데? 제발 쓸데없는 생색 좀 내지 마. 그 집 짓는
거 언니 위해서 짓는 거 아냐. 내 연구를 위해, 날 위해 짓는 거야. 언니
가 짓지 않겠다고 했어도 난 집을 지었을 거야. 오히려 난 언니한테 지
금 도움을 받고 있는 중이야."

"좋아요. 그렇다고 쳐요. 하지만 당신은 우리가 살 집부터 지었어야
해요. 당신은 우리 가족을 위한 계획 같은 건 아예 처음부터 없었죠?"

"당신은 아파트 좋아하잖아. 당신 맨날 외출하고 아이들 학원 다니고

나 출근해야 하는데 당신 가평에 가서 살 수 있어?"

"집은 꼭 가평에만 지어야 돼요? 내 말은 당신은 한 번도 우리가 살 집에 대해서는 생각조차 안 했다는 거예요. 맨날 무장애 공간만 생각하잖아요."

"무장애 주택은 당신한테는 더욱 편해. 왜 그걸 모르나!"

"그럼, 그 집 날 위해 짓는 거예요?"

"……."

"고봐요. 당신 대답 못하잖아요."

"그만둡시다."

선거가 다가오면서 수아는 더욱 바빠졌다.

집안 일에도 신경을 쓸 수가 없었다. 이번에 선거 풍토를 바꿔놓지 않으면 영원한 후진국으로 전락하게 될 가능성이 높다는 것이 수아의 판단이었다.

수아는 아침 신문을 보다가 김영건이란 이름을 발견했다. 여당 공천자 명단 속에 그 이름이 있었다. 수아는 신문을 의심했다. 그럴 리가 없다고 생각했다. 같은 이름을 가진 사람일 거라고 믿었다.

하지만 눈길을 조금 내리자 '시민운동에 평생 바친 김영건, 제도권 안에서 국민운동 펼치기로' 라는 카피가 눈에 띄었다. 틀림없는 그였다.

마침 전화벨이 울렸다.

"신문 보고 놀라고 있지? 만나서 얘기하자, 오늘 저녁 어때?"

"그래요, 만나서 얘기해요."

청혼이 있은 후 김영건과의 사이가 예전과 같지 않은 것은 사실이었다. 김영건도 수아도 뭔가 빚을 진 기분이었다. 농담을 해도 신경이 쓰였고 진지하게 말을 해도 신경이 쓰였다. 더군다나 그가 수아의 비밀을 알고 있다는 것이 두 사람 사이를 서먹하게 만들었다.

비밀은 끝까지 비밀로 간직해야지, 밝혀진 순간 비리가 되어 목을 조인다. 그래서 수아는 그 비밀을 봉합하기 위해서라도 김영건을 완전한 자기 사람으로 만들 생각이었다. 그런데 최근 들어 김영건을 만나지 못했다. 예전에도 훌쩍 혼자서 여행을 다녀오곤 했었기 때문에 그런 방랑병이 도졌나 했었는데 그게 아니었다.

"미안해."

김영건의 첫마디였다.

"나한테 미안할 건 없지요, 조금 놀랐을 뿐이에요."

"집안 어른들이 날 믿지 못할 것 같아서 좀 근사하게 포장을 해 보려구 결심했어. 금뱃지 달고 찾아가서 넙죽 절하고 댁의 따님을 사랑하오니 사윗감 없으시면 이 몸이 어떠냐고 졸라 보려구."

"……"

농담 같지가 않았다. 김영건은 충분히 그러고도 남음이 있었다.

그 말에 수아의 코끝이 시큰해졌다. 자기가 뭐라구, 자기 때문에 자신이 평생 지켜온 신념을 꺾다니, 그보다 더 큰 사랑은 없었다. 자기가 그렇게 큰 사랑을 받고 있다는 것에 가슴이 벅찼다.

"왜, 의논하지 않았어요?"

"반대할 게 뻔한데 뭐."

"미안해요, 내가 아저씨를 변절자로 만들었군요."

"선거에 승리한다는 보장은 없어. 워낙 여당이 인심을 잃어서. 특히 내 지역구는 야당세가 강하지. 불안한 도박이야."

"그런데 왜?"

"야당에서는 공천이 안 들어왔거든. 게다가 폼은 여당이 더 나잖아."

"이미 결정된 일이니까 다른 얘긴 안 할게요. 내가 직접 나서서 아저씨를 도와드리지 못한다는 거 아저씨가 더 잘 알죠? 야당이었으면 가능했을 텐데, 막막하군요. 돈도 없고 지지기반도 없고, 아저씨한테 쏟아질 비난의 화살을 뭘로 막을 생각이에요, 도대체."

"그냥 받을 생각이야, 인정을 해야지. 난, 승리해도 패배해도 변절자란 꼬리표가 붙어 다닐 거야. 승리하면 수아 씨를 얻을 수 있다는 희망밖에 내겐 없어."

"아무 생각하지 말고 최선을 다해 보세요. 그 다음 일은 다음에 생각하는 거예요."

김영건의 공천 소식은 집에서도 화제가 되었다.

"고봐요, 내가 뭐랬어요. 김영건 그 사람, 괜찮은 사람이라고 했죠. 국회의원 되기 전에 잡았어야지요. 금뱃지 달고 나면 생각이 달라질 거라구요."

수아 엄마는 아쉬워하는 기색이 역력했다. 장원도 올케도 자기들의 판단이 잘못되었다고 후회했다.

"야, 공천받는다고 다 국회의원 되냐?"

수아 아버지도 은근히 아쉬워했다.

"김영건 씨하고 통화를 했었는데요, 처형하고 결혼하기 위해 공천에 수락했데요. 아무것도 가진 것 없는 사람한테 뭘 믿고 딸을 주시겠느냐구요."

그 말에 모두들 감동했다.

"당신, 그 중요한 말을 왜 지금에서야 해. 난, 그동안 얼마나 가슴을 졸였다구. 야, 그 사람 정말 멋있는 사람이네."

"수아가 도와주면 힘이 될 텐데."

장원이 당선을 걱정했다.

"모르긴 해도 처형은 선거를 돕지 못할 거예요."

"그렇지. 어허, 그것 참."

수아 아버지가 난감해했다.

"아예 결혼 발표를 해버리는 게 어떨까? 시너지 효과가 있을 텐데."

"아마 처형은 결혼보다 시민운동을 더 소중히 여길 거야."

"여자의 행복은 뭐니 뭐니 해도 결혼이야. 시민운동 평생 해 봐, 언니한테 남는 게 뭐냐구."

"수아가 결정할 일이다."

"오빠 맨날 수아가 결정할 일이래. 식구들이 나서서 해결해 줘야 할 때도 있다구."

상아는 이번이 수아가 결혼할 절호의 기회라고 생각했다.

마침 수아가 들어왔다.

"저, 그 사람 당선하건 안 하건 그 사람하고 결혼할 거예요. 그 사람만큼 진정으로 나를 사랑해 주는 사람 없어요. 그렇다고 그 사람 당선을 위해 내가 그동안 가꿔온 시민운동을 버릴 수는 없어요. 그러니까 그저 지켜봐 주세요."

수아의 말이 너무나 단호해서 아무도 의견을 낼 수가 없었다.

그런데 수아 말에 가장 큰 충격을 받은 사람은 지민이었다. 그 사람하고 결혼할 거예요, 라던 말이 귓가에서 떠나질 않았다. 어떻게 자기 앞에서 그 사람만큼 진정으로 자기를 사랑해 주는 사람이 없다고 말할 수 있는 건지 배신감이 느껴졌다.

지민은 가슴이 텅 비어 운전을 어떻게 하고 왔는지도 모르게 집으로 왔다. 침대에서 상아가 쫑알거렸다.

"언니 참 대단해. 당선을 하건 안 하건 결혼하겠다구, 그렇게 말하면 열사가 되는 줄 아나 봐. 이왕이면 당선시키는 게 좋잖아. 당선을 위해 시민운동을 버릴 수 없다구, 아무리 생각해도 국립묘지에 묻히겠어 언닌. 당신도 분명히 들었지? 그 사람만큼 자기를 진정으로 생각해 주는 사람 없다잖아. 언니는 당신 잊은 지 오래야, 당신 혼자 일편단심이지. 아, 이제 안심이다.”

상아는 아주 노골적으로 좋아했다. 지민은 그런 상아가 예뻐 보였다. 지민은 그날 밤 상아를 의무감이 아닌 진정한 사랑으로 안아주었다. 상아가 모처럼 만족스러워했다. 온몸이 땀으로 흠뻑 젖었다며 투덜거렸다.

“여보, 난 힘들어서 샤워 못하겠어. 물수건으로 나 좀 닦아줄래요?”

지민은 상아가 시키는대로 했다.

상아는 엎드려 누워 있었다. 아무것도 걸치지 않은 인간의 모습 그대로였다. 눈이 부셨다. 여자의 몸이 아름답다는 것을 지민은 만끽하고 있었다.

지민은 그저 바라볼 뿐 손을 댈 수가 없었다. 등 뒤에 송글송글 맺힌 땀방울이 자신의 사랑의 흔적이라 생각하니 흐뭇했다. 지민은 물수건을 던져버렸다. 어찌 수건 따위로 저 성스런 몸을 닦을 수 있으랴 싶었다. 지민은 가장 보드랍고 가장 촉촉한 세 치의 도구를 꺼냈다. 상아의 몸이 출렁거렸다. 상아 입에서 신음 소리가 새어 나왔다. 그건 행복의 음이었다. 상아는 자연스럽게 몸을 뒤집었다. 지민은 마치 처음 보는 것처럼 신기했다. 그리고 신비스러웠다.

지민은 넋을 잃고 쳐다보았다. 상아는 몸으로 말하고 있었다.

—당신 건데 뭘 망설여요. 당신 마음대로 하세요, 빨리요.

상아는 유혹하고 있었다.

하지만 왠지 지민은 겁이 났다. 상아는 벌떡 윗몸을 일으켰다. 그리고 지민 몸에 아직도 남아 있는 이성의 천을 벗겼다.

지민은 옷 입기를 너무 좋아했다. 옷 벗기를 싫어했다. 옷을 벗었다가도 일만 끝나면 주워 입기 바빴다. 하지만 상아는 달랐다. 옷 벗기를 너무 좋아했다. 옷 입기를 싫어했다. 그래서 일이 끝나도 옷을 입지 않고 원형 그대로의 모습으로 어슬렁거렸다. 지민은 부부이면서도 그 모습을 민망해했다. 그래서 똑바로 쳐다보지 못했다.

옷을 빼앗긴 지민은 맥없이 상아의 포로가 되었다. 상아가 시키는대로 할 수밖에 없었다. 자신감을 회복한 상아는 지민을 이용해서 재미있는 놀이를 했다. 지민은 상아의 놀이기구였다.

상아는 대담하고 과감했다. 지민은 있는 힘을 다해 주인의 명령에 복종했다. 행복한 명령이어서 힘든 줄 몰랐다. 그 놀이는 새벽이 되어서야 끝이 났다.

지민은 집짓기에 흥미를 잃은 듯 퇴근 후 바로 집으로 돌아왔다. 저녁 설거지도 도와주고 청소기도 돌려주었다. 아이들과도 잘 놀아주었다. 상아 말도 잘 들어주었다.

지민은 이렇게 사는 것도 편하다는 생각이 들었다. 가정적인 남자가 되는 것, 아내 명령에 복종하는 공처가가 되는 것도 나쁘지 않다는 생각이 들었다.

휴대폰이 울렸다. 예전 같으면 뛰어가서 받았다. 혹시 수아 전화가 아닐까 싶어서. 하지만 이젠 굳이 그럴 필요가 없었다.

"당신이 좀 받아 봐."

상아가 전화를 받았다.

"언니가 웬일이야, 뭐라구? 알았어, 곧 갈게."

상계동 어머니가 혈압으로 쓰러진 것을 수아가 응급실로 모셔 가서 병상을 지키고 있었다.

지민은 병상에 누워 있는 어머니를 보자 눈물이 왈칵 쏟아졌다.

"어떻게 언니한테 연락이 됐어?"

"내가 안부 전화를 드렸었지. 한참만에 전화를 받으시는데 아무래도 이상하더라구, 그래서 한번 들러 봤는데 문을 여시면서 쓰러지시는 거야. 바로 119 불러서 병원으로 왔지."

지민은 수아 말을 들으면서 자신을 원망했다. 안부 전화 한번 드리지 못했었다. 상아와의 약속이 2주일에 한 번씩 찾아뵙는 것이어서 그 약속만 수행하고 있었다.

그런데 어떻게 수아는 자기 어머니한테 안부 전화를 했을까. 수아의 그런 인간적인 모습이 지민을 고개 숙이게 했다.

"고맙습니다."

"난, 이른 시간이어서 밖에 있는 줄 알고 휴대폰으로 연락했지요. 어머니가 여기 병원에 다니고 계셨기 때문에 병원에서 알아서 잘해 줄 거예요. 너무 걱정하지 마세요."

수아는 상아에게 물었다.

"아이들은?"

"경황이 없어서, 두고 왔지."

"아무래도 시간이 좀 걸릴 거 같으니까 내가 아이들을 성북동 집에 데려다 놓을게."

"민우, 잘 텐데. 어떻게 언니가 추슬러."

"당신이 집에 들어가."

지민이 힘없이 말했다.

"아냐, 넌 여기 있어야 해. 깨어나시는 거 봐야지. 내가 알아서 할 테니까 걱정마."

수아는 정말 일처리를 잘 했다.

"전화해, 걱정되니까. 그럼 나 간다."

수아가 가고 난 후 둘은 말이 없었다.

상아도 상계동 어머니에게 미안한 마음이 들었다. 안부 전화는커녕 걸려오는 전화도 무성의하게 받았었다.

─어머니, 아이들 밥 줘야 하거든요.

─어머니, 누가 왔나 봐요.

그러면서 서둘러 전화를 끊었었다. 아들 먹이고 싶어 반찬을 해 놓았으니 가져가라고 하면

─요즘 아범, 집에서 밥 먹을 시간 없어요. 저도 얼굴 못 본 지 한참 됐는걸요.

상아는 어떻게 해서든지 사양을 했다. 마지 못해 가서 반찬을 가져왔다 해도 차 세울 데가 없어 길거리에 세워놓았다고 하며 반찬만 가지고 홀랑 집을 나섰다. 그리곤 집에서 반찬을 제대로 간수하지 않아 썩혀서 버리곤 했다.

할머니가 만든 반찬은 아이들 입맛에 맞지 않았고 상아도 좋아하지 않았다. 지민 혼자 먹을 수 있는 반찬이었다. 상계동 어머니가 지민에게 '지난 번 오이소박이는 좀 짜지 않았냐' 하고 물으면 지민은 약간 어리둥절해하다가 '아니요, 괜찮던데요. 잘 먹었습니다' 라고 꾸며서 인사를 했다. 지민이 식사를 하며 '오이소박이 김치는?' 하고 물으면 상아는 '응, 쉬어서 버렸어' 라고 잘라 말했다. 지민은 어머니가 만든 오이소박이 김치를 무척 좋아했지만 얻어 먹을 수가 없었다.

"당신, 어머니 혈압 높으신 거 알고 있었어?"

"아뇨, 말씀 안 하셔서……."

지민은 자신을 자책했다. 아들이라고 있어 봐야 어머니에게 해 드린 것이 없었다.

어디가 아프신지, 어느 병원에 다니시는지도 모르고 있었고 상아가 싫어한다고 어머니 찾아 뵙는 일도 거르고, 간다고 해도 억지로 가서는 점심 한 끼 달랑 얻어 먹고 도망치다시피 나왔었다. 이 핑계 저 핑계를 대면서 말이다.

수아한테 부끄러웠다. 그리고 자기 어머니를 챙겨준 수아가 한없이 고마웠다. 오늘 수아가 아니었으면 혼자 병원에도 못 가셨을 테고 꼼짝없이 잘못되셨을 수도 있었겠다 싶으니까 생명의 은인으로 생각되었다.

상아 휴대폰으로 전화가 왔다.

"그래 언니, 애들 성북동 집에 있다구? 응, 아직 안 깨어나셨어. 뭐? 지금 대전에 간다구? 그래 알았어, 걱정마."

지민은 수아가 대전에 간다는 말에 힘이 쭉 빠졌다.

수아가 서울에 있어야 든든했다. 대전에 가면서까지 어머니와 아이들을 돌봐주는 수아가 너무 고마웠다. 아니, 대단했다. 수아는 남을 배려하는 남다른 희생정신이 있었다. 상아에게서는 눈꼽만큼도 찾아볼 수 없는 부분이었다. 상아는 자기만 아는 이기주의자였다.

상계동 어머니가 깨어났다. 그리고 병실로 옮겨졌다. 상계동 어머니는 집으로 가겠다고 고집을 부렸다. 학교 출근을 하지 않으면 안 된다고 걱정이 태산이었다.

하지만 상계동 어머니의 상태는 심각했다. 이미 오른쪽에 마비가 온 상태였다. 얼굴이 돌아가 발음도 정확치 않았고 다리에 힘이 없어서 부

축을 받지 않으면 걷지도 못하는 뇌졸중 중세를 그대로 보였다. 그나마
다행이랄 수 있는 것은 의사의 진단이 아주 희망적이었다. 6개월 정도
면 회복이 될 것이라고 했다.

상계동 어머니는 젊고 활동적이어서 건강에 대해서는 걱정을 하지 않
았었다. 오히려 성북동 어머니는 약해서 늘 약으로만 살았다. 병원 신
세를 지며 생활했기 때문에 건강에 대한 걱정이 컸다. 그런데 엉뚱하게
상계동 어머니가 쓰러졌다.

상아는 눈앞이 캄캄했다. 꼼짝없이 상계동 어머니 수발을 들게 되었
으니 걱정이 안 될 수가 없었다. 지민이 6개월이면 완전히 회복될 수 있
다는 진단에 안심을 한 것과는 대조적이었다. 지민은 이번 기회에 상계
동 어머니를 모시고 살아야겠다고 마음먹었다.

상아는 간병인을 쓰자는 말이 목구멍까지 나왔지만 차마 입 밖으로
뱉지 못했다. 간병인 값이 만만치도 않았지만 며느리가 할 일 없이 놀
고 있는데 다른 사람에게 시어머니를 맡긴다는 것이 말이 되지 않기 때
문이었다. 상아는 억지로 시늉만 내고 있었고 상계동 어머니도 억지로
간병을 받고 있었다.

상계동 어머니는 처음부터 상아를 싫어했다. 미스코리아 출신이라는
것 자체가 못마땅했다. 여자는 원래 너무 예쁘면 안 된다고 생각했다.
게다가 탤런트라는 것도 너무 싫었다. 다른 남자품에 안기는 것을 밥먹
듯 하고 다른 남자와 키스를 하고 벌거벗고 뒹구는 것이 배우라는 직업
이기에 정말 싫었다. 그리고 대통령 아들과의 스캔들로 이미 몸을 버린
헌여자라고 믿었기에 도저히 며느리로 받아들일 수가 없었다.

상계동 어머니는 상아 손길이 닿을 때마다 몸을 움츠렸다. 며느리를
똑바로 쳐다보지도 않았다. 만약 서울에 친척이 있었다면 그 사람을 불
러다 놓고 며느리를 오지 못하게 했을 것이다. 며느리를 날마다 보는

것이 괴로웠다. 퇴근을 하고 병원에 오는 아들만 기다려졌다. 지민이 오면 상아는 아이들을 핑계로 집으로 들어갔다.

가끔 수아가 저녁때 들렀다. 수아가 오면 상계동 어머니 얼굴이 금세 환해졌다. 수아와는 이런저런 얘기를 많이 했다. 수아가 사 온 음식은 맛있다고 다 먹어치웠다. 상아가 사 온 음식은 먹어 보지도 않고 고개를 살랑거리는 것과는 대조적이었다.

"나도 오늘 휠체어를 타고 산책을 나갔었다우. 휠체어를 타 보니까 사돈처녀 마음을 알겠더군. 사돈처녀는 평생을 타고 있는데… 참 훌륭해요."

상계동 어머니는 눈물까지 글썽거렸다.

"아무 걱정하지 마세요. 지금도 많이 좋아지셨어요. 어머니는 뇌졸중이 온 게 아니고 스치고 지나간 거래요. 빨리 발견돼서 치료를 잘 할 수 있었데요."

"고마워요, 그날 사돈처녀 아니었으면……."

"아니에요, 제가 아니었어도 누구라도 갔을 거예요. 그게 어머니 복이시거든요. 그리고 학교도 1년 휴직으로 처리됐데요. 1년 후에는 다시 예전처럼 출근하셔서 교단에 서실 수 있어요."

수아는 상계동 어머니가 무엇을 염려하고 있는지, 무엇을 궁금해하는지 다 알고 있었다.

사실, 학교에서는 나이 든 교사의 휴직이 탐탁치 않았다. 이번 기회에 명퇴를 시키려고 했다. 지민도 쉬는 것이 바람직하다고 생각했지만 상계동 어머니는 절대로 교직을 떠날 수 없다고 단호히 말했다.

상아도 모처럼 어머니편이었다. 상아는 어머니와 함께 있는 시간을 줄이고 싶었다. 그리고 어머니가 벌어야 경제적인 문제도 해결되겠기에 어머니 의견이 옳다고 주장했다.

─어머니가 아직 젊으신데 집안에서 어떻게 가만히 계시겠어요. 답답해서 더 병나세요. 일을 하던 사람은 일을 해야 해요.

상아가 지민을 설득했다. 지민도 그 말이 틀리지 않다고 판단했다.

어머니는 보통의 어머니 스타일이 아니었다. 교육자로서의 자존심을 갖고 있는 분이었다. 부부교사로서 제주도에 있을 때는 존경을 한몸에 받았었다.

만약 계속 제주도에 있었더라면 족히 교장은 됐을 것이다. 어머니는 가끔 후회하는 말을 했었다. 공연히 제주도를 떠났다고, 제주도에 있었어도 지민의 교육에 전혀 문제가 없었을 거라고, 그때는 생각이 짧았었다고, 교육자로서 부끄러운 일을 했다고 말이다.

그런데 그 후회 속에는 서울에 왔기 때문에 지민이 상아와 결혼을 하게 된 것이 아주 큰 부분을 차지하고 있었다.

수아는 상계동 어머니와 많은 얘기를 나누었다. 지민은 옆에서 그냥 듣고만 있었다.

"어머니, 말씀 너무 많이 하시는 것도 몸에 안 좋으세요. 저, 그만 갈게요. 곧 퇴원하실 것 같더라구요. 한 번 더 올게요, 어머니."

지민이 수아를 바래다 주러 나왔다.

"나하고 잠깐 얘기 좀 해요."

지민은 먼저 얘기를 하자고 자기를 붙잡는 수아가 고마웠다.

항상 헤어질 때마다 아쉬웠다. 그냥 보내기 싫은데 그녀를 잡을 구실이 없어 주차장까지 따라가서 휠체어를 실어주고는 빈손을 흔들 뿐이었다. 손을 흔드는 것도 둘만 있을 때나 가능했다.

병원 로비에 자리를 잡았다. 지민이 커피를 뽑아왔다.

"고마워요."

　지민이 창밖으로 시선을 보내며 앉았다. 지민은 중노동을 한 사람처럼 의자에 앉으며 소리를 냈다. 그 소리에 수아 가슴이 싸했다.

“고마워.”

“내가 한 일이 뭐가 있다구요.”

　수아는 요 자를 붙였다. 지민으로서가 아니라 제부로서 할 말이 있었기 때문이다.

“지수 엄마 행동, 내가 봐두 못마땅하지만 이해해 줬으면 해요. 마음이 나빠서가 아니라 상아는 누구한테 얽매이는 것을 못 견뎌 해요. 자유롭지 않으면 숨막혀서 못사는 애예요. 어머니, 퇴원하시면 집으로 모셔야 한다는 거 상아도 알고 있어요. 하지만 몹시 힘들어 해요. 어머니도 상계동 집으로 가신다고 한다면서요. 어머니도 좋고 상아도 좋은 방법을 찾았으면 해요.”

“그런 방법이 있을까?”

“내 생각 같아선 간병인을 두고 상아가 매일 들르도록 하는 것이 어떨까 해요. 집에서 모신다 해도 아무래도 사람을 두어야 하지 않겠어요? 원래 살림을 못하잖아요.”

　지민은 긴 한숨을 내뿜었다. 그리고 담배를 피워 물었다.

“미안해요.”

“……..”

“간병인 비용은 상아가 마련하겠데요.”

“또 드라마를 하겠다구?”

　지민의 억양이 몹시 흥분되었다.

“아녜요, 친구가 하는 카페가 있는데…….”

“카페? 이젠 술집에 나가겠다구?”

“말이 너무 심하군요. 물론 그렇게 생각하는 것도 무리는 아니지만 무조건 나쁜 쪽으로만 생각하지 마세요. 난, 상아가 자기 일을 갖는 것이 더 바람직하다고 생각해요. 카페가 싫으면 다른 방법을 찾아보도록 할게요. 내가 조금 보태구.”

“네가 왜 보태니?”

지민은 거친 눈빛으로 수아를 노려보았다. 수아도 깜짝 놀랐다.

“내 동생이니까요.”

“우리 가정 일이야, 내가 해결할게. 넌, 신경 쓰지 마.”

“그래, 너네 부부 일이야. 제발 신경 좀 쓰지 않게 해 줘. 제발 편안히 좀 살으라구. 너, 이러려고 결혼했니? 결혼했으면 네 마누라 정도는 네 마음대로 하고 살아야지, 이 바보야!”

수아 눈에서 눈물이 주르륵 흘러 내렸다.

지민도 울고 있었다. 상계동 어머니가 쓰러진 후 한순간도 마음이 편치 않았다.

지민은 많이 지쳐 있었다. 자기 엄마를 뱀처럼 싫어하는 여자가 뱀처럼 느껴졌다. 자기 엄마한테만 잘해 주면 더 이상 바랄 것이 없을 것 같았다. 여자하고 산다는 것이 피곤하고 지겨웠다. 지민은 결혼생활에 회의를 느끼고 있었다.

수아는 지민을 안아주고 싶었다. 남자의 눈물은 여자의 눈물과는 비교도 안 되는 고통이라는 것을 수아는 알고 있었다.

수아가 지민의 손을 잡았다.

“곧 괜찮아질 거야. 조금만 참어, 조금만…….”

수아 가슴이 찢어지는 듯했다. 눈물까지 흘리는 지민을 보며 모든 것이 자기 책임이라는 자책감이 들었다. 수아는 어떻게 해서든지 지민이 원하는 쪽으로 일을 해결하려고 애썼다.

“야, 네가 조금만 참아. 지수 할머니 너네 집에 오래 안 계셔. 몸 움직이실 수 있으면 붙잡아도 안 계실 분이야. 일단 너네 집으로 모셔. 그게 모양새도 좋지 않니? 활동하시는 데는 큰 지장이 없다고 하니까 크게 보살펴 드릴 일도 없을 거야."

"그럼, 언니가 모셔."

상아가 날카롭게 쏘아붙였다.

"얘 좀 봐라, 왜 너네 노인네를 우리 집에 모시니? 얘 이상한 소리 하네."

수아 엄마가 나섰다.

수아는 엄마도 야속했다. 딸을 잘 다독거릴 생각은 하지 않고 오히려 딸편을 들어주었다. 예전부터 수아 엄마는 딸이 원하는 것이면 무엇이든지 들어주었다. 그래서 에미나 딸이나 똑같다고 수아 아빠한테 핀잔을 듣곤 했었다.

"나 정말 미치겠네. 왜 그이는 형제 하나가 없어. 언니, 제주도로 휴양을 보내면 어떨까?"

"그거 좋겠다."

수아 엄마는 박수까지 치며 찬성했다.

"그건 안 될 말이야. 너, 지수 아빠가 상계동 어머니한테 얼마나 끔찍한지 잘 알면서 그런 말을 하니? 병원에 입원해 있는 동안 단 하루도 빠짐없이 밤간호한 거 몰라? 왜 상계동 댁으로 못 가시게 하는데. 병든 어머니가 안타까워서 직접 지켜 드리려고 그러는 거야. 너, 그 말은 입 밖에도 꺼내지 말어."

"미치겠네 정말. 지수 아빠를 상계동 집으로 보내는 수밖에 없겠다."

"너 그걸 말이라고 하는 거니? 제발 철 좀 들어라, 철 좀."

이번에는 지민도 양보하지 않았다. 병원에서 나오자 어머니를 바로 자기 집으로 모셨다. 어머니 방을 마련하고 파출부를 매일 쓰기로 했다.

상계동 어머니도 지금 상태로 혼자 생활하는 것은 무리이고 아들의 뜻이 하도 강력해서 순순히 따라주었다. 아이들은 할머니와 함께 살게 되었다고 이리 뛰고 저리 뛰며 좋아했다. 지민도 표시 내지는 않았지만 무척 좋았다. 이렇게 살아야 한다고 늘 생각하고 있었다.

그 집에서 상계동 어머니와 같이 사는 것을 싫어하는 사람은 상아뿐이었다. 상아는 노골적으로 싫은 표시를 냈다. 절대로 웃지 않았고 말을 시키기 전에는 먼저 한마디도 하지 않았다. 지민이 슬금슬금 상아 눈치를 살폈다. 아이들도 엄마 눈치를 보았다. 잘못하면 엄마한테 혼이 나기 때문이었다. 상계동 어머니도 그걸 모르지 않고 있었다.

상계동 어머니는 수아 엄마와는 달리 사려가 깊고 판단이 날카로웠다. 상계동 어머니는 한 달 정도가 지나자 혼자서 보행을 할 수 있게 되었고 그러자 제주도 이모댁에 가서 있겠다고 했다.

"어머니, 왜 그러세요?"

"휴양을 가겠다는데 왜 말리냐. 이 집에서는 도저히 병이 나을 것 같지가 않다. 혈압은 안정이 최고라는 거 모르냐. 더 긴 말 하기 싫으니 비행기표나 마련해라. 이모한테는 말해 두었다."

"네 어머니, 그렇게 하세요. 아범이 모셔다 드리도록 하겠습니다."

"네 목소리 오래간만에 듣는구나."

상계동 어머니는 면전에서는 싫은 소리를 하지 않았다. 항상 알 듯 모를 듯한 말로 상아 가슴을 뜨끔하게 만들었다. 그 말의 의미를 다 알아들을 수 있는 지민이기에 괴로웠다.

상계동 어머니는 주말에 바로 제주도로 향했다. 상아는 너무 좋아서 두 팔을 활짝 벌려 만세를 부르듯이 했다. 시어머니를 공항에 데려다주고는 바로 친정으로 갔다. 수아 엄마도 딸만큼이나 좋아했다. 제주도에서 아예 살았으면 좋겠다는 말까지 했다.

  병원에서 한 달, 집에서 한 달, 두 달 동안 상아는 속이 썩을대로 썩어서 가슴이 새까맣게 탔다고 자리에 누워버렸다. 상아 얼굴이 많이 야위어 보였다.

  선거운동이 막바지가 되자 흑색선전이 나돌았다. 김영건에 대한 추문이 꼬리에 꼬리를 물고 이어졌다.

  여자를 버린 남자는 국민도 쉽게 버릴 수 있다는 둥, 호적에 있는 자식들이 각각 배가 다른 형제라는 둥, 시민운동을 했을 때의 정의감은 정치에 입문하기 위한 수순이었다는 둥, 박수아 소장과 깊은 관계라는 둥, 그래서 이상적인 정치인상의 상당부분이 김영건의 이미지와 일치하도록 만들었다는 둥, 일일이 열거할 수 없을 정도로 잘도 만들어냈다.

  하지만 전혀 엉뚱한 내용은 없었다. 그렇게 생각할 수도 있는 것들이었다. 수아는 일체의 활동을 자제했다. 섣불리 반응을 보였다가는 오히려 파장만 더 커질 것 같았다. 주위에서는 잠시 피해 있으라고 했지만 그것 또한 파장을 만들 수 있는 계기가 된다는 판단으로 사무실 출근을 강행했다.

  김영건에 대한 여론조사 결과가 점점 하락하고 있었다. 처음 조사에서는 라이벌 후보를 두 배 이상 압도했었지만 여론은 쉽게 무너지는 거품이었다. 김영건은 의연하게 잘 대처했다. 특히 박수아 부분에 대해서는 정말 현명하게 해명을 했다.

  "친한 건 사실입니다. 우린 동지니까요. 공천소식을 신문에서 접한 박 소장이 제게 이렇게 말했습니다. 또 다른 김영건인 줄 알았다고 말입니다. 그러면서 단호하게 못을 박더군요. 도와주지 못해 미안하다고 말예요. 그러면서 끝까지 선전하길 바란다고요. 박 소장과의 관계는 그게 답니다. 그래서 박 소장이 명예훼손으로 고소할까 봐 그래서 선거일

전에 검찰에 끌려갈까 봐 그게 걱정입니다."

이 말은 선거보다는 수아를 먼저 생각하는 수아를 위한 발언이었다.

당에서는 그런 김영건이 못마땅했다. 시민운동을 하던 사람이어서 정치를 모른다고 머리를 휘둘렀다. 그 발언 이후 당에서는 김영건에게 총력을 기울이지 않았다. 선거도 하기 전부터 김영건은 전의를 상실했다. 정치판에 대한 실망으로 승리에 대한 의욕이 없었다.

선거 결과는 낙방이었다. 그 결과에 수아는 담담했지만 수아 가족은 허탈해했다. 수아는 한 번 공언한 말은 결코 물리지 않는다는 것을 알고 있었기에 수아가 김영건과의 결혼을 강행할 것이라고 생각했다.

하지만 수아 가족들은 그를 더욱 무능한 사람으로 취급했다.

"아유, 언니는 남자복이 없나 봐. 김영건이 금뱃지를 달았으면 좀 좋아, 그러면 국회의원 마누라 되는 거잖아."

상아는 아쉬워하면서도 한편으로는 잘됐다고 생각했다.

상아는 항상 수아가 자기보다 한 수 아래에 있어서 마음이 편안했다. 자기는 교수 부인밖에 안 되었는데 수아가 국회의원 부인이 되는 건 수아가 더 우위에 서는 것이 되어 은근히 질투를 하고 있었다.

수아는 바로 김영건에게 소식을 넣었다. 하지만 대답이 없었다. 낙방의 아픔을 함께 나눠주려 했는데 어디에 가서 무엇을 하는지 도통 연락이 닿지 않았다. 나름대로 정리를 할 것이 있겠구나 싶었는데 일주일이 넘도록 연락이 없자 불안했다.

김영건이 불쑥 찾아올 것 같아 수아는 퇴근도 하지 못했다. 매일 매일 그를 기다렸다. 처음에는 불쌍하다는 생각을 했었는데 시간이 지나자 서운하고 괘씸했다. 적어도 사랑하는 사이라 한다면, 결혼을 약속한 사이라면 이렇게까지 무심할 수 있을까 싶었다.

뜻밖에 지민이 찾아왔다.

"소주 한 잔 하고 싶어서……."

수아는 지민이 자기를 위로하기 위해 찾아왔다고 생각했다.

둘은 말없이 몇 잔을 마셨다.

"지금, 김영건 씨 만나고 오는 길이야."

"뭐라구? 그 사람 지금 어딨어? 어디 있느냐구?"

"너한테 미안하다고 전해 달래."

"김영건 씨, 밖에 있지?"

지민은 고개를 흔들었다.

"떠났어. 정치고 시민운동이고 다 홀가분하게 집어던졌는데, 수아 너만큼은 그렇게 할 수가 없어서 네 얼굴을 보지 못하구 떠난다구."

"바보, 그럼 안 떠나면 되잖아."

"널 위해서 떠난데. 산사에 묻혀서 조용히 살겠데. 이제 은퇴할 나이도 돼서 그렇게 하기로 결심한 거래."

"날 위해 떠난다구? 그런 유치한 말도 하는구나. 그 사람 그렇게 된 거 다 나 때문이야. 나하고 결혼하려구 정치판의 유혹을 뿌리치지 못한 거라구. 나하고의 스캔들을 막으려구 한 발언 때문에 당에서 미움 받아 선거에서 진 거야. 내가 그 사람을 그렇게 만들었는데 이제 와서 내가 그 사람을 어떻게 버리니. 지민아, 제발 나 좀 그 사람한테 데려다 줘, 직접 만나서 얘기해야 돼."

"너, 그 사람 그렇게 많이 사랑했니?"

"이건, 사랑하구 안 하구의 문제가 아냐, 이건 인간의 문제라구. 어떻게 인간이 자기 좋을 때만 자기한테 이익이 될 때만 함께 있니? 그 사람이 힘들 때, 그 사람이 외로워할 때, 함께해 줘야 하는 거잖아."

"네가 아니어도 함께해 줄 사람이 있을 거야."

"그 사람한텐 지금 내가 가장 필요해. 지민아, 그 사람 좀 찾아줘 제발.”

수아는 눈물을 터트렸다. 지민은 수아를 안아주었다. 그리곤 아이를 달래듯이 머리카락을 쓸어주며 말했다.

“그래, 김영건 씨한텐 네가 가장 필요할 거야. 그 사람도 널 많이 사랑하는 것 같았어. 그러니까 그 사람의 마음을 네가 받아줘야 하지 않겠니. 너하고 결혼하고 싶은 그 사람의 마음을 네가 받아주었듯이 너를 떠나야 하는 그 사람의 마음도 네가 받아줘야 하는 거야, 그래야 하는 거라구. 시간이 해결해 줄 거야, 시간이 모든 걸 해결해 줄 거야.”

지민의 가슴에 얼굴을 묻고 한참을 울고 나니 수아는 가슴이 후련했다.

지민도 수아를 안고 있으면서 모처럼 편안했다. 상아 생각이 나지 않았다. 아니, 애써 상아 생각을 떨쳐버렸다. 자기도 모든 것을 버리고 수아와 함께 아무도 모르는 곳에 가서 자연인으로 살고 싶었다. 그러면 편안하고 행복할 거라고 믿었다.

“당신, 양복에 묻은 이 파운데이션 자국 뭐야?”

“…….”

“당신, 단란주점 갔었어?”

“응.”

“그래, 가는 건 좋아. 하지만 이렇게 묻혀 가지고 들어오진 말어. 그건 아내에 대한 예의가 아니거든.”

상아는 대수롭지 않게 여겼다. 그러면서도 무슨 단서를 잡으려는 듯 킁킁거리며 냄새를 맡았다.

“어, 이 버버리 향, 언니가 쓰는 향순데.”

상아는 수사관처럼 예리했다. 지민은 대꾸도 하지 않았다. 길게 말하면 불리해질 게 뻔하기 때문이다.

지민은 다시 집짓기에 열중했다. 그동안 상계동 어머니 때문에 집짓기가 잠시 중단되었었고, 그 집은 작품이어서 지민을 대신할 사람이 없었던 것이다.

그리고 집을 빨리 완공해서 수아를 기쁘게 해 주고 싶었다. 수아가 다른 생각을 하지 못하도록 하기 위해 지민은 수아에게 무장애 주택에 대한 설명을 자세히 해 주었다.

주말에는 수아와 함께 가평에서 하루를 보냈다. 지민은 둘이 있을 때는 예전처럼 자연스럽게 대했다. 장난도 치고 스스럼없이 수아를 안아서 옮겨주었다. 수아도 거절하지 않았다. 함께 자연스러워야 어색하지 않다고 생각했다.

"당신, 언니 위로해 주는 건 좋지만 너무 지나치다고 생각하지 않아요?"

"……."

"왜 말이 없어요, 내 말이 말 같지 않다는 건가요?"

"……."

"여보! 당신 나한테 왜 이래요. 상계동 어머니 일로 당신, 나한테 화나 있는 건 알아요. 하지만 이런 식으로 나를 괴롭히지 말아요. 차라리 딴 여자하고 바람을 피우라구요. 그 파운데이션 자국, 언니 거라는 거 알고 있었어요. 김영건이 당신을 만나러 왔고, 당신은 김영건 말을 전하러 언니를 찾아갔고. 언니가 당신 품에 안겨 울던가요? 당신은 언니를 안아줬겠군요. 좋아요, 그럴 수 있어요. 근데 문제는 요즘도 가끔, 아니 아주 자주, 그 버버리 향을 당신이 묻혀 가지고 온다는 거예요. 언니를 만나면 안아주나 보죠?"

"여보!"

"설명을 해 봐요, 오늘은 그냥 못 지나가."

"당신은 어떻게 생각을 그렇게 하나, 인격이 있는 사람들이야."

"인격? 좋죠. 그거 아주 멋있어요. 근데 어쩌죠, 난 당신의 인격을 믿지 못해요. 당신, 나하고 왜 결혼했어요? 당신, 나, 사랑하지 않았잖아요? 사랑하는 사람을 두고 사랑하지도 않는 여자와 결혼한 사람에게 무슨 인격이 있어요. 게다가 두 여자가 쌍둥이 자매인데, 안 그래요? 이 사실이 세상에 밝혀지면 행여나 당신을 인격자라고 하겠어요? 홍! 이중 인격자라고 손가락질할 걸요."

"그만해!"

"왜? 찔려요. 그렇겠죠. 그 알량한 인격자들인데."

"……."

"난, 두 사람 하는 짓을 보면 구역질이 나. 어떻게 저렇게 근사하게 포장을 할 수 있을까 싶어서 신기해. 속마음 속이는 게 인격이야? 속물들!"

"……."

"왜 아무 말도 못하시나? 두 사람 나 죽기만 바라고 있을 텐데?"

"여보!"

"나, 절대 안 죽을 거야. 죽어두 언니보다 하루 더 살다 죽을 거야. 당신 둘 절대 예전으로 돌아갈 수 없어. 절대. 알어? 그러니까 꿈도 꾸지 마. 나, 죽어도 당신 안 놔줘."

지민은 서재로 들어가버렸다. 그날부터 전쟁이 본격화되었다.

―지민아, 이렇게 불러도 되나 몰라.

하지만 그렇게 부르고 싶어. 그냥 설명을 해 줬을 때는 그런가 보다 싶었는데 오늘 윤곽이 다 드러난 집을 보면서 나, 얼마나 가슴이 설레였는지 몰라. 네가 계속 어떠냐고 물어도 대답을 하지 못한 건 너무나 감격했기 때문이었어. 아마 강 교수님이 안 계셨으면 목을 끌어안고 볼에 마구 뽀뽀를 해댔을 거야.

무장애 설계(Barrier Free Design)는 장애를 잊게 하는 치료제야.

턱이 하나도 없는 것은 물론이고, 문도 자동으로 스르르 열리니까 마치 요술나라에 온 기분이었어. 휠체어 이동을 하는지 리모콘으로 자동 이동이 되는지 도저히 감이 잡히지 않더라니까. 화장실은 물론이고, 좌식 샤워시설, 모든 시설을 혼자서 이용하는데 전혀 불편이 없었어. 아니, 아직 이용은 안 했구나. 나중에 혼자 가서 해 볼게. 자연스럽게 이용하는 걸 보면 지민이 너도 좋아할 텐데. 그럴 수가 없는 게 유감이네. 하지만 충분히 상상할 수 있지?

그리고 정말 나를 놀라게 한 건 바로 그 온돌 공간이야. 휠체어에 내내 앉아 있으면 힘드니까 휠체어에서 옮겨 앉을 수 있도록 서재에 온돌 공간을 만들어 놓은 거, 그리고 책상까지 마련해 놓은 건 지민이 너 아니면 생각해내지 못했을 거야. 사실 나도 그런 생각을 하지 못했거든. 고마워. 너무나 큰 선물을 받아서 평생 아무것도 먹지 않아도 배부를 것 같아.

지민이 넌 약속을 지킨 거야. 날 위해 집을 지어주겠다던 그 약속을 넌 지켰어. 지키지 못할 거라구 생각하고 있었는데…….

그 집 구석구석에 네 손길이 묻어 있어서 그 집에 가면 네 생각이 더 날 거야. 그건 괴로운 일인데, 하지만 행복한 고통이니까 괜찮아.

참, 그 집 이름을 지어 달라고 했지? F4라고 하면 어떨까. free, free, free, free. 어때, 괜찮지? 자유를 마음껏 즐기고 싶어. 다시 한 번 고맙다는 말 전하면서…….

오늘 밤 꿈속에서도 우리 집에 갈 거 같애.

이메일로 수아가 지민에게 보낸 편지였다.

"당신, 누구랑 지금까지 있었어요?"

"내가 그런 일까지 당신한테 일일이 보고해야 하나?"

"작전을 바꿨군요. 그래도 예전에는 미안해하면서 변명을 하더니 이젠 뻔뻔스럽게 대항하기로 했나 보죠? 이제 곧 나를 치겠군요."

지민이 옷을 벗어 집어던지고 샤워를 하러 가려 하는데 상아가 앞을 가로막았다.

그러자 지민이 비키라는 듯이 상아를 밀었다. 상아가 침대 위에 풀썩 주저앉았다.

"야! 너, 나한테 왜 이러는 거야. 나 미치는 꼴 보고 싶니? 내가 모를 줄 알고? 너, 그 기집애랑 있다 왔잖아. 오늘은 만나서 뭐했어? 나랑 이혼할 공작 짰지? 말해 봐, 어서!"

"미쳤어?"

"그래, 미쳤어! 니들이 날 미치게 만들었어!"

상아는 인쇄한 이메일을 지민 앞에 내밀었다.

"너네, 언제부터 옛날로 돌아갔니? 김영건이 떠난 뒤부터였니? 구역질이 나, 이 편지 하나로 너네 불륜은 증명이 된 셈이야."

"처형이기 이전에 우린 친구였어. 당신도 알잖아. 우린 편지 친구라는 거. 그리고 처형은 작가잖아. 언니 글에 오해를 할 것이 아니라 작가니까 그렇게 표현하는구나, 하고 이해해 줄 수는 없니?"

"작가 좋아하시네. 작가는 남의 남자한테 꼬리쳐도 되는 거야? 누가 그래, 어느 법에 나와 있어?"

"너, 왜 이렇게까지 됐니? 어떻게 남편 이메일까지 몰래 훔쳐보니? 그렇게 자신이 없니?"

"천만의 말씀, 자신이 없어서가 아니라 당신과 언니의 이중인격을 밝혀내기 위해서야. 어디 이메일 뿐인지 알아? 당신 휴대폰도 다 검색해. 언니가 당신한테 건 전화, 당신이 언니한테 건 전화, 음성메시지, 문자 메시지, 모두 조사하고 있어. '잘 들어갔나 궁금해서요' '오늘 고마웠어요' 가 요즘은, '오늘 행복했어요' 로 바뀌었더군. 어떻게 해 줬길래 행복할까. 당신은 더 유치해. '지금 집앞이야' '마음에 들었어' '지금 뭐해' '괜찮지' 이런 말 무슨 뜻이야? 누가 들어도 처형하고의 대화 아냐. 변명 좀 해 봐. 당신, 설명 잘하잖아."

"당신 정말 형편없는 여자구나, 어떻게 그럴 수가 있어?"

"뭐라구? 어떻게 그럴 수가 있냐구? 그러는 너는? 어떻게 그럴 수가 있니? 지금 뭘 잘했다고 큰 소리치는 거야! 기자들 부를까?"

"마음대로 해!"

상아는 갑자기 몸을 비비 틀었다. 기가 질려서 뒤로 넘어가 버둥거렸다. 있는대로 소리를 지르다가 나중에는 소리도 지르지 못했다.

지민이 놀라 상아 몸을 풀어주려고 주물렀다.

"여보! 왜 이래, 정신차려! 내가 잘못했어, 내가 다 잘못했다구."

지민은 너무나 갑작스런 상황에 당황이 되었다. 이성을 가진 인간이 어떻게 그렇게까지 동물적으로 변할 수 있을까 싶었다. 지민은 그동안 아내에게 너무 소홀히했다는 반성을 했다. 상아가 그렇게 생각을 하는 것도 무리가 아니라는 생각이 들었다.

마침 집이 완성이 됐기에 자연히 수아를 만날 기회가 없어졌다.

집이 완공된 것을 축하하는 가족모임이 있었다. 지민네 식구가 산책을 하고 들어가는데 옆집에 사는 아줌마가 인사를 걸어왔다.

"이제, 다 지어진 모양이군요."

"그동안 시끄러웠을 텐데, 죄송합니다. 이제부터 조용할 거예요."

"왜요? 이사 안 오세요?"

"네, 별장으로 쓸 겁니다."

"아, 그렇군요. 저는 좋은 이웃이 생겼다고 좋아했는데요. 사모님이신가 봐요?"

"예, 집사람입니다."

상아가 웃으며 목례를 했다.

"어디서 뵌 분 같네요. 꼭 탤런트 같으세요. 너무 미인이시다. 저는 그 휠체어 타시는 여자 분이 부인인 줄 알았어요. 너무나 다정해 보이길래. 그래서 물어보았더니 처형이라고 하더군요. 그래서 교수님을 존경하게 되었답니다. 불편한 처형을 위해 그렇게 봉사하시는 분이 어디 있어요, 정말 훌륭하세요."

"별말씀을요."

지민은 서둘러 아이들을 데리고 안으로 들어갔다.

상아는 심사가 뒤틀려 있었다. 수아에게 대놓고 면박을 주었다.

"어떻게 행동했길래 동네 사람들이 언니를 이 사람 부인으로 알았을까?"

수아는 아무렇지도 않게 지수 아빠가 너무 착해 보였나 부지 뭐, 하며 넘겼다.

"어때? 가슴이 설레여? 너무나 감격스러워서 말이 안 나오지? 이 집에 들어오면 언닌 장애인이 아니라며? 언닌 이제 아무것도 안 먹어도 배부르지? 이 집은 지수 아빠가 언니를 위해 지은 자유공간이야. 근데 몸의 자유를 누리는 건 좋지만 마음의 자유는 곤란해."

지민이 어쩔 줄 몰라 했다.

"이 집 구석구석 지수 아빠 손길이 안 닿은 곳이 없다는 거, 언니 알고 있지?"

"그럼 알고 있지. 너한테 고마워."

“나한테 고마워? 지금 지수 아빠 얘기하고 있는 건데 왜 나한테 고마
울까? 두 사람은 고맙다는 인사를 하지 않아도 되는 사인가 보지?”

“아, 그─그게 아니라…….”

“언닌 나한테 미안해해야 해.”

“그래, 미안해.”

“뭐가 미안해? 미안한 짓을 했나 보지?”

상아가 수아를 이렇게 매섭게 몰아붙이는데도 지민은 마치 못 들은
사람처럼 아이들 시중을 들고 있었다.

순간 수아는 지민에게 서운했다. 자기가 곤경에 빠져 있는 것을 보면
서 아무렇지도 않은 표정을 짓고 있다는 것이 마음 상했다.

“언닌 이 집에서 누구랑 살고 싶어?”

“이 집은 우리 식구 별장으로 쓰기로 했잖아. 필요할 때 누구라도.”

“우리 식구는 이 집 별장으로 안 쓸 거야. 우리 가족들만 가는 별장을
따로 마련하기로 했거든. 그러니까 지수 아빠 다시는 여기 안 와.”

“자, 자, 준비 다됐다. 걱정 마라 상아야, 서 서방 고생한 거 다 안다.
언니가 여유 생기면 그냥 있지 않아. 건축비 대느라고 당장은 힘들지만
곧 보답할 테니까 너무 꼬장 부리지 마라.”

수아 엄마가 상아를 나무랐다. 수아도 엄마 말을 듣고 나니 상아가 왜
그러는지 이해가 되었다.

하지만 상아가 예전 같지 않다는 생각이 들었다. 지민도 예전과 달랐
다. 수아는 지민과 상아를 번갈아 쳐다보았다. 뭔가 이상했다.

도피

멀리 떠나는 방법밖에 없었다. 모든 것으로부터 멀어지는 것이 최선의 길이었다.

지민은 상아의 제안을 받아들인 것이다. 상아는 그저 그러고 싶다는 것이었는데 지민은 그것을 현실로 만들고 있었다. 상아는 지민이 이민 신청을 한 서류를 보고 가슴이 출렁했다.

상아도 모든 것을 버릴 자신이 없었다. 나라를 버리는 일도 힘들고, 부모를 버리는 일도 어렵고, 자기를 둘러싸고 있는 모든 것을 털어버린다는 게 불가능했다.

그런데 무엇보다도 수아와 떨어져 살아야 한다는 것이 쉽게 받아들여지지 않았다. 수아 때문에 떠나려고 하는 것인데도 수아가 발목을 붙잡았다.

상아는 그렇게 중요한 일을 남편이 의논 한마디 없이 덜컥 저질러 놓은 것이 서운하고 불쾌했다. 어쩌면 남편은 자기한테 시위를 하느라고 이민이란 카드를 내밀고 자기를 협박하고 있다고 생각했다. 수아도 이 사실을 모르고 있는 것을 보면 남편은 분명 떠날 생각이 없는 것이라 분석하자 이민이란 단어에서 벗어날 수 있었다.

상아는 지민의 태도를 좀 더 지켜보기로 했다. 마음 같아서는 '당신, 정말 떠날 수 있어요? 언니와 헤어져서 살 수 있느냐구요. 왜 차라리 나하고 헤어지지 그래요?' 라고 남편의 정곡을 찌르고 싶었다. 그래서 그 말을 마치 대사를 외우듯이 감정을 넣어서 여러 번 연습해 보았다. 그렇게 큰 소리로 말을 하고 나면 가슴이 후련해졌다. 그 말을 폭탄처럼 입속에 가지고 이때다 싶으면 당장 쏘아낼 수 있는 만반의 준비가 되어 있었다.

하지만 좀처럼 기회는 오지 않았다. 남편은 마치 아무 일도 없었다는 듯이 아무 말이 없었다. 평상시와 다름없이 똑같이 행동했다. 그런 남편이 소름끼치도록 야비하게 느껴졌다. 저녁 식사를 마치고 커피를 마실 때였다.

"참, 우리 건강검진 받아야 해. 당신 언제가 좋아?"

"나야 언제든지 괜찮지, 백순데."

상아는 준비한 대사 대신 엉뚱한 말로 남편의 말에 남편의 행동에 순응했다. 그것은 남편에 대한 적극적인 지지를 뜻하기도 했다. 하지만 그것은 작전이었다.

"우리, 미국 가서 뭐 먹고 살지?"

상아가 걱정이 되는 듯이 물었지만 사실은 남편의 계획을 묻는 것이었다.

"안식년이야. 가서 천천히 알아보지 뭐."

안식년이라는 말에 남편이 장난을 치고 있는 것은 아니라는 사실이 밝혀지자 가슴이 뛰기 시작했다.

"그럼, 이민이 아니네, 뭐."

상아는 안식년을 미국에서 보내는 것으로 받아들인 듯이 물었다.

"아냐, 이번에 아주 다 옮겨. 그래야 거기서 빨리 자리 잡지."

상아는 다시 가슴이 뛰었다.

"당신, 정말 떠날 수 있어요?"

상아는 준비한 대사를 줄여서 함축적인 의미로 질문을 던지고 남편의 반응을 살폈다.

"10년 전에도 떠났었잖아."

지민의 말에도 많은 의미가 녹아 있었다.

그때는 정말 떠나기 힘든 상황이었다. 사랑하는 여자를 버리고 사랑하지도 않는 다른 여자와 함께 숱한 오해를 남기고 이 땅을 떠나야 했으니 발길이 떨어지지 않았을 것이다.

지금은 그때보다는 상황이 아주 좋았다. 그들은 공식적인 부부이기에 누구를 버리고 도망을 치는 것이 아니었다. 사람들 눈에는 더 확실한 비전을 위해 더 확실한 자리를 잡는 과정으로 보여질 것이었다.

"아, 그리고 어머니도 함께 가실 거야."

지민은 별스럽지 않다는 듯 아주 가볍게 통보했지만 상아는 어머니라는 말에 머리가 반쪽으로 갈라지는 통증이 왔다.

"뭐라구, 지금 뭐라구 했어요? 어머니도 함께 가신다구?"

반쪽으로 갈라진 상아의 머리에서 필름이 순식간에 뽑아져 나왔다.

—나만 모르고 있었던 거야. 어머니도 알고, 언니도 알고 있었어. 그러면서 모르는 척하고 있었던 거야. 나를 속이려고, 시치미를 떼고 있었던 거야. 나를 속이려고.

상아는 온몸이 바들바들 떨려 몸을 진정시키려고 가만히 앉아 있었다.

"아직 어머니께는 말씀드리지 않았지만 이번엔 모시고 가야 해. 그때 와는 상황이 다르잖아. 그때는 학교 때문에 서울에 남아 계셨지만 지금 은 일도 안 하시는데 여기 계실 이유가 없지. 그리고 이제 많이 늙으셨 는데 어떻게 혼자 지내시게 해."

지민답지 않은 긴 설명이었다. 상아가 반대를 할 것이 뻔하기에 상아 의 마음을 돌리기 위해 지민은 구차한 사정을 하고 있는 것이었다.

"또, 누가 가지? 언니도 가나?"

상아는 독기를 뿜어냈다. 지민은 입을 굳게 다물어버렸다.

상아는 이성을 잃고 지민에게 전면전을 폈지만 지민은 저항하지 않고 그대로 받아주었다. 자기 감정마저 폭발하면 회복할 수 없는 파멸 속에 빠진다는 것을 지민은 알고 있었다. 파멸이 두려운 것은 자기 자신 때 문이 아니라 아이들 때문이었다.

지민은 상아가 정신적으로 병들었다고 생각했다. 상아도 쉬어야 하지 만 지민 자신도 쉬고 싶었다. 너무나 피곤해서 더 이상 못 버틸 것 같은 위기의식을 느꼈다.

지민은 이민 준비를 서둘렀다. 상계동 어머니는 1년 후 자리가 잡히 면 모셔가는 것으로 상아와 합의를 보았기 때문에 준비가 순조롭게 진 행되었다.

지민과 상아는 이민 절차의 하나인 신체검사를 받기 위해 병원에서 종합검사를 받았다. 지민은 학교에서 일 년에 한 번씩 검사를 받았었지 만 상아는 종합검사가 처음이라 번거롭고 힘들었다. 몸이 지쳐 꼼짝도 할 수 없었지만 정신은 가벼웠다. 상아는 침대에 누워 지난 시간을 찬 찬히 떠올려 보았다.

지민은 잘못한 것이 없었다. 수아가 잘못한 것도 없었다. 자기가 지나 쳤었다는 생각이 들었다. 이제 미국에 가서 새롭게 시작하리라고 다짐했다. 인기 배우 상아가 아닌 지민의 아내로 아이들 엄마로만 살 것이다. 미국에 가면 수아 언니도 초대해서 함께 여행을 할 계획도 세웠다. 아직 아무에게도 이민 사실을 알리지 않았기 때문에 그 얘기를 어떻게 해야 하나 걱정이 되었다.

모두가 놀랄 것이고 왜 갑자기 이민을 가느냐고 그 이유를 물을 텐데 뭐라고 해야 하나 머리를 굴렸다. 만약 수아 언니 때문이라는 사실을 알게 되면 자기만 이상한 여자가 되기 때문에 둘러댈 그럴 듯한 이유가 필요했다. 수아조차 눈치채지 못할 이유를 찾아야 했다.

수아를 피해 도망가는 듯이 보여도 사실상은 수아를 떼어버리고 자기 식구들만의 보금자리를 찾아가는 것이기 때문에 상아는 자기가 수아를 이긴 거라고 생각했다. 그래서 얼굴에 미소가 번졌다. 당혹해하면서 슬퍼할 수아를 생각하면 기분이 좋아졌다.

상아는 천천히 주변정리를 했다. 집도 내놓고 가구도 가지고 갈 것과 엄마네 집에 두고 갈 것, 그리고 남한테 줄 것을 분류했다. 하지만 이 모든 준비는 비밀리에 진행되었다. 상아는 모처럼 평온했다. 이렇게만 지낸다면 한국에서 사는 것이 더 좋을 듯했다.

상아가 조용히 지내자 성북동 집도 상계동 집도 평화로웠다. 누구보다도 수아가 편안했다.

수아는 마음을 정리하고 있었다. 지민을 아직도 가슴속에 두고 있는 자신이 나쁘다고 몇 번씩 자기를 나무랐다. 지민을 마음속에서 내보낼 수 없으면 마음속에 아주 묻어버리리라 결심했다. 지민을 제부 이상으로 보지 않으리라 굳게 마음먹었다. 지민을 남자로, 아직도 사랑하는 사람으로 생각하고 있는 것은 그 자체가 불륜이고 죄악이었다.

수아는 지민과 함께 상아도 멀리 하기로 했다. 수아는 상아를 자기 분신처럼 생각하는 경향이 있었다. 상아는 동생이 아니라 바로 자기 자신이었다. 그래서 상아에 대해 모든 것을 알고 싶어 했다. 아는 것에서 끝나지 않고 상아를 조정하려고 했다. 그것이 언니로서 동생을 위한 충고나 지도라고 보기에는 지나친 점이 있었다. 수아는 상아에 대한 집착이 잘못되었다는 것을 깨달았다. 그것은 상아에게나 자신에게나 불행한 일이었다.

수아는 상아에게 전화를 걸려고 수화기를 들었다가도 내려놓기를 반복했다. 상아나 지민 생각, 조카들 생각마저도 지워버리려고 고개를 흔들었다. 혼자서, '아니지, 아니지' 라는 말을 되뇌이기도 했다. 처음엔 힘들었지만 전혀 불가능한 일은 아니었다. 시간이 지날수록 머리를 흔들거나 혼잣말을 하는 횟수가 줄어들어 갔다.

수아는 일에 몰두했다. 자기에게는 일밖에 없었다. 수아는 일을 하고 있을 때가 가장 편안하고 행복하다고 자기 자신을 타일렀다.

"내일, 병원에 다시 가 봐야겠어."

"왜요?"

"간 쪽에 문제가 있는 모양이야."

"아유, 술을 그렇게 퍼마셨으니 안 그래요?"

"나 말고 당신."

"뭐요? 나요? 내 간이 어때서?"

"그러게, 별일이야 있겠어. 하지만 다시 하라니까 해야지."

"아유, 그 검사를 또 어떻게 해."

상아는 검사 결과보다 검사 자체에 몸서리가 쳐졌다.

상아의 병원 출입이 잦아졌다. 나중에는 아예 병원에 입원을 해야 했다. 단순한 간기능 검사가 아니었다. 간 동위원소 촬영, 복부초음파 검사, 복부컴퓨터 단층 촬영, 간 조직검사 등 복잡한 검사들이 이어졌다.

상아는 영화 촬영을 하는 것처럼 생각되었다. 언젠가 드라마에서 백

혈병으로 죽어가는 연기를 했을 때 병원에서 오랫동안 촬영을 한 적이 있었던 때가 떠올랐다.

상아는 1인실에 있었기에 병실이 마치 호텔방 같았다. 편안해서 잠도 잘 자고 규칙적인 식사로 얼굴은 오히려 좋아 보였다. 지민도 퇴근 후에는 상아 곁에 쭉 함께 있었기 때문에 상아한테는 행복한 나날이었다. 아이들을 성북동 집으로 보내며 둘이서 여행을 간다고 말했기 때문에 그 행복은 성북동 식구들에게도 전해졌다. 이제야 두 사람이 화목하게 잘 살고 있다고 기뻐했다.

하지만 그 행복은 오래가지 않았다. 검사 결과가 나오는 날 모든 것이 산산조각이 났다.

상아의 병명은 간암이었다. 게다가 말기였다.

간암은 증세가 서서히 나타나기 때문에 발견이 늦게 돼서 손을 쓸 수 없는 경우가 많고 발견이 되고 나면 진행이 빨라서 생존 기간이 무척 짧은 고약한 병이었다.

상아에게는 암환자에게 흔히 실시되는 방사선요법도 특별한 효과가 없어서 병원에서는 치료가 아닌 2차적인 세균 침입이 없도록 케어하는 방법밖에 없다고 치료의 희망을 잘라버렸다.

지민은 의사의 설명을 들으면서 몸이 땅으로 쑥 빨려 들어가는 느낌이었다. 그래서 앞에 있는 책상을 있는 힘을 다해 꽉 잡았다. 의사는 환자한테도 알리는 것이 좋다고 과제를 내주었다.

하지만 지민은 진료실을 나와 상아에게 가지 못했다. 차마 상아를 볼 수가 없었다. 발길이 떨어지지 않아 멀리 가지 못하고 로비 의자에 털썩 주저앉았다. 얼굴을 들고 있기가 부끄러웠다. 상아를 병들게 한 것은 바로 자기라 생각되었기 때문이었다.

의사의 말에 의하면 원인은 아직 밝혀지지 않았지만 극심한 스트레스가 암세포를 활성화시키는 역할을 한다고 했다. 극심한 스트레스, 그랬다, 상아는 바로 자기 때문에 스트레스를 받은 것이었다. 지민은 자기도 모르게 눈에서 뜨거운 눈물이 쏟아졌다. 소리내어 통곡을 하고 싶었지만 소리를 삼켰다. 눈물도 얼른 훔쳐냈다.

얼마의 시간이 흘렀을까. 지민은 갑자기 상아가 보고 싶었다. 상아가 어디론가 사라졌을 것만 같아 벌떡 일어나 병실로 뛰어 들어갔다.

"당신, 어디 갔다 지금 와?"

상아가 화를 냈다.

그 모습이 너무 애처로워 지민은 가슴이 뻐근했다. 의사가 한 말이 생각났다. 의사는 자리에서 일어나는 지민에게 '의연하셔야 합니다' 라고 남편의 태도에 대한 처방을 내렸다.

"박사님이 뭐래?"

상아가 검사 결과를 궁금해했다.

"아직 뭐라고 분명히 말할 수는 없지만……."

"암이래?"

상아는 직감적으로 뭔가를 느끼고 있는 듯했다.

"아, 암은 무슨……."

"그럼, 뭐래? 사람들 얘기 들어 보니까 간암 증세가 나하고 비슷하더라구. 식욕부진, 체중 감소, 복통, 고열……."

지민도 생각해 보니 그랬다. 상아가 밥맛이 없다고 식사를 거르는 일이 많았다. 하지만 싸우고 나면 늘 굶는 일로 시위를 하던 상아라 그러려니 했었다. 그리고 신경이 예민해져서 마르는 것이라고 생각했다.

상아는 살찌는 것을 극도로 경계했기에 체중이 줄어든다고 오히려 좋아했다. 배가 아프다고 하면서도 신경성이라고 스스로 진단했다. 열이 오르는 것은 몸이 약해서 감기가 떨어지지 않는 줄 알았다.

지민은 그 모든 증상들이 이민을 가면 사라질 것으로 믿었다. 이민을 가서 모든 신경을 끊게 되면 식사도 잘 하고 살도 찌고 신경성 복통이나 만성 감기 증세가 말끔히 나을 것이라고 판단했다. 그래서 서둘러 이민 수속을 밟고 있었던 것이다.

"쓸데없는 소리."

"여보, 그럼 나 언제 퇴원한데?"

"어? 안 물어봤는데."

"당신, 가서 뭐했어? 도대체 어떤 때 보면 바보 같다니까. 안 되겠다, 내가 내려갔다 와야지."

"지금이 몇 신데, 퇴근했지."

"그렇지 참. 당신, 식사해야지."

상아는 침대에서 일어나 냉장고로 갔다. 지민이 상아를 와락 끌어안았다.

"왜 이래?"

"조금만 이러구 있자."

상아도 더 이상 떠밀어내지 않았다.

"왜, 의사가 나 죽는데?"

상아가 장난스럽게 지민 귀에 속삭였다. 지민은 심장이 멈추는 듯했다.

"여보, 나 혼자서 많이 생각해 봤는데, 내가 필요한 사람은 당신이 아니라 우리 아이들이더라구. 우리 지수 시집보내고 우리 민우 군대갔다 올 때까지는 건강하게 살아 있어야지 싶더라니까. 당신, 왜 아무 말 안 해? 삐쳤어?"

지민은 상아가 가슴에서 떨어져 나오려고 하는 것을 힘주어 당겨 안으며 말했다.

"나한테도 당신은 필요하지."

"당신도 그런 말할 줄 아네."

상아는 행복한 웃음까지 지었다.

"미안해."

"뭐가?"

"그냥, 다, 다아."

그날은 그렇게 보냈다. 한 사람은 아주 행복하고, 또 한 사람은 아주 불행한 밤이었다. 행복한 여자는 깊은 잠에 빠져 불행을 마비시키고 있었지만, 불행한 남자는 눈을 뜨고 더 생생해지는 아픔에 고통스러워했다. 그냥 그렇게 함께 깨어나지 않았으면 좋겠다고 생각했다.

행복한 여자는 잠시 꿈을 꾸고 있을 뿐, 곧 그 꿈은 깨지고 말았다.

"잘됐네, 원래부터 난 필요없는 사람이었잖아. 나만 없으면 다 잘 해결되는 문제였잖아. 정말 잘됐네. 안 그래, 당신?"

"여보, 그러지 마."

"뭘 그러지 마! 당신이나 연기하지 마. 내가 그렇게 불쌍해? 얼마 못 살 테니까 살아 있는 동안 잘해 주기로 한 모양인데 그럴 필요 없어. 당신 동정 받을만큼 나, 그렇게 형편없지 않아. 이혼해, 당신 아내로 죽어 줄 수 없어. 어서 가자, 법원부터 가야지, 무슨 병원이야!"

상아는 다른 환자들에 비해 심리상태의 변화가 심했다. 거의 발광하며 광기를 부렸다. 병원에서 정신과 처방을 권유할 정도였다. 수아를 병실 안으로 들어오지도 못하게 했다.

수아는 상아 못지않게 괴로웠다. 자신이 죄인이란 생각에 말 한마디 못했다. 수아에게 상아의 죽음은 곧 자신의 죽음이기도 했다. 암에 걸린 상아는 당당히 죽을 수 있지만 수아는 그런 합법적인 이유가 없어 죽지도 못한다는 것이 더 괴로웠다.

수아는 모든 것이 다 끝났다는 자괴감에 일에 대한 의욕마저 잃었다. 수아는 처음에는 상아만 불쌍하고 상아만 걱정이 되었다. 하지만 시간이 지날수록 지민이 더 안쓰러웠다. 지민은 오직 상아를 위해 존재하는 사람 같았다.

지민의 정성과 사랑을 상아도 모르진 않았다. 상아도 조금씩 안정을 찾아가고 있었다.

상아는 가평에 있는 별장에서 지내기로 했다. 마침 안식년이 시작되었기에 지민도 모든 일을 접고 가평으로 들어갔다. 지민은 상아를 위해 공간을 다시 배치했다. 거실에 의자식 침대를 놓았다. 거실이 가장 자연과 가까운 공간이기 때문에 거실에서 시간을 보내도록 했다. 그리고 자신이 사용할 컴퓨터도 거실에 놓았다.

지민은 아침에 일찍 일어나 상아가 먹을 특별식을 준비했다. 간암 환자에게 식이요법은 투약 이상으로 중요하기 때문에 지민은 상아 식사를 손수 준비했다. 지민은 자기 식사를 별도로 준비하지 않았다. 소금기가 없어 맛은커녕 메스껍기까지 한 음식을 상아와 함께 먹었다.

"당신, 김치도 먹고 된장찌개도 먹고 그래."

"아냐, 먹을 만해."

"그러지 말고 엄마가 갖다주신 반찬 갖다놓고 식사해."

"난 괜찮아, 진짜야."

"나두 진짜야."

식사 때 다투는 일 말고는 싸울 일이 없었다. 식탁에 마주 앉아서 식사하는 것도 그리 오래가지 않았다.

상아는 움직임이 점점 힘들어졌다. 간장이 점점 굳어져 가고 있어서 상복부가 딱딱해져 갔다. 손으로 만져도 확실히 잡혔다. 그리고 간장의 크기가 점점 커져 가고 있었기 때문에 가슴 아래가 불러졌다. 하지만 통증은 없었기에 정신은 맑았다.

상아가 이동할 때 지민이 앉아서 옮겨주었다. 외출할 때는 휠체어를 사용했지만 상아가 휠체어를 싫어했기 때문에 짧은 거리는 앉아서 이동했다.

"무겁지 않아?"

"아니, 당신 보통 아줌마들하곤 달리 얼마나 날씬한데."

보통 아줌마들 하고 다르다는 말이 상아에게 큰 위안이 되었다. 상아는 원래 보통사람들처럼 사는 것이 싫었다. 그래서 남들이 사는 방식을 피해 살았다.

"당신 팔자가 보통 아줌마하고 살 팔자가 아닌가 봐. 당신, 언니하고 살았어도 맨날 이렇게 노동쳤을 거 아냐."

상아가 수아를 질투해서 하는 말이 아니었다. 지민에게 너무 미안해서 하는 소리였다.

상아가 목욕을 하는 날이었다. 가평집은 지민의 전공인 무장애 공간으로 지은 집이어서 상아가 생활하는데 불편이 없었다. 상아는 가평집을 지을 때 지민을 괴롭혔던 일들이 떠올랐다.

"여보, 이 집, 언니 외에는 아무도 필요 없을 줄 알았는데 내가 유용하게 쓰네."

"이런 무장애 디자인은 모든 사람한테 다 필요한 거야. 앞으로는 배리어 프리 디자인(Barrier Free Design)으로 세상이 바뀔 거야."

전공 얘기가 나오자 지민이 신이 나서 말했다.

"당신, 이렇게 쉬고 있어서 어떡해? 남들은 눈에 불을 켜고 뛰고 있을 텐데."

"나, 놀고 있는 거 아냐. 지금 서울시 프로젝트 연구 중이라구. 내가 당신한테 말 안 했던가? 서울시 편의시설 메뉴얼 만들고 있다구. 서울

시의 모든 편의시설은 내 메뉴얼에 의해 설치될 거야. 아마, 다른 도시
에서도 그 메뉴얼에 따르게 될 걸."

"대한민국이 당신 손에 의해 바뀌겠네."

"그렇지."

"언니가 좋아하겠다."

"……."

"당신은 언니 덕분에 정말 좋은 일을 세상에 남기는 거야. 한국에서
무장애 디자인 하면, 서지민 하잖아."

"무슨 소리야, 강 교수님이 계신데."

"내 남편이니까 한 번 추켜세워 준 거야."

"자, 준비 다 됐어 씻자."

지민은 상아를 욕실로 옮겨주었다. 그리고 옷을 벗겼다.

상아는 지민을 쳐다보았다. 지민 눈동자는 건조했다. 여자의 옷을 벗
기는 것이 아니라 짐보따리를 푸는 듯했다. 상아는 너무 서운했다. 지
민이 능숙한 솜씨로 목욕을 시키는 것이 화가 났다. 지민이 아무런 감
정이 없는 목석처럼 느껴졌다.

상아가 자기 몸을 천천히 살펴보았다. 아직도 하얀 피부는 눈이 부셨
다. 두 젖무덤도 탄력을 잃지 않고 볼록했고, 젖무덤 한가운데를 장식
하고 있는 젖꼭지도 발기된 듯 빳빳했다. 배가 약간 볼록해도 사랑의
상징처럼 보였다. 지수를 가졌을 때 점점 불러오는 배가 신기해서 하루
에도 몇 번씩 내려다보며 손으로 어루만져 보았던 일이 떠올랐다. 배
밑에 있는 은밀한 수풀도 여전히 무성했다. 변한 것은 아무것도 없었
다. 상아는 지민 모르게 수풀 속으로 손가락을 넣어 보았다. 빳빳하게
말라 우툴두툴할 줄 알았는데 촉촉하고 부드러웠다. 그리고 손가락이
닿자 잠자고 있던 세포들이 깨어나 기지개를 켰다. 두 주먹으로 세포벽

을 두들겨 맑은 울림 소리를 내는 바람에 동굴 깊숙이까지 소리가 전달되었다.

상아는 지민의 목을 두 팔로 감아 낚아챘다. 지민은 너무나 갑자기 당한 습격에 속수무책이었다. 상아는 누구에게 빼앗길세라 지민의 혀부터 찾았다. 놀란 지민은 혓바닥을 감아올려 숨겨버렸다. 상아는 자기를 얼른 받아주지 않는 것이 서운해 거칠게 처리했다. 상아는 뱀처럼 지민 목을 휘감았다. 그리고 자기가 아직도 여자라는 것을 보여주기 위해 긴 혓바닥으로 유혹했다. 지민의 얼굴 곳곳을 부드럽게 핥아주었다. 지민의 잠든 세포들도 깨어나기 시작했다.

상아는 영화를 촬영할 때 연기했던 베드신이 떠올랐다. 그 영화는 욕실에서의 애무 장면부터 시작되었는데 샤워기 아래에서 물줄기를 맞으며 동물적으로 본능을 발산하는 도발적인 정사신이었다. 상아는 그 장면을 머릿속으로 그리며 천천히 지민의 옷을 벗겼다. 지민은 옷을 벗지 않으려 했다. 혓바닥이 상아 입속에 들어가 있어 '왜 그래?' 라는 말을 못하고 몸으로 저항했다. 상아는 지민의 그런 저항이 못마땅했다. 그래서 혓바닥을 잘근잘근 씹어주었다. 그러자 지민도 복종하는 몸짓을 했다. 지민이 옷을 벗는 일에 적극 협조했다.

지민이 알몸이 되었다. 지민은 부끄러운 듯 몸을 움츠렸다. 그도 그럴 것이 지민의 남성은 푹 죽어 있었다. 상아는 가슴이 뭉클했다. 한참 남성을 발휘해야 할 시기에 암에 걸린 아내를 위해 병수발을 하느라고 지민의 남성은 형편없이 시들어버렸다.

상아는 지민을 샤워기가 있는 데로 밀었다. 그리고 물을 틀었다. 지민이 약간 놀라는 듯했다. 샤워기에서 강하게 쏟아지는 물줄기가 몸의 구석구석을 채찍질했다. 상아는 손으로 지민을 부드럽게 어루만져 주었다. 마치 아이를 씻기듯이 상아는 지민의 몸을 정성껏 닦아주었다. 상아 손이 초라한 지민의 남성을 희롱해대자 조금씩 꿈틀거렸다. 하지만 힘있게 용솟음치지는 않았다. 상아는 자기 몸을 지민에게 밀착시켰다. 서서히 효과가 나타나기 시작했다. 이때다 싶어 상아는 자신의 몸을 활짝 열어주었다. 지민이 신음 소리를 냈다. 그 상황에서도 지민은 이성을 잃지 않았다.

"괜찮겠어?"

상아는 대답 대신 지민을 잡아당겼다. 물줄기 속에서 두 사람은 원시인이 되었다. 지민도 육체의 환희에 살이 떨렸다. 상아는 지민에게 자기를 남기기 위해 자기의 모든 것을 불태웠다. 상아는 입술을 꼭 깨물었다. 자기가 신음 소리를 내면 지민의 소리가 들리지 않기 때문이었다. 상아는 지민이 모처럼 육체를 탐닉하면서 황홀해하는 것이 뿌듯했다. 다른 여자가 아닌 바로 자기와 그런 무아지경에 빠졌다는 것이 흐뭇했다.

그날 밤 내내 두 사람은 침대 위에서 몸을 갖고 놀았다. 너무너무 재미있었다. 누르고 잡아당기고 빨고 물어뜯고 핥고 나중에는 치고 때리고 정말 아무 생각이 없었다. 나중에는 둘 다 지쳐 누웠다. 지민이 팔베개를 해 주었다.

"여보, 딴 여자 하고 할 때는 너무 행복해하지 마."

"……"

"여보, 나 잊지 마."

지민은 상아를 꼭 안아주었다. 상아도 더 이상 아무 말도 하지 않았다.

상아는 눈을 감았다. 하지만 어둠이 무서웠다. 그래서 눈을 떴다. 어두운 무덤 속에 혼자 있을 생각을 하니까 가슴이 덜덜 떨렸다. 그 떨림은 곧 온몸으로 퍼졌다. 상아의 몸이 불덩이가 되어 활활 타고 있었다.

이른 아침 상아는 119 구급차를 타고 응급실로 실려 갔다. 간암 환자의 고열은 흔한 일이었지만 지민은 상아를 혹사시킨 자신을 원망했다.

의사가 진단한대로 상아는 급격히 악화되어 갔다. 황달이 나타났다. 의사가 서서히 마음의 준비를 하라고 했다. 상아도 자신의 미래를 알고 있는 듯했다. 그동안 보고 싶다는 말 한마디 없던 아이들을 데려오라고 했다.

지수는 엄마를 보자 울었다. 상아도 울었다.

"지수야, 미안하다. 지수가 예쁘게 클 수 있도록 엄마가 돌봐줘야 하는데……."

"엄마, 빨리 나아."

"지수야, 엄마 말 잘 들어. 엄마하고 이모, 쌍둥이로 태어난 거 지수도 알지?"

지수가 고개를 끄덕였다.

"엄마와 이모는 두 사람이 아냐, 한 사람이야. 이모는 뇌성마비로 몸이 불편하게 되었기 때문에 어렸을 때는 이모 역할을 엄마가 했었어. 아빠도 원래는 이모를…… 아빠를 이모가 먼저 알았어. 아빠는 이모 친구야, 아빠하고 이모는 펜팔 친구였거든. 아빠가 서울에 올라와서 이모를 보고 싶어 했는데, 이모는 장애 때문에 약속 장소에 나갈 수 없었어. 그래서 이모 대신 엄마가 아빠를 만나러 나갔지……."

지수가 눈빛을 반짝이며 상아 말에 귀를 기울였다.

"엄마가 왜 이런 말을 하냐 하면, 이제 이모가 엄마 역할을 대신하게 될 거야. 그러니까 지수는 엄마가 없는 게 아냐. 그리고 TV에서처럼 새엄마가 생기지도 않을 거야. 이모는 엄마보다 훨씬 훌륭한 사람이야. 이모는 몸은 불편해도 학교 다닐 때부터 엄마보다 모든 면에서 앞섰어. 공부도 잘 하고 글도 잘 쓰고 친구들한테도 인기 만점이었지. 그리고 이모는 사회에 나와서도 많은 사람들한테 존경을 받고 있잖아. 엄마보다 더 훌륭한 엄마가 되어줄 거야.”

“엄마, 싫어, 이모는 이모구 엄마는 엄마지. 그런 게 어딨어?”

“지수야, 민우가 엄마 얘기를 이해할 나이가 되면 그때 꼭 말해 주렴. 너희는 엄마가 없는 게 아냐, 이모가 엄마야, 알았지?”

지수도 천천히 고개를 끄덕였다. 민우는 병실을 돌아다니며 놀고 있었다.

“민우야, 엄마한테 와 봐.”

하지만 민우는 꽁무니를 뺐다. 얼굴이 누렇게 뜬 상아 모습이 낯설었다. 게다가 민우는 서울에 와서 성북동에 맡겨지는 때가 많았기 때문에 엄마를 잘 따르지 않았다.

“민우야, 민우는 누가 좋아. 엄마가 좋아 아빠가 좋아?”

“이모가 좋아.”

민우는 엉뚱하게도 이모가 좋다고 했다. 그동안 이모와 함께 있었기 때문에 수아밖에 생각나는 사람이 없는 모양이었다.

상아는 몹시 서운했다. 아무리 어린아이여도 엄마의 죽음에 대해 너무나 담담하자 화가 났다. 지수가 동생을 야단쳤다.

“이 바보야! 엄마, 아빠 두 사람 중에 누가 더 좋으냔 말야!”

지수가 벌써 엄마 속을 알 나이가 되었다는 것이 안심이 되었다. 채근을 해도 민우가 대답을 하지 않자 지수가 민우를 때렸다. 민우가 무안해서 울음을 터트렸다.

상아가 민우를 안아주었다. 솜처럼 얄팍했다. 건장하게 큰 아들을 껴안을 수 없다는 사실에 슬픔이 울컥 솟구쳤다.

“민우, 커서 무엇이 된다고 했지?”

상아는 민우의 미래가 걱정되었다.

“과학자.”

"과학자 돼서 뭐 만들 건데."

"이모 휠체어 밀어주는 로봇 만들 거야."

또 이모였다. 민우는 자기 생각은 눈꼽만큼도 하지 않았다. 이젠 섭섭하지 않았다. 오히려 짐이 하나 덜어졌다. 민우를 놓고 가는 마음이 한결 가벼웠다.

"그래, 꼭 그 약속 지켜야 한다, 엄마랑 약속."

상아는 민우의 작은 손가락에 자기 손가락을 걸었다. 그리고 속으로 말했다.

—민우야, 아빠처럼 너무 착한 남자는 되지 마. 너무 착하면 슬픔이 많아지거든요. 아빤, 엄마도 이모도 선택하지 말았어야 했어. 그랬으면 아빠는 평범한 행복을 누리고 살았을 거야. 민우야, 엄마 같은 여자 만나지 마. 사실 엄마는 며느리 노릇도 거부했고 아빠를 많이 힘들게 했어. 그리고 너희들한테도 최선을 다하지 않았어. 절대로 엄마 같은 여자는 안 돼. 알았지, 민우야.

"자, 엄마랑 뽀뽀하자."

그 말이 떨어지기 무섭게 민우는 작은 입술을 상아의 거친 입술에 갖다댔다. 짧은 부딪힘이었지만 따뜻한 느낌이 선명했다.

돌아가며 지수는 눈물을 흘렸다. 자꾸 뒤를 돌아다보았다. 하지만 민우는 '엄마, 안녕!' 하며 손을 흔들어 보이곤 휙 돌아서 가버렸다.

엄마 안녕, 이라는 말이 가슴에서 메아리쳤다.

—그래, 안녕! 민우야 안녕! 지수야 안녕!

아이들을 보고 나니까 좀 더 살고 싶었다. 이왕에 암에 걸려야 한다면 자궁암으로 잠깐 놀라게 해 주고 끝나지 아니, 그것도 욕심이라면 위암이나 췌장암으로 수술과 항암제로 치료를 하면서 생명을 연장시킬 수 있다면 얼마나 좋을까 싶었다. 내가 뭘 잘못했다고 이렇게 혹독한 형벌을 내리느냐고 하느님 부처님 모든 신을 원망했다.

아이들이 다녀간 후 상아는 심리상태가 다시 흔들렸다. 진료를 거부하고 빨리 죽여 달라는 말만 되풀이했다.

"당신, 왜 그래? 그동안 잘 참았잖아."

"여보, 나, 살고 싶어. 나 좀 살려줘. 민우 10살 될 때까지만, 아니 1년만 더 살면 돼."

"그렇게 될 거야."

"뭐가 그렇게 돼! 내가 모를 줄 알고. 나, 얼마 안 남은 거 다 알어. 당신, 나 속일 생각 마. 여보, 우리 이렇게 하면 어떨까. 이 병원 순 엉터리야. 미국으로 가자, 미국에 가면 간암 고칠 수 있을 거야. 최고권위자가 있잖아."

"여보, 그만해. 그 몸으로 어딜 가겠다는 거야."

상아는 이미 복수가 차서 배가 임신한 사람처럼 불러 있었다.

"싫어? 못 간다구? 그래, 그럴 줄 알았어. 당신은 처음부터 나를 원하지 않았으니까. 당신은 내가 얼른 사라져 주기를 바라겠지. 천만에! 내가 그렇게 쉽게 죽어줄 것 같아? 어림도 없는 소리!"

"그래, 제발 제발 죽지 마."

"여보, 나 사랑한다면 우리 같이 죽자. 지수, 민우, 우리 네 식구 같이 하늘나라로 가자. 애들 데려와, 애들 놔두고 못 가겠어. 같이 가야 돼. 당신 죽기 싫으면 당신은 빠져. 그래, 그 방법이 있었구나."

상아는 미친 듯이 날뛰다 진정제를 맞고서야 깊은 잠에 빠져 들었다.

의사는 말기 환자에게 나타나는 증상이라고 했다. 말기 환자한테는

가족들보다는 종교인이나 호스피스 같은 전문인이 더 도움이 된다고
조언해 주었다.

지민도 상아에게 정신적인 안정을 줄 사람이 필요하다고 생각했다.
그래서 호스피스를 구했다. 가족과도 할 수 없는 얘기를 호스피스한테
는 자연스럽게 털어놓게 되는데 그것이 환자에게 심리적으로 안정을
찾아준다고 했다.

호스피스로 온 사람은 40대 중반의 중년 여성으로 학교 교사 경력이
있는 교양 있는 사람이었다. 종교가 가톨릭이어서 상아에게 종교적인
신앙심을 심어주었다. 상아는 거부감 없이 그녀를 받아들였다. 그녀는
세례명으로 자신을 불러 달라고 했다. 그래서 데레사언니라고 불렀다.

"데레사언니는 왜 이런 일을 하세요?"

"나를 필요로 하는 사람이 있다는 게 얼마나 고마운 일이에요."

"그래요, 그렇군요. 근데 언니를 가장 필요로 하는 사람이 누구예요?"

"상아 씨 아닌가요?"

상아는 그 말이 언짢게 들렸다. 자기한테는 남편도 자식도 부모 형제도
있는데 아무도 없는 사람처럼 남한테 의지하고 있는 것 같아 불쾌했다.

"한때는 나를 가장 필요로 하는 사람이 남편인 줄 알았어요. 그래서
남편한데 모든 것을 쏟으며 살았지요. 아침에 출근하는 남편, 저녁때
퇴근해서 집에 들어오는 남편, 내 눈에 보이지 않는 남편의 시간이 너무
궁금했어요. 그래서 이것저것을 물어보았어요. 남편이 나한테 도움을
요청하기 전에 내가 먼저 알아서 모든 것을 해결해 줘야 내조라고 생각
했죠. 처음엔 남편도 그런 내조를 좋아했어요. 일단은 편하니까요. 하
지만 어느 단계에 오르자 더 이상 내 도움을 원치 않았어요. 부담스러
워했죠. 남편은 밖에서 있었던 일을 내게 말해 주지 않았어요, 단 한마
디도. 나도 남편한테 말을 하지 않게 되더군요. 오늘 일찍 들어오느냐

고 묻지도 않았어요. 대답이 항상 뻔하거든요, 나가 봐야 알어. 술에 취해 들어오는 남편을 침대에 누이면서 누구랑 그렇게 마셨는지도 물어보지 않았어요. 당신이 누구라면 알어? 라고 핀잔을 줄 테니까요. 우린 그렇게 서로에게 필요없는 사람이 되어갔어요."

"그럼, 혹시 이혼하셨어요?"

"아뇨, 다른 남자를 만나 살아도 마찬가지라는 사실을 깨달았거든요. 부부생활이란 게 첫 키스처럼 늘 달콤한 것은 아니잖아요."

"하지만 아이들은 언니를 필요로 할 거 아니에요."

"처음엔 그랬죠. 먹이고 입히고 씻기고 모든 일이 엄마 손에 의해 이루어지니까요. 하지만 혼자서 먹고 입고 씻게 되면 엄마의 손길을 싫어해요. 그리고 머리가 커지면 엄마의 사랑을 부담스러워하죠. 큰아이가 나한테 독립을 선언하며 한 말이 뭔 줄 알아요? '엄마, 난 엄마의 부속품이 아니에요' '난 엄마가 조정하는 로봇이 아니라구요' 하면서 조목조목 나의 잘못을 따지고 드는 거예요. 우리 아이 말이 다 맞더라구요. 엄마의 사랑을 앞세워 아이를 구속하고 소유하려고 했던 건 내 이기심이었어요."

"그럼, 우린 누굴 믿고 살아야 하는 거죠?"

"지금 난, 천주님께 모든 것을 의지하고 있어요. 천주님께서는 나를 가족의 굴레에서 벗어나 고통받고 있는 형제 자매들에게 인도해 주셨어요. 그곳에서 나를 필요로 하는 사람들을 만났지요. 내가 다시 사랑받고 있다는 생각에 얼마나 행복한지 몰라요."

"하지만 난 죽어야 하잖아요."

"죽는 게 아니라 천주님께 돌아가는 거예요. 그곳에 가면 천주님이 계시기 때문에 외롭지도 두렵지도 않아요. 늘 행복할 수 있지요."

"싫어요, 정말 천주님이 계시다면 날 이곳에 그냥 두셔야 해요. 난, 아직 죽을 때가 안 됐는데 왜 벌써 데려가는 거예요."

"천주님이 상아 씨를 쓸 곳이 있기 때문이죠."

"싫어요, 난 여기가 좋아요. 남편과 아이들이 있는 이곳에서 살고 싶다구요."

"상아 씨, 우선 천주님을 영접하는 것이 좋겠어요. 그러면 마음이 달라질 거예요."

데레사는 하루 2시간 정도 말벗이 되어주고 가곤 했다. 늘 하던 일이어서 상아가 야속한 말을 해도 그대로 다 받아주었다.

지민은 그런 데레사가 고마웠다. 데레사 덕분에 상아가 다시 안정을 찾고 있는 것이 무엇보다 고마웠다. 지민은 병원생활이 익숙해진 듯 병원에서 간단한 샤워까지 하고 보조침대에 누웠다.

"여보, 자요?"

"아니, 왜? 뭐 필요해?"

지민은 몸을 벌떡 일으켰다.

"여보, 내가 언제 당신한테 가장 고마웠는지 알아요?"

"부부 사이에 고마운 게 어딨어?"

"당신이 나와 결혼한다고 했을 때였어요. 그때 날 구해 주지 않았으면 만신창이가 됐을 거야. 대통령 아들과의 스캔들을 잠재우기 위해 그들이 나한테 무슨 짓을 했을지 너무나 뻔하거든. 난, 솔직히 당신이 언니를 포기하지 않을 줄 알았어요. 언닌 당신의 첫사랑이잖아. 당신에게서 그 첫사랑을 빼앗아 놓고도 난 너무 뻔뻔했어. 첫사랑을 완전히 지우라고 당신을 괴롭혔으니 벌을 받는 게 당연해."

"당신, 피곤하지 않아? 그만 자."

"자는 시간이 아까워요. 앞으로 영원히 잘 텐데, 뭐."

"……"

“여보, 당신이 가장 미웠던 때가 언제인 줄 알아요?

“…….”

“술 먹고 들어와서 언니 이름 불렀을 때야.”

지민은 깜짝 놀라 상아를 쳐다봤다.

“그때, 내 기분이 어땠는 줄 알아?”

“술이 취해 그런 걸…….”

“당신은 술에 취했을 때가 더 정직했어. 난, 당신에게 아무것도 아니었어. 어쩌면 당신은 나하고 사는 게 아니라 언니하고 살고 있다고 생각하고 있었을지도 몰라. 어린 시절 언니를 대신해서 당신을 만나러 다녔으니, 지금도 난 언니의 대역으로 당신 아내 자리에 있는 것 뿐일 거야.”

“그만해, 그런 말도 안 되는 소릴…….”

“정말 말도 안 되지, 말도 안 돼. 그런 말도 안 되는 일이 사실이었기 때문에 나 혼자 고통스러웠던 거야. 여보, 말해 봐. 난 당신의 뭐야? 나, 서지민의 여자 맞어?”

“미안해, 당신이 그렇게까지 생각하고 있었는 줄 몰랐어. 한 가지만 얘기할게. 난, 당신 남편이고 지수, 민우 아빠야. 이건 변함없는 사실이야. 당신과 결혼한 건 당신이 상아였기 때문이야.”

“그게 무슨 뜻이야?”

“상아는 상아지, 대신이란 있을 수 없다는 거야.”

“그 말 믿어도 되지?”

상아 눈에 눈물방울이 그렁그렁 맺혔다.

상아는 그날 밤 지민의 팔베개를 베고 달콤한 잠 속에 빠져들었다. 밤마다 시달리는 악몽도 꾸지 않았다.

아침에 지민은 잠시 학교에 올라갔다 오겠다고 외출 준비를 했다. 그런 지민을 물끄러미 바라보는 상아 눈이 시큰거렸다.

"여보!"

"응?"

"이리 와 봐."

지민이 시키는대로 옷을 입다 말고 상아 침대로 걸어갔다. 상아는 지민의 넥타이를 고쳐 매주었다.

"당신, 넥타이 더 멋있는 걸로 매고 다녀. 그리고 와이셔츠도 매일 갈아입구. 당신 후줄근하게 하고 다니면 사람들이 나 욕해. 그리고 이제부턴 학회도 나가고 회의에도 참석해. 나 땜에 당신 뒤처지면 내가 당신 인생 망친 여자 된다구, 알았지?"

"알았어, 갔다 올게."

지민은 가방을 집어 들더니 급한 듯 횡하니 달아나버렸다.

상아는 모처럼 남편의 입맞춤을 받고 싶었다. 마지막으로 그렇게 한 번 하고 싶었다. 하지만 지민은 속도 모르고 도망치듯 가버렸다.

지민은 원래 출근 키스에 인색했다. 신혼 때도 상아가 먼저 요구를 했었다. 지민이 자발적으로 할 사람이 아니라는 걸 알고 있었기 때문이다. 상아가 '오빠, 세금 내고 가야지' 라고 했을 때 지민은 그 소리가 무슨 뜻인지 몰라 어리둥절해했다. 그래서 상아가 뺨을 내밀면 그제서야 머쓱하여 입을 맞춰주던 지민이었다.

이즈음 상아는 이상하게 옛 생각이 자주 났다. 떠오르는 추억 모두가 행복했다. 하지만 그 당시는 전혀 행복한 줄을 몰랐다. 아니, 불행했다. 너무너무 힘들고 혹독한 시간이었다.

—그때는 왜 그랬을까? 그때는 왜 그토록 어리석었을까?

후회되는 일이 한두 가지가 아니었다. 하지만 이제는 후회해도 소용이 없었다. 반성을 하고 잘해 보려고 해도 시간이 없었다. 시간이 없다는 것이 원망스러웠다. 상아는, 정말 잘할 수 있는데…… 정말 멋지게 할 수 있었는데 라고 중얼거렸다.

상아는 거울을 보았다. 거울 속의 얼굴은 이미 자기 얼굴이 아니었다. 얼굴에 생기가 하나도 없었다. 피부색이 이미 죽어 있었다. 하얀 광채가 나던 얼굴에 검은 그림자가 드리워져 있었다. 눈동자가 검고 깊다고 연예인 가운데 가장 매력적인 눈을 가진 배우로 뽑힌 적도 있었건만, 눈동자가 황달로 인해 누렇게 변색해 있었다. 그리고 그 깊이만큼 튀어나와 부엉이 눈 같았다. 오똑한 콧날이 작은 얼굴에 부담스럽게 자리잡고 있었고 매혹적인 입술도 볼품없이 쪼그라져 있었다. 상아는 그 얼굴 속에서 예전의 얼굴을 찾으려고 샅샅이 살펴보았지만 아무리 들여다보아도 옛 모습은 없었다.

이미 이 세상에 상아는 없었다. 말기 암환자 상아는 아름다움의 상징인 영화배우 상아와는 전혀 다른 인물이었다.

"거울 안 봐도 예뻐요."

데레사가 언제 들어왔는지 웃고 있었다.

"그렇지 않아도 생긴 모습이 보통여자들 하곤 다르다 했어요. 하지만 내가 TV에서 보던 그 박상아 씨라고는 꿈에도 생각 못했죠. 내가 감히 어떻게 그렇게 유명한 분을 가깝게 만날 줄 알았겠어요. 상아 씨가 영화배우 박상아 씨라는 걸 잡지사에서 온 전화 때문에 알았어요."

"잡지사에서 전화 왔었어요?"

"네, 애기 아빠께서 간곡히 부탁을 하더라구요. 박상아에 대한 그 어떤 기사도 아내에게 위안이 되지 않으니 제발 가만히 놔둬 달라고 말예요."

"그랬었군요."

상아는 힘없이 대답했다.

"애기 아빠가 상아 씨를 무척 사랑하시는 것 같아요. 그동안 말기 암 환자들을 많이 봐왔었는데 대부분 남편들이 가장 먼저 지쳐요. 그래서 부부는 남남이구나 싶더라구요. 어떤 남편들은 누워 있는 아내 앞에 대놓고 새여자를 끌어들이기도 하죠. 바람을 피우는 것은 다반사구요. 하지만 애기 아빠는 변함이 없으세요. 싫은 표정 한 번 없이 상아 씨 수발 다 해 주잖아요. 복이에요, 복."

"원래 착한 남자여서 그래요."

"사랑하는 마음이 있어야 착해지는 거예요."

데레사는 마치 성인처럼 세상을 꿰뚫고 있었다. 상아는 데레사 말을 듣고 풀리지 않는 문제를 푼 것 같은 시원함을 느꼈다.

"데레사언니를 진작 만났더라면 암에 안 걸렸을 것 같아요."

"그래요? 그렇게 말해 주니 고마운데요. 자, 오늘은 뭘 하고 싶어요?"

"내가 죽은 다음에 일어날 일들을 알고 싶어요."

"천주님한테 가요. 그분께서 잘 인도해 주실 거예요."

"여태까지 한 번도 찾지 않았었는데 지금 내가 아쉽다고 매달리면 좋아하시겠어요?"

"좋아하시구 말구요. 그래서 천주님이시지요."

"전, 비겁한 사람들이 종교에 매달린다고 생각했었어요. 스스로 해결할 능력이 없으니까 하느님한테 해결을 구걸하는 것 같았거든요. 그래서 종교에 냉담했었는데, 아예 애기도 듣지 않으려고 했죠. 하지만 데레사언니 말을 들으면서 많이 달라졌어요. 나, 참, 치사스럽죠? 생의 벼랑 끝에 몰리고 나서야 나를 구원해 줄 분을 찾으니 말이에요. 나두 별수 없어요. 난, 내가 대단한 사람인 줄 알았는데……."

상아의 눈가가 또 젖어들었다.

상아가 투병을 하는 동안 수아도 똑같이 투병을 했다. 수아와 상아는 쌍둥이여서 그런지 상아의 고통이 수아에게 그대로 전달되었다. 수아도 통증을 느꼈다. 수아도 죽음을 느끼고 있었다. 수아도 눈가에 눈물이 마르지 않았다. 수아는 무기력증에 빠져 아무것도 할 수가 없었다.

수아는 연구소에도 잘 나가지 않았다. 수아는 사회활동도 중단했다. 특히, 언론에 자기 모습을 드러내지 않으려고 했다. 수아는 지수와 민우와 대부분의 시간을 보냈다. 엄마의 손길이 가장 필요한 시기에 엄마를 암에 빼앗긴 아이들이 너무 불쌍해서 견딜 수가 없었다. 아이들이 엄마의 빈자리를 느끼지 않게 하려고 정말 최선을 다했다.

수아는 상아에게 전화도 걸지 못했다. 상아가 수아를 거부하고 있었기 때문이다. 수아는 동생에게 가지 못할 정도로 처신한 자신이 너무나 부끄러워 생각만 해도 얼굴이 붉어졌다. 수아는 모든 것이 자기 때문이라고 생각했다. 수아와 상아, 그리고 지민의 삼각관계의 첫 단추를 잘못 끼운 것은 바로 자기였기 때문이다.

—지민과 펜팔을 시작하는 것이 아니었어. 내 대신 상아를 내보내는 게 아니었어.

생각할수록 하지 말았어야 할 일이 새록새록 떠올라 가슴을 찢었다.

수아는 늘 자신이 상아로 인해 피해를 본다고 생각했지만 진짜 피해자는 상아였다. 자기는 상아한테 용서받을 수 없는 죄인이었다.

순간이긴 하지만 수아는 상아가 사라져 준다면 모든 갈등이 끝날 것이라는 생각도 했었다. 그때는 너무 화가 나서 그런 생각을 하고서도 아무렇지도 않았지만 지금은 그 짧은 생각이 저주로 느껴져 소름이 돋았다. 지수와 민우가 자기 아이였으면 좋겠다는 생각을 했던 것도 죄의식에 사로잡히게 했다. 자신이 정말 혐오스럽고 가증스런 인간으로 느껴져 스스로 싫어졌다.

　사회 정의를 부르짖으면서, 인간의 행복이 무엇인지를 대중 앞에서 자신있게 가르쳐 주면서 자기 자신은 동생의 행복을 빼앗아 자신의 행복을 채우려고 했다. 수아는 이제 또다시 대중 앞에 나서지 못할 것 같았다. 수아는 자기도 상아처럼 죽음을 예약한 상태였으면 마음이 편할 것 같았다.

　수아 엄마는 그런 수아가 걱정되었다. 그러다 한꺼번에 두 딸을 다 잃어버리는 게 아닌가 싶어 불안했다.

　"너두 종합검사 한번 받아 봐라."

　"……."

　"그리고 니 일해. 이러고 있는다고 상아가 낫는 것도 아니잖니. 산 사람이라도 살아야지."

　"……."

　"애들 걱정하지 말고."

　"……."

　"애, 수아야. 뭐라고 말 좀 해 봐라. 니들 지금 엄마 죽일려고 작정했니?"

　"엄마, 조금만 참아줘. 지금은 아무 생각도 하고 싶지 않아. 제발, 그냥 놔둬. 부탁이야."

　끝내 수아는 울음을 참지 못하고 흐느껴 울기 시작했다. 그동안 참았던 눈물을 다 쏟아냈다. 그렇게 울고 나니까 조금은 후련해졌다. 수아는 상아를 위해 할 수 있는 일이 무엇일까를 곰곰이 생각해 보았다.

　하지만 죽어가는 사람에게 필요한 것은 아무것도 없었다. 그저 상아에게 용서를 빌고 오해를 풀어주는 것밖에 없었다. 그래서 수아는 긴 편지를 쓰기 시작했다.

그런데 내 동생 상아야, 라고 써놓고는 아무 말도 떠오르지 않았다. 글이 써지지가 않았다. 아니, 쓸 수가 없었다. 그래서 종이를 구겨버렸다. 상아가 부르기를 기다리지 말고 찾아가야 한다고 마음을 고쳐먹었다.

수아는 상아가 너무도 보고 싶어서 무작정 병원으로 향했다. 병실 안에는 아무도 없었다. 상아도 잠들어 있었다. 수아는 잠든 상아를 마음껏 쳐다볼 수 있어서 좋았다. 상아의 수척해진 모습이 너무나 안쓰러워 가슴이 저며왔다.

—상아 대신 저를 데려가 주세요. 저를, 저를 데려가 주세요.

수아는 상아 손을 잡고 싶었다. 하지만 상아가 잠에서 깨어나면 고통스러워한다는 것을 알기에 참았다. 상아를 뚫어지게 쳐다보며 주문을 외우듯이 자기를 대신 데려가 달라고 기도했다.

"언니?"

"어, 미안해."

"언제 왔어, 깨우지 않구."

상아가 반가워했다. 사실 상아도 수아를 기다리고 있었다. 오지 말라고는 했지만 그래도 와주기를 바랐다.

"온 지 얼마 안 됐어."

"치."

상아가 눈을 샐쭉 흘겼다.

"저기……."

수아는 자기가 해야 할 말을 빨리 하지 않으면 안 될 것 같아 조급히 말을 꺼내려 했다.

"내가 먼저 말할게. 언니, 미안해. 내가 심했어. 언니가 항상 양보해 주니까 고약한 심통이 발동을 하는 거야. 다, 알면서도 말야.”

“미안하다, 상아야. 정말 미안해.”

“그렇지 않아도 언니를 기다렸어.”

수아가 상아를 쳐다보았다.

“그동안 생각 참 많이 했다. 왜 우린 쌍둥이로 태어났을까? 왜 언니한테 장애가 생겼을까? 만약 그 장애가 나한테 생겼으면 나도 언니처럼 이겨낼 수 있었을까? 언니는 왜 나를 지민 씨 만나는데 대신 내보냈을까? 그때 내가 나가지 않았으면 어떻게 됐을까? ……정말 생각 많이 했어.”

“나두 생각 많이 했어. 왜 우린 쌍둥이로 태어났을까? 우린 어떤 점은 같고 어떤 점이 다를까? 왜 나는 네가 나와 생각이 같을 거라고 생각했을까? 나는 왜 네가 마음이 아플 거라고 생각하지 못했을까?”

“어렸을 때 사람들은 나한테는 예쁘다고 칭찬해 주면서 언니를 보면 혀를 찼어. 그래서 난 언니는 그렇게 불쌍한 사람인 줄 알았어. 난, 언니한테 부러울 것이 없었지. 난, 항상 언니보다 나았으니까. 근데 언니가 부러워지기 시작했어.”

수아는 상아 얼굴을 응시했다. 상아는 엷은 미소를 지으며 말을 이어 갔다.

“바로 지민 씨가 언니 앞에 나타나면서부터야 나한테는 그런 진정한 친구가 없었거든. 그때부터 언니가 커 보였지. 언니한테서 지민 씨만 떼어놓으면 내가 언니보다 더 커 보일 줄 알았어. 그래서 지민 씨 내가 뺏은 거야? 내가 뺏었어.”

수아는 아무 말도 할 수가 없었다. 흐르는 눈물을 주체할 수 없어서 입술을 꼭 다물고 있었다.

“근데 지민 씨는 나한테 몸만 왔어. 마음은 항상 언니한테 있었지. 그래서 언니가 더 커 보였어. 그래서 언니가 미웠어. 언니 앞에서는 내가

항상 초라했어. 언니한테 혀를 찼던 사람들에게 이 사실을 알려야 하는
데……."

그러면서 상아는 쓸쓸히 웃음을 흘렸다.

"상아야. 넌, 작아 보이지 않았어. 많은 사람들이 널 좋아했잖아. 지민
씨도 너 좋아해. 아니 사랑해. 널 사랑하지 않았으면 너와 결혼하지 않
았어. 네가 잘되기를 얼마나 바랬는데. 그 스캔들 사건이 났을 때 지민
씨가 얼마나 가슴 아파했는 줄 아니? 네가 아파할까 봐, 네가 상처받을
까 봐…… 그게 바로 사랑이야."

"정말 사랑일까?"

상아 눈빛이 반짝거렸다.

"그럼, 사랑이지."

"나 결혼 후 하루도 맘 편하지 않았어. 언니에 대한 죄책감 때문
에……."

"모두가 내 잘못이야. 내가 시작한 일이니까. 넌, 아무 잘못 없어."

두 사람은 한동안 말이 없었다. 그저 잡은 손을 만지작거리며 눈물을
쏟고 있었다.

눈물 줄기가 가늘어지자 상아가 입을 열었다.

"우리 아이들, 언니가 맡아줘. 아마, 지민 씨 결혼하기 힘들 거야. 아니,
결혼한다 해도 우리 아이들 새여자에게 맡기기 싫어. 내가 죽어야 한다
는 것을 알고 가장 걱정이 된 건 바로 우리 지수, 민우였어. 너무 어리잖
아. 하지만 너무나 다행스럽게도 언니가 있더라고. 이제 언니가 내 대리
역을 할 차례야. 그동안 내가 언니 대리 역할 많이 해 줬으니까 부탁해도
마음이 편해. 마음 같아서는 지민 씨도 언니한테 맡기고 싶지만……."

"상아야, 제발."

"진심이야, 처음엔 아이들을 놓고 가는 게 가슴 아팠는데 이젠 아이들

보다 지민 씨 걱정이 더 돼. 그인 너무 고지식해서 잊고 포기하고 협상하고 새롭게 찾고 하는 것을 잘 못하거든. 언니도 알잖아. 그래서 걱정이야, 언니가 신경 좀 써줘."

"상아야, 다른 약속은 못해도 지수, 민우는 끝까지 책임질게. 아이들 걱정은 하지 말어. 우리 사이에 놓여진 이별을 애써 숨기진 않겠어. 하지만 조금만 더 버텨줘, 조금만. 그래야 우리가 그동안 못다한 사랑을 나눌 수 있잖아. 상아야, 나는 어떡하라구, 나는……."

상아가 수아를 안아주었다.

"우리, 이럴 줄 알았으면 좀 더 사랑할 걸 그랬어. 시간이 얼마나 남아 있는 줄 모르지만 마음껏 사랑할게. 언니, 우리 지수, 민우 많이 사랑해 줘. 언니가 열 달 동안 배에 넣고 있기 힘드니까 내가 대신 낳아준 거야. 알았지? 우리 애들 잘 키워줘. 말 안 듣는다고 야단치지 말고. 혹시나 닮았으면 공부 못할지도 모르는데, 공부 못한다고 심하게 몰아붙이지 말고 용돈 달라고 하면 기분 좋게 주구. 사랑하는 사람 데려오면 따지지 말고 결혼시켜 주구……."

"상아야!"

"그리고 언니가 정말 해 줘야 할 일이 뭔 줄 알어? 우리 아이들이 나를 잊지 않도록 해 줘. 그리고 지민 씨도…… 언니 어린 시절에만 지민 씨 추억이 있는 게 아냐. 내 어린 시절에도 지민 씨 추억은 있어. 우리 셋은 항상 함께였잖아. 앞으로도 셋이야, 쭉 셋이라구."

그랬다. 수아와 상아 그리고 지민은 운명적으로 셋이었다. 세 사람 가운데 누구를 빼놓고는 인생이 이어지지 않았다. 상아는 삼각형으로 만들어진 세 사람의 삶에서 자신이 먼저 퇴장을 해야 한다는 것이 참을 수 없었다. 만약 이게 영화라면 감독에게 부탁하고 싶었다.

“감독님, 수아가 교통사고로 죽는 게 어떨까요?”

“수아가 죽으면 스토리가 끝나지. 상아를 죽게 해야 수아와 지민의 러브 라인이 되살아나잖아.”

“감독님, 그건 불륜이잖아요. 그럼 막장 드라마라는 비난을 받을 텐데요.”

“불륜이라고 다 막장은 아냐. 진정성만 있으면 그건 사랑이지.”

“그럼 지민을 죽게 하면 어떨까요? 두 여자 사이에서 갈등하다 자살하는 거예요.”

“안 돼!”

상아는 소리를 질렀다.

상아는 아무리 상상이지만 자기가 지민의 죽음을 생각했다는 것에 몸서리가 쳐졌다.

지민은 어떤 일이 있어도 살아야 한다. 만약 지민 몸에 암세포가 생기면 그 암세포를 불로 지져 죽일 거라고 다짐했다.

“여보, 당신은 내가 지켜줄게.”

“어? 뭐라구?”

지민은 요즘 부쩍 상아가 알아듣기 힘든 말을 해서 이렇게 되물을 때가 많았다.

“여보!”

“응.”

“우리 아이들 언니한테 줄까? 언니 호적에 올려주면 언니가 좋아하지 않을까?”

“우리 아이잖아. 그러면 안 되는 거야.”

“아, 호적이 잘못됐다고 하면서 내 이름 대신 언니 이름으로 정정을 하면 되겠다. 그치? 여보 좋은 생각이지?"

"여보, 그러지 마. 그건 하나도 안 중요해."

"그럼 뭐가 중요해?"

"지금 중요한 건 당신 건강이야."

지민은 상아에게 약을 주었다. 상아 신경이 많이 예민해져 있어서 지민은 말을 아꼈다.

"여보, 난 당신과 말이 하고 싶어. 이제 이렇게 말할 수 있는 시간이 별로 없단 말야."

울상이 된 상아를 지민이 안아 도닥거려 주었다.

"당신이 뭘 걱정하는지 다 알아. 하지만 그런 일은 절대로 없어."

"여보, 나 무서워. 눈을 감으면 무서운 사람들이 내 목을 조여. 그래서 눈을 뜨려고 하면 눈이 떠지질 않아. 그러다가 영영 눈을 감아버리겠지?"

지민은 상아를 안은 팔에 힘을 주었다.

"언니가 우리 아이들 잘 키워주겠지?"

"그럼."

"내가 잘못했다고 빌었으니까 언니가 날 용서했겠지?"

"그럼."

"당신도 언니한테 가. 당신을 행복하게 해 줄 수 있는 여자는 언니밖에 없어."

"그런 소리 하는 거 아냐."

"여보, 나 얼마나 남았데. 한 달은 살 수 있을까? 여보, 나 죽기 싫어. 나 살고 싶어. 당신하고 아이들 두고 나 혼자 어떻게 가. 싫어. 안 갈래. 여보, 나 좀 살려줘."

상아는 살려달라고 애원했다. 지민도 상아를 살릴 수만 있다면 자기가 죽어서라도 상아를 살리고 싶었다.

상아는 그날 이후 급속도로 상태가 나빠졌다. 황달이 흑달이 되어 숯검댕처럼 온몸이 시커매졌고 복수의 수위도 점점 높아져 누워 있기도 힘들게 되었다. 상아는 말을 잃은 듯이 보였다. 눈빛도 흐려져 갔다. 어떤 땐 사람을 알아보지도 못했다.

의사의 말대로 죽음에 대한 준비가 필요하다고 믿게 되었다. 생을 비우자 죽음이 두렵지 않았다. 이제 죽음은 하나의 의식이 되고 말았다. 벌써부터 장례 절차를 의논하게 되었다. 주위에서는 화장을 권했지만 수아가 반대했다. 아이들에게 엄마의 존재를 느낄 수 있는 곳이 필요하다고 우겼다. 그래서 묘자리를 알아보기로 했다.

상아는 숨조차 혼자 힘으로 쉬기가 힘들어져 결국 호흡기를 꽂았다. 상아는 식물인간 상태에 빠져버렸다. 하지만 상아 표정은 조금씩 변화했다. 무표정할 때가 많았지만 행복해 보일 때도 있고 고통스럽다는 듯 인상을 쓰기도 했다. 그런 표정의 변화를 수아는 놓치지 않고 관찰했다. 수아는 상아 손을 잡고 끊임없이 얘기를 했다.

"상아야, 너 생각나니. 너 초등학교 졸업식날 말야, 졸업선물 잔뜩 들고 들어와서 나한테도 나누어 주었잖아. 필통하고 일기장이었어. 그 일기장 첫 장에 내가 이렇게 썼다. 수아 꺼. 왜 그랬는 줄 아니? 니가 변덕이 나서 도로 가져갈까 봐 그랬어. 너, 줬다가 다시 뺏어가기 선수였거든."

"상아야, 내가 언제 너한테 가장 고마웠는 줄 아니? 바로 나를 언니라고 불러줬을 때야. 넌, 한 번도 나를 언니라고 부르지 않았었거든. 그냥 수아야, 했다구. 마치 동생을 부르듯이 말야. 언니 소리를 듣고 비로소 나도 사람이구나 싶었어. 난, 누구보다도 너한테 인정을 받고 싶었거든. 그리고 지수, 민우 나한테 부탁했을 때 정말 고마웠어. 너한테 가장 소중한 건 바로 그 아이들이잖아. 그토록 소중한 아이들을 내게 맡기는 건 그만큼 나를 믿기 때문이잖아. 정말 고맙다 수아야, 고마워."

해도 해도 할 말이 있었다. 상아와 수아 사이에는 기억할 것이 너무도 많았기 때문에 수아는 상아 손을 놓지 않았다. 손을 놓으면 상아가 풍선처럼 둥둥 떠올라 가버릴 것 같아 손을 꼭 잡고 있었다.

지민도 마찬가지였다. 그는 상아 곁에서 그 누구도 침입하지 못하도록 상아를 지키고 있었다. 눈을 감고 있던 상아가 눈을 살며시 떴다.

"여보! 정신이 들어? 나 누군지 알겠어?"

상아는 고개를 약간 끄덕여 보이는 듯했다. 그리고 다시 눈을 감았다.

"여보! 눈 감지 마! 눈떠! 눈을 뜨라구!"

"상아야! 눈떠 봐! 언니야, 수아라구! 상아야, 눈떠! 제발……."

상아가 다시 눈을 떴다.

"그래 상아야, 잘 가. 아무 걱정하지 마. 네 부탁 하나도 잊어버리지 않았어. 단 하나도 빠뜨리지 않고 다 해 줄게. 먼저 가 있어. 아이들이 크면 나도 바로 갈게. 알았지? 상아야, 걱정하지 마. 잘 할게, 정말 잘 할게. 어서 가."

—상아야, 사랑해. 내 동생이어서가 아니라. 너는 나니까. 우리는 둘이 아냐. 우린 하나야. 네가 웃으면 나도 웃고, 네가 아프면 내가 아파. 네가 행복하면 내가 행복해. 네가 죽으면 나도 죽는 거야.

네가 지민 씨랑 결혼해 줘서 고마워. 네가 지민 씨 아이를 낳아줘서 고마워. 너 아니었으면 지민 씨 우리 곁에 있지 못했어. 난, 지민 씨와 결국 결혼하지 못했을 테니까.

힘든 일은 다 너한테 시켰어. 내가 나빠. 넌, 예뻐. 넌, 아주 착해. 고마워 상아야. 너한테 속죄하는 마음으로 살게. 욕심내지 않고 아이들 정말 잘 키울게. 눈에 넣어도 아프지 않을 아이들을 나한테 선물해 줘서 정말 고맙다.

넌 지금 하늘나라로 가지만 내가 살아 있을 때까진 넌 죽지 않는 거야.

우린 하나니까. 넌, 죽은 게 아냐. 넌, 살아 있어 내 마음속에…….

그 말이 끝나자 상아는 눈을 사르르 감았다. 그리고 다시는 눈을 뜨지 않았다. 상아는 지민의 손을 잡고 수아가 지켜보는 가운데 아주 평화롭게 세상을 떠났다.

세상을 떠난다는 것, 죽는다는 건 아주 간단히 끝나는 일이었다. 사람들이 죽기를 각오하고 있는 힘을 다해 용을 쓰고 있건만 그 모든 것을 걸 만큼 죽음이 힘든 일은 아니었다.

그래서 허무했다. 그 허무 때문에 죽음에 대한 의식을 갖는지도 모른다. 하지만 그 의식도 잠깐이다. 의식이 끝난 후에는 각자의 위치로 돌아갔다. 상아의 빈 자리를 크게 느끼는 것 같지 않았다. 오랫동안 죽음을 준비한 탓이리라.

지민은 어머니를 모셔왔고 지수와 민우는 성북동 집에 있다가 주말에만 상계동으로 가기로 했다. 주말 아빠가 된 것이다.

지민은 안식년을 마치고 학교로 돌아갔다. 그동안 밀린 일이 많아 일에 파묻혀 지냈다.

하지만 수아는 그렇게 빨리 복귀할 수가 없었다. 그것이 상아에게 미안한 것이라고 생각했다. 그래서 당분간 아이들과 시간을 보내기로 했다.

민우는 엄마의 죽음을 크게 받아들이지 않았다. 잘 웃고 잘 놀았다. 그러다 속상한 일이 생기면 '엄마' 하고 울음을 터트렸다. 민우 입에서 엄마, 소리가 나면 수아는 긴장이 되었다. 이 문제를 어떻게 수습하나 싶어 허둥거렸다. 그때 지수가 '이 바보야, 엄마가 어딨니?' 라고 동생을 야단치는 바람에 사태가 더 심각해지곤 했다. '그럼 우린 고아야?'라는 민우 질문에 수아는 정신이 아득해졌다. 아빠가 계신데 왜 고아냐고 간신히 달래놓긴 했지만 수아는 이렇게 사는 방식에 문제가 있다는 생각이 들었다.

하지만 지민과 의논해 지민을 힘들게 하고 싶지는 않았다. 그래서 하루하루 시간을 보내고 있었다.

"이번 주말, 아이들 못 데리러 갈 것 같아요. 학회가 있어서 서울에 없거든요."

지민으로부터 전화가 왔다.

"그러세요."

수아는 간신히 대답했다.

수아와 지민은 상아가 눈을 시퍼렇게 뜨고 감시를 할 때보다 더 조심을 했다. 보통 처형과 제부 사이보다 더 깍듯하게 예의를 지켰다. 누가 먼저랄 것도 없이 서로 자연스럽게 거리를 두게 되었다.

수아는 아빠가 없어도 아이들을 상계동에 보내기로 했다. 지민이 앞으로 더욱 바빠질 텐데 그럴 때마다 아빠 보기를 거르면 아빠 보기가 점점 힘들어질 것 같아서였다. 상계동 어머니도 좋아했다. 손주들에게 각별한 분이라 아이들을 못 보게 될까 봐 걱정을 했다고 수아의 결정을 칭찬했다.

지수는 아빠가 없다고 신경질을 부렸지만 민우는 개의치 않았다. 지수는 아빠 방에 들어가 한참을 혼자서 있다가 나왔다. 그리곤 말이 없었다. 엄마 방이었기에 엄마 생각이 나서 라고 짐작했다. 수아도 상아의 흔적이 남아 있을 그 방에 들어가 보고 싶었지만 그 방은 상아 외에는 들어가선 안 된다는 생각이 들었다.

"내일, 아빠한테 데려다 달라고 하지 마. 월요일 아침에 이모가 데리러 올게. 여기서 바로 등교하게 일찍 일어나 준비하고 있어라, 지수야."

"응."

"이모, 난?"

"민우도 준비하고 있어야지."

"나, 유치원 가방 안 가지고 왔는데."

"이모가 챙겨올게."

수아는 조금이라도 아이들을 아빠 곁에 두고 싶었다.

수아는 아이들을 상계동에 데려다 주고 밀린 일을 하기 시작했다.

아이를 키우는 주부들이 다른 일을 하지 못하는 것이 이해가 되었다. 수아는 자기가 전업주부가 되는 것은 어떨까 하는 갈등이 생겼다. 아이들을 키우면서는 예전처럼 활동적으로 일을 하기 힘들었다. 아이들을 성북동 엄마한테만 맡길 수는 없었다. 엄마는 상아를 보내고 많이 쇠약해졌다. 그리고 상계동 어머니처럼 아이들에게 애틋하지도 않았고 무엇보다 헌신적인 성격이 아니었다. 상아가 엄마를 많이 닮았다.

그래서 수아는 차라리 상계동 어머니께 부탁을 하는 것이 아이들한테는 더 좋을 것 같아서 상계동에서 많은 시간을 보내게 했다.

"이모, 이모도 사회생활을 하는 사람인데 아이들 때문에 너무 시간 빼앗기는 거 아니유."

"아니에요, 할머니."

예전에는 어머니라고 불렀었는데 호칭을 바꾸었다. 어머니라는 호칭은 상아만 사용할 수 있다는 생각이 들었기 때문이다.

"아닌 게 아니라 한 번 생각해 봅시다. 아이들을 여기 있도록 하는 게 좋을 듯 싶어. 왔다 갔다 하면서 힘들게 살 필요가 뭐 있겠수. 아직 아범한테는 의논을 안 했는데 아범도 반대는 안 할 거야. 이모한테는 늘 미안해하고 있거든.”

“아이들이 환경이 바뀌면 혼란스러워할까 봐요. 아직 엄마 일도 받아들이지 못하고 있는데…….”

“그러니까 빨리 안정을 시키자는 거야. 이모를 보면 엄마 생각을 더 하게 되잖아.”

“할머니?”

“서운하게 생각하지 말아요. 언제까지나 이러고 살 수 있다고 생각하우? 아범 나이, 아직 마흔도 안 됐는데 마냥 저러구 혼자 살라 할 수도 없잖우? 이모는 아이들 이모일 뿐이야. 아범 생각을 하면 내가 가슴이 미어져. 아범도 자기 인생을 살 수 있도록 해 줘야 하지 않겠수?”

“무슨 말씀인지는 잘 알겠습니다. 하지만 할머니, 지금은 너무 빨라요. 조금만, 조금만 시간을 주세요. 부탁드려요, 할머니. 저희 집에서는 제부가 새 출발하는 걸 나쁘게 생각할 사람 없어요. 제부는 제부 인생 찾고, 아이들에게 엄마를 잊어버리라고 강요하지는 말아주세요, 할머니.”

“이모가 내 말을 못 알아듣는구려. 아범이 새 인생을 시작하는데 이모가 문제가 된다는 얘기유. 아무리 늙은이여도 그런 눈치는 있다우.”

“…….”

“내, 아범한테도 얘기를 했지. 이모는 절대 안 된다구. 그 얘긴 결혼 전에도 했었어. 아범 결혼 상대자로 수아는 절대 안 된다구. 아범이 상아와 결혼한다고 해서 내 마음이 얼마나 놓였는지 모를 거유. 이모는 나무랄 데 없는 사람이라는 거 잘 알우. 이모가 참 훌륭하다고 생각하지. 하지만 며느리로서는 받아들이기가 어렵구려. 내가 지금 반대하는 이유도 그때와 같은 이유야. 게다가 이제는 친족 관계이니 더욱 안 될 일이지. 그런데 아범도 이모도 이러고 있으니 내가 선을 그어줄 수밖에 없구려. 이 늙은이를 원망하지 말구려. 이모가 나한테 소중한 사람인데도 이런 말을 할 수밖에 없는 내 심정을 이해해 주구려."

수아 가슴에 강한 전류가 흘렀다.

"죄송합니다. 정말 죄송합니다…… 하지만 조금만 더 시간을 주세요. 어른들은 아파도 참을 수 있지만 어른들은 고통스러워도 인내할 수 있지만 아이들은 아프면, 고통스러우면 병이 돼요. 그러니 지수와 민우가 엄마를 잃은 슬픔에서 벗어날 때까지만 이대로 지내게 해 주세요."

수아 눈동자에 눈물이 꽉 차서 어느덧 쭈르륵 흘러내렸다. 마냥 서글펐다. 할머니가 아이들을 자기에게서 아니 엄마에게서 빼앗아가는 것 같은 분노심이 치밀어 올랐다.

"이모가 모르는구려. 아이들은 어른들처럼 생각이 복잡하지 않다우. 어떤 상황이든지 금방 적응하는 것이 아이들이라우. 그러니 아이들 걱정은 하지 말우."

수아는 더 이상 항변할 자격이 없었다. 아이들 이모라는 것으로 아이들에게 권리를 행사할 수 없는 나약한 위치였다. 상아가 없다는 것이 얼마나 큰 상실인가를 깨달았다. 이제 지민이는 물론이고 아이들과도 남남이었다.

수아는 돌아오며 한없이 정말 한없이 눈물을 쏟아냈다. 모든 것을 빼앗겼다는 생각이 들었다.

자기에게 남은 것이 아무것도 없었다. 수아는 산다는 것이 무의미해졌다. 상아 곁으로 가고 싶다는 생각이 들었다.

상아가 떠난 후 살아남은 사람들도 죽은 듯이 하고 싶은 말도 제대로 못하고 숨조차 크게 쉬지 못하며 세월을 보냈다.

탐색

"아버님, 요즘 어떠세요?"

수화기에서 지민의 목소리가 새어나왔다.

"요즘은 저도 잘 못 알아보세요."

"박 소장이 많이 힘들겠군요."

지민은 언제부터인가 수아를 박 소장이라고 불렀다. 사무적으로 대해야 한다고 생각한 모양이었다. 그래서 수아도 지민을 서 교수님이라고 깍듯이 불렀다. 세월이 두 사람 사이를 그렇게 만들어 갔다.

"한번 찾아뵈야 하는데……."

"아뇨, 괜찮아요. 바쁘신데 신경 쓰지 마세요. 참, 지수 할머님은 요즘 혈압 괜찮으세요?"

"네, 약 드시니까……."

"아이들은…… 잘 있죠?"

"그럼요. 요즘은 아이들이 더 바빠요."

"네에."

이렇게 서로 안부만 묻고는 전화를 끊었다. 지민은 전화를 끊고 보니 벌써 상아가 세상을 떠난 지 5년의 세월이 흘렀다. 그 사이에 어른들은 병으로 노쇠해졌고 아이들은 무럭무럭 자라서 자기네 할 일은 스스로 알아서 하는 독립적인 존재가 됐다. 할머니 말씀대로 아이들은 적응을 잘해 갔다.

언젠가 한번 지수를 만났을 때 할머니가 지민에게 재혼을 간청하고 있지만 지민이 들은 척도 하지 않는다는 얘기를 전해들었다. 그러면서 지수가 "나두 아빠 결혼 반대야. 엄마 이외의 여자는 싫어."라고 말했다.

수아는 지민이 결혼을 하지 않을 거란 사실을 진즉부터 알고 있었다. 지민은 여자가 그리워서 다른 여자를 찾을 사람이 아니었다. 지민은 일부러 수아한테도 거리를 둘 정도로 사랑에 있어서 만큼은 보수적인 남자였다.

수아는 그런 지민이 답답했다. 보통 남자들처럼 가끔은 흐트러지기도 하고 실수도 하는 편안한 사람이었으면 좋겠다는 생각을 했다. 하지만 아이들한테는 성실한 아빠였다. 아이들을 위해 사는 사람처럼 모든 일을 아이들 위주로 처리했다. 재혼을 하지 않은 이유도 아이들 때문이라고 사람들이 생각할 정도였다.

수아는 전화를 끊고 불현듯 상아 기일이 이쯤될 텐데 싶어 달력을 봤다. 음력을 계산하느라고 달력 위에 손가락을 갖다대고 세어 내려가다 보니 오늘이 바로 기일이었다. 수아는 정신이 번쩍 들었다. 3년까지는 그래도 절에 가서 제사를 지냈었는데 3년상을 치루고 나서는 아직 아이들 나이도 어리고 또 홀아비인 지민이 노모에게 부탁해 제사를 지낼 수 없는 처지라 제사를 생략하기로 했다.

대신 수아가 상아 유골이 안치돼 있는 납골당에 꽃을 사들고 가서 상아 넋을 위로해 주었다.

수아는 서둘러 연구소를 나갔다. 상아한테 가면서 내내 미안했다. 기일을 미리 기억하지 못했다는 것이 양심에 가책이 됐다. 사람 맘이 참 간사하단 생각이 들었다. 처음 상아가 세상을 떠났을 때는 오늘이 상아가 세상을 떠난 지 며칠째 되는 날이란 것을 세며 모든 일을 상아와 연결을 시켰었는데 어느덧 상아에 대한 그리움이 조금씩 희미해져 갔다.

처음에는 상아 이름만 떠올려도 눈물샘이 팍 터졌지만 이제는 상아 얘기를 해도 아무런 감정의 변화가 없었다. 세월이 약이란 말이 딱 맞았다. 시간 속에서 모든 것이 무뎌졌다.

—상아야, 미안해. 정말 미안해.

수아는 미안하단 말만 했다. 뭐가 미안한지 말하지 않더라도 상아는 다 알고 있겠기에 더 이상 설명하지 않았다.

—상아야. 예쁜 모습일 때 가는 것도 나쁘지 않단 생각이 들어. 늙는다는 것이 얼마나 큰 고통인 줄 아니? 우리 아버지 요즘 어떤 줄 아니? 아버지 보고 있으면 눈물나. 불쌍해서. 애기도 그런 애기가 없어. 그렇게 당당하던 아버지가 그 모양이 될 줄 누가 알았겠어. 사람 구실 하는 것은 젊었을 때 잠깐이야. 나도 요즘 겁나. 난, 어떤 모습으로 늙어갈까 늙은 내 모습을 생각하면 무서워. 난, 네가 정말 부럽다.

뒤에서 인기척이 느껴졌다. 순간 그 사람이 지민이란 걸 알았다.
"오늘은 늦으셨네요. 내가 오면 항상 국화꽃다발이 놓여 있어서 다녀가신 줄 알았어요."
"그랬군요."
지민도 기일을 잊지 않고 찾아왔었다는 것을 그제야 알았다. 고맙다는 생각이 들어야 할 수아 가슴에서 왠지 찬바람이 불었다. 지민에게 서운한 생각이 드는 자기 자신이 미워 망녕된 생각을 쫓으려고 머리를 흔들었다.

지민이 들고 있던 꽃을 수아가 갖다놓은 꽃다발 옆에 가지런히 놓았다. 그리곤 봉지에서 캔맥주를 꺼냈다.

"여기 오면 이거 한 캔 먹고 가요. 집 사람이 맥주 좋아했잖아요."

그러면서 맥주 한 캔을 수아에게 건네주었다. 지민은 목이 타는지 맥주 한 캔을 금방 마셔버렸다. 수아도 목이 탔지만 수아가 좋아하는 맥주를 자기가 먹는 것이 미안해서 그냥 들고만 있었다.

"운전 때문에 안 마셔요?"

"아뇨. 전, 맥주 싫어해요."

"아, 참 그렇구나. 독한 술을 좋아하지."

지민은 혼잣말로 중얼거렸다.

그리곤 서로 아무 말도 하지 않았다. 둘만 있다는 것이 그렇게 어색할 수가 없었다.

"저기."

"응, 저기."

그 어색함에서 벗어나야 한다는 강박관념을 둘 다 갖고 있었기에 이렇게 서로 부딪혔다.

"먼저 말씀하세요."

지민이 양보를 했다.

"지수하고 민우 이제 다 큰 것 같아요."

"네, 애들은 잘 크네요."

"이제 아이들 걱정 안 하셔도 될 듯해요."

"이모가 워낙 잘해 주니까……."

"저두 이제 아이들 걱정 안 하려고 해요. 상아한테 오늘 그 말 하려고
왔어요."

지민은 잠시 말이 없었다.

"언제까지 이모한테 의지할 수는 없겠죠. 그렇게 하세요."

"나 먼저 갈게요. 상아랑 좀 더 있다 오세요."

수아는 지민과 얼굴도 부딪히지 않고 휠체어 바퀴를 돌렸다. 지민은
돌처럼 굳어 그저 물끄러미 바라보고 있었다. 웬만하면 수아를 도와줄
만도 할 텐데 꼼짝도 하지 않았다.

수아가 아이들 걱정을 하지 않겠다는 말이 자기네 집안과의 결별을
선언하는 것으로 생각됐다. 아직 상아와의 이별의 여운이 남아 있는 상
태라 수아의 이별 선언이 폭탄처럼 정신을 산산히 부서놓았다. 지민은
온몸이 마비된 듯 꼼짝도 할 수가 없었다. 그래서 한참을 그렇게 앉아
있었다.

수아도 마찬가지였다. 용미리 납골당을 도망치듯 빠져나와서는 더 이
상 운전을 할 수가 없어서 차를 세우고 넋을 놓고 앉아 있었다. 이제 모
든 것이 끝났다는 것이 실감났다. 그동안도 수없이 지민과의 관계가 끝
이 났었지만 상아 때문에 이어져 갔다. 상아는 죽음으로 두 사람 사이
를 더 확실히 끊어버렸다.

─그래 이제 끝났어. 끝났어. 끝났어…….

수아는 그렇게 주문을 외웠다. 수아는 지민이 나오기 전에 도망치듯
이 용미리를 빠져나왔다. 그리고 자기도 모르게 가평으로 향했다. 지민
과의 긴 여정에 종지부를 찍으려면 가평집에 들러 봐야 할 것 같았다.
지민이 수아를 위해 디자인한 가평 별장은 예나 지금이나 변함이 없었

다. 수아는 현관문을 열고 들어서면서 긴 한숨을 내뿜었다.

가평집은 수아의 몸과 마음을 편안하게 해 주는 특별한 안식처였다. 수아는 오래된 앨범을 펼치듯 몇몇 장면을 생생히 떠올렸다. 편지로만 사귀던 지민이 서울로 올라올 일이 생겨 만나자고 했을 때 수아는 자기 모습을 보여주고 싶지 않아 상아를 대신 내보냈었던 일이 생각났다.

―내가 그때 상아를 대신 내보는 게 아니었어.

수아는 지민을 자기 인생에 끌어들인 것을 후회했다.

―사랑 따윈 애초부터 안 했어야 했어.

사랑이 자기에겐 사치라는 생각이 들었다. 지민을 사랑하지 않았더라면 증오도 분노도 미움도 서운함도 없었을 텐데 그까짓 사랑 때문에 너무나 오랫동안 너무도 많이 아파했다는 것이 후회스러웠다.

"들어가도 되겠어요?"

지민이 우뚝 서 있었다.

눈물로 범벅이 된 얼굴을 숨기려고 수아는 고개를 돌렸다.

"불편하면 갈게요."

"아―아녜요. 이곳에 아직 상아 물건이 있어요. 서 교수님 책도 있고…… 정리하셔야죠."

"나도 모르게 이곳까지 왔는데 박 소장 차가 있어서 잠시 망설였어요. 근데 나도 오늘 이곳에서 위안을 받고 싶어서요."

가평집은 지민에게도 수아 못지 않게 의미있는 장소였다. 수아는 지민의 그런 마음을 모르지 않으면서도 일부러 모르는 척했다. 그렇지 않으면 꽁꽁 묶어두었던 마음이 봇물 터지듯이 터져버릴 것 같아 두려웠다.

　두 사람은 말없이 그저 앉아 있었다. 마치 세상이 멈춰버린 듯이 꼼짝도 하지 않았다. 수아는 정말 이대로 모든 것이 멈춰버렸으면 좋겠다는 생각을 했다. 수아와 지민은 정말 마법에 걸린 듯 꼼짝도 하지 않았다. 시간이 흐를수록 편안해졌다. 통유리가 액자처럼 바깥 풍경을 담아냈다. 하늘이 점점 붉어져 갔다. 노을이 정말 아름다웠다. 그것도 잠시 하늘이 잿빛으로 변해 가고 있었다.

　"난, 오늘 여기서 잘 거예요."

　수아의 말이 떨어지기 무섭게 지민은 자리를 털고 일어났다. 지민은 주방으로 갔다. 주방에서 나올 생각을 하지 않았다.

　"지금 뭐해요?"

　"자고 갈 거라면서요? 저녁은 먹어야죠?"

　"간단히, 그냥 간단히 해결하면 되는데……."

　"나두 먹어야죠."

　지민은 아주 능숙한 솜씨도 저녁을 준비했다. 상아의 투병 기간 동안 지민의 부엌 살림이 많이 늘었다. 현관문만 열고 나가면 바로 텃밭이 있었기 때문에 상추, 쑥갓, 고추 등 야채는 언제라도 마련할 수 있었다. 지민은 된장찌개와 각종 야채로 풍성한 식탁을 뚝딱 차려냈다.

　"재료가 없어서……."

　"아뇨, 아주 훌륭해요."

　수아는 마지막 만찬이 떠올랐다. 지민이 차려준 마지막 밥상이다 싶어 밥 한 그릇을 싹 비웠다. 허전한 마음을 밥으로라도 채워야 가슴이 덜 아플 것 같아서 밥을 꾸역꾸역 입속으로 넣었다.

　지민은 후식으로 커피까지 준비했다. 수아는 지민이 주는대로 받아먹었다. 지민은 커피잔을 치우더니 서재로 들어갔다. 수아는 뭔가 정리할 것이 있는 모양이라고 생각했다.

서재에서 나온 지민은 뭔가를 찾듯이 이곳저곳을 둘러보았다.

"컴퓨터 너무 오래 안 써서 혹시 문제 있을까 싶어 열어봤더니 잘 되네요. 인터넷 연결 상태도 좋고. 작업해도 별 무리 없을 거예요."

"네."

지민의 세심한 배려가 고마워 감사를 표해야 한다는 생각은 있지만 표현을 절재했다.

"아파트 같지 않고 일반 주택은 관리가 더 힘들어요. 이 집도 이제 10년이 다 돼 가니까 여기저기 수리할 곳이 많아요. 문제 생기기 전에 내가 와서 점검할게요. 업자들이 손대면 오히려 망가져요."

"네."

수아는 '나를 위해서냐, 아니면 집을 위해서냐' 고 묻고 싶었지만 참았다.

"보온병에 커피 타놓았어요."

수아는 아무런 대답도 하지 않았다. 수아가 듣고 싶은 말은 그런 업무적인 것이 아니었기 때문에 그런 말들에 화가 나기 시작했다.

"그럼 갈게요."

수아는 아무런 반응도 보이지 않았다.

"내려가다가 관리인한테 부탁하고 갈 테니까 걱정하지 말아요."

지민이 윗옷을 집어들었다. 그리고 몸을 돌려 천천히 현관 쪽으로 걸어갔다.

"지민아!"

지민이 동작을 멈췄다. 하지만 돌아보지는 않았다.

"꼭 이래야 하니? 우리 친구였잖아. 우리 사랑하는 사이였잖아. 다시 안아 달라고 하진 않아. 하지만 꼭 이렇게 서로를 밀어내야 하는 거니?

상아가 하늘에서 보고 있을까 봐. 상아와 한 약속을 지키기 위해서?"

"갈게."

"네 인격이 그렇게 대단하니? 너, 네가 지금 굉장히 멋있는 줄 알고 있는데 천만의 말씀. 넌, 지금 널 속이고 있는 거야. 그래두 네가 인격자니?"

"나두 힘들어. 그러지 마."

"돌아서서 날 좀 봐. 벌을 받아도 내가 받을게. 세상의 손가락질도 내가 다 받을게. 아니 그럴 것도 없어. 그저 바라만 볼 테니까."

"쉬어."

지민이 천천히 움직였다.

"너 내가 여자로 보이지 않는구나. 그래서 결혼은 상아랑 했구나. 이제야 알겠네. 그동안 내가 착각하고 있었어. 난, 네가 마음속으로는 날 원하고 있다고 생각했었는데. 그랬구나. 그랬어."

"……."

지민은 말없이 현관으로 향했다.

"잔인한 놈. 그래 꺼져버려. 다시는 내 앞에 나타나지도 마. 정말 다시는 안 볼 거야."

지민은 연구에 몰두했다. 무장애 공간을 뛰어넘어 유니버설 디자인으로 새로운 건축 문화를 생산해냈다. 지민은 모든 사람을 위한 가장 인간적인 건축으로 국내는 물론 국외에서도 그 명성을 날렸다.

유니버설 디자인이 장애인을 위한 컨셉이어서 수아와 함께 업무를 진행하는 일이 많았다. 수아도 지민이 하는 일에 적극적인 조력자 역할을 했다. 미팅이 끝나고 만들어지는 회식 자리는 많았지만 둘이 만나는 일은 거의 없었다.

지민은 수아네 대소사에 반드시 참여했다. 수아네 집에서는 지민이 아직도 사위였다.

이제 수아도 지민을 동료 이상으로 받아들여지지 않았다. 수아와 지민은 만나기만 하면 유니버설 디자인에 대해 토론했다.

"이제 유니버설 디자인은 건축에만 적용할 것이 아니라 모든 디자인에 유니버설 개념을 도입해야 해. 요즘 제품들은 모두 청소년을 겨냥하고 있어서 나이든 사람들이 사용하려면 불편한 것이 한두 가지가 아냐."

"이제 박 소장도 나이가 들었나 보네."

"옛날에 엄마가 새로 산 가전제품을 어떻게 작동시킬 줄 몰라서 쩔쩔매는 것을 보고 흉봤는데. 요즘 내가 그렇다니까."

"이모, 아빠도 요즘 그래요. 휴대폰 바꾸면 문자메시지도 못 보낸다니까요."

지수가 나섰다.

"야, 나이 들었다고 모든 기능이 퇴화되는 건 아냐. 새로운 문물을 받아들이는데 익숙하지 않아서 그렇지. 자기 전문 분야에서는 최고다."

"이모 삐치는 거 보니까 늙으셨네."

"뭐라구?"

수아는 이제 늙었다는 말이 가장 듣기 싫었다. 장애라는 말은 들어도 아무렇지도 않은데 늙었다고 하면 얼굴이 화끈 달아올랐다. 그렇게 쓸데없이 화끈거릴 때가 많아 병원에 갔더니 갱년기 증상이라고 했다. 사회적으로 많은 것을 일구어낸 수아지만 때때로 허무해지면서 우울했다.

상아도 암으로 죽었기 때문에 쌍둥이인 자신도 암에 걸릴 것이란 건강 염려증에 하루에도 수십 번씩 스스로 암 진단을 내리곤 했다. 암 진단을 받으면 치료를 거부하고 가평집에서 죽음을 맞으리라는 죽음 시나리오를 미리 써놓기도 했다.

수아의 갱년기 증상은 1년 사이에 아버지와 엄마가 연이어 돌아가시고 난 후 더 심각해졌다. 수아는 치매에 걸린 아버지와 늘 골골하는 엄마여서 자기를 도와주기는커녕 수아가 오히려 보살펴야 했지만 그래도 의지가 됐던 것이다. 부모님이 안 계시자 이 세상에 달랑 자기 혼자라는 사실이 너무나 서글펐다. 그래서 부모님이 보고 싶어서가 아니라 자기 설움에 큰 소리로 통곡을 했다. 부모님이 돌아가신 후 수아는 누구랑 함께 살 것이냐 하는 문제로 또 한 차례 홍역을 치뤘다. 장원이가 자기네 집에 들어와서 살자고는 해도 올케가 내켜하지 않는다는 것을 수아는 너무나도 잘 알고 있었다. 만약 상아가 살아 있었다면 당연히 상아랑 살았을 것이다. 상아는 어렸을 때부터 엄마, 아빠 죽으면 자기가 수아와 살겠다는 말을 했었다. 수아는 상아가 있었으면 이렇게 외롭지 않았을 텐데 싶어 요즘 부쩍 상아가 보고 싶었다.

수아는 혼자서 살겠다고 선언했지만 혼자인 장애인 동생을 모르는 척한다는 것이 마음에 걸려 장원이는 주말마다 수아를 보러 왔다. 하지만 그런 배려도 오래가지 않았다.

수아는 그런 변화에 크게 마음이 상했다. 마음이 불안해서 안절부절 못하며 공연히 이방 저방을 아무 목적 없이 돌아다니곤 했다. 심할 때 심장이 바깥으로 튕겨나올 듯이 심장 박동이 너무 빨라 가슴을 손으로 꾹 누르며 진정을 시켰다.

죽어도 아무런 상관 없다고 말하면서도 막상 그런 증상이 일어나면 죽을까 봐 걱정이 됐다. 그래서 자다가도 다시 일어나서 청탁 받은 원고와 마무리 지어야 할 서류 등을 정리하느라고 밤을 새웠다. 그래서 수아는 불면증으로 시달렸다. 잠을 제대로 못 자니까 신경이 날카로웠다.

“이모!”

“응—”

언제 왔는지 지수가 수아를 흔들어 깨웠다.

“무슨 늦잠이람.”

“몇 신데?”

“점심 먹을 시간이에요.”

“새벽에 잠이 들었어.”

“빨리 일어나세요. 도시락 싸왔어요. 공원에 산책 가요.”

“산책?”

“아빠가 이모 일조량이 부족하대요. 뭐 햇볕이 우울증 치료제라나.”

수아는 마음에 내키지 않았지만 이미 준비를 다 해서 온가족이 출동을 했기 때문에 거절을 할 수가 없었다. 민우가 휠체어를 밀었다. 작은 턱이라도 나타나면 지민이 얼른 지원을 했다. 지민은 1급 경호원처럼 수아에게 불편을 주지 않으려고 긴장을 늦추지 않는 모습이 역력했다. 지민은 미리 답사를 한 듯 망설이지 않고 자리를 정했다. 아이들이 돗자리를 깔고 가져온 물건을 꺼내놓았다.

“이모도 자리에 앉아요.”

지민이 그렇게 권했다. 지민은 수아 혼자 휠체어에 앉아 있는 것을 싫어했다.

“이모 내가 안을게. 나 힘세졌어.”

민우가 나섰다.

“야, 임마. 그게 힘으로 되는 건 줄 아니? 기술이야. 기술.”

“그래, 너 이모 다치게 하면 안 돼. 너, 힘자랑 하다가 사고 친 게 한두 번 아니다.”

수아가 민우를 막았다.

지민은 너무나 자연스럽게 수아를 안아 돗자리에 사뿐히 앉혔다.

"아빠 아직 안 늙었네."

수아는 이렇게라도 말해야 어색하지 않을 것 같았다.

쇼핑백 속에서 나온 김밥, 족발 그리고 치킨 등이 수아의 식욕을 자극했다. 식욕을 잃은 지 오래였는데 정말 모처럼 먹고 싶다는 욕구가 솟구쳤다.

"짜잔, 이모 소주도 준비했어요."

민우가 소주 뚜껑을 땄다.

"야, 이모 요즘 술 잘 못 먹어."

"흑기사가 있는데 뭐가 걱정이에요."

민우가 너스레를 떨었다. 수아는 민우가 어느새 커서 자기 흑기사 노릇까지 해 주겠다고 하나 싶어 대견했다.

"민우 정말 많이 컸네."

"그렇죠? 나 다 컸죠? 누난 내가 고딩이라고 상대도 안 해 줘요."

"너두 이제 내년이면 대학생 되잖아."

"민우는 수험생이어서… 그냥 내가 데리고 있구. 지수는 이모랑 살고 싶데요."

지민은 말을 아주 조심스럽게 했다.

"무슨 말이에요? 지수가 나하고 살아요. 왜요?"

"엄마가 얘기한 적이 있었어. 할머니, 할아버지 돌아가시면 이모랑 같이 살자구."

"그건 엄마가 살아 있을 때지."

"이모, 누나 맘에 안 들면 제가 갈까요?"

민우가 이때다 싶어 나섰다.

"지수 시집갈 때까지만 데리고 있어주세요."

지민은 수아를 위해 지수를 보내는 것이 아니라는 듯이 표현을 간곡하게 했지만 수아는 이미 지민의 마음을 알고 있었다.

"이모, 치사하다. 나 밥 많이 안 먹어."

지수도 아빠를 거들었다. 온가족이 이미 작심을 하고 결정한 일이라 수아도 어떻게 할 수가 없었다. 수아는 갑자기 눈물이 주르륵 흘렀다. 가족들에게 짐이 되어버린 자신의 신세가 불쌍해서이기도 했지만 상아가 만든 가족이 이토록 자신을 아껴준다는 것에 감동이 되었다. 지수가 수아 어깨를 감싸안았다. 수아가 편안하게 안길만큼 지수 어깨가 제법 컸다.

"그리고 집을 조금 개조했으면 해요. 아래층에 방이 그렇게 많을 필요가 없잖아요. 툭 터서 집안에서 전동휠체어로 이동을 하면 훨씬 편할 거예요. 수직으로 이동이 되는 전동휠체어 부탁해 놨어요. 그거 있으면 이모 혼자서 바닥에 내려앉는 것이 쉬울 것 같더라구요. 또 지금 있는 리프트 대신 엘리베이터를 설치해서 2층도 자유롭게 올라다닐 수 있도록 하구요. 생각해 봤는데 화장실도 고치는 것이 좋겠어요. 나이 들면 좌식이 더 편하다고 하더라구요. 지금 장애인용 화장실은 그저 손잡이만 있을 뿐이잖아요. 에너지 소모가 너무 커요. 이미 설계를 마쳤기 때문에 허락만 하면 내일이라도 공사할 수 있어요."

수아는 지민이 말하는 동안 내내 흐느끼고 있었다. 자기를 위해 지민이 그렇게 많은 생각을 하고 있는 줄 몰랐다. 수아 혼자 그를 남이라고 생각하고 있었지 지민은 변함없이 수아를 지켜주고 있었던 것이다.

지수가 집으로 들어온 후 집안 분위기가 밝아졌다. 이리저리 뛰어다니고, 전화벨이 끊임 없이 울리고, 쉴 새 없이 재잘거리고 역시 집에는 아이가 있어야 사람 사는 맛이 났다. 지수는 수아가 목욕을 하고 있으면 어느 틈에 들어와서 때를 밀어준다고 난리 법석을 떤다. 헤어드라이기를 들고 머리를 만져주고 멋진 옷을 골라 코디까지 해 준다.

맛있는 것이 있으면 "이모, 아빠 부를까?"라고 아빠를 챙긴다. 민우는 돈 아까운 줄 모르고 먹고 싶은 거 죄다 사먹는 스타일인데 아빠는 대충 먹기 때문에 아빠는 먹어야 한다고 아빠를 빼놓지 않았다.

수아도 그것이 늘 마음에 걸렸다. 아무리 파출부가 온다고 해도 남자 둘이 살고 있는데 오죽하랴 싶었다. 정말 마음 같아서는 일주일에 한 번씩이라도 가서 살림을 보살펴 주고 싶었지만 수아도 이제 기운이 많이 빠져 있었다.

그래서 지수를 지민한테 자주 보냈는데 자고 오라고 해도 번번히 아빠한테 쫓겨났다며 바로 돌아오곤 했다. 지수가 두 집을 왔다 갔다 하느라고 가장 고생이 많았다. 그래서 수아는 마음이 편치않았다.

"웬일이세요? 연구소에 다 오구."

"이 앞을 지나갔어. 차 한잔 할 시간 돼?"

"그럼."

지민은 아이들 앞에서는 이모로 공식 석상에서는 사회적인 지위로 그리고 둘이 있을 때는 동료로 대했다. 수아는 지민의 말투에 따라 그때그때 맞춰주었다.

"요즘도 병원에 다닌다면서?"

"정보원 잘 됐네."

"새로운 일을 해 보는 게 어때? 그 병 신경성이잖아? 다른 데 신경을 쓰는 게 좋데."

지민이 갱년기 증상에 대해 나름대로 알아본 모양이었다. 사실 수아도 40년 넘게 살아오면서 지금처럼 힘들었던 때가 없었다. 몸에 있는 장애는 아무것도 아니었다. 자신의 인생 자체를 뒤흔들어 모든 일에 자신감이 없고 매사에 의욕이 없었다. 예전 같으면 안 된다고 하는 일에 도전해서 성취해내면 세상을 다 얻은 것처럼 신나고 행복했는데 이제는 스스로 장애 때문에 안 된다고 판단하고 포기해버렸다. 그래서 단 한 발자국도 앞으로 나가지 못하고 제자리에서 맴돌았다. 무소의 뿔처럼 달리다가 멈추니까 도퇴하는 것 같아서 수아는 정신적으로 방황하고 있었다. 정신이 약해지자 삶을 지탱할 힘이 없었다. 수아는 자동차를 운전하고 가면서 큰 사고가 나서 죽는 상상을 하곤 했다.

"이 나이에 뭘 할 수 있겠어? 지금 하는 일도 후배들에게 밀리고 있는데. 빨간 완장 차고 나타나서 자리 내어주시죠 할 날 얼마 남지 않았다니까. 참 무서운 세상이야."

"이젠 베푸는 일을 해야지. 난, 박 소장이 사람들에게 존경 받는 인물이 됐으면 좋겠어."

"모르는 소리, 베푼다고 존경 받나 우리나라 사람들은 권력 앞에서만 고개를 숙여. 권력에서 멀어지면 사람들은 바로 등을 돌리지. 우리 아버지 봤잖아. 국회의원 시절 아버지 얼굴 한번 보려구 집앞에서 새벽부터 기다리던 사람들 때문에 아버지 출근하려면 007작전 폈었는데 서울시장 선거에서 패배한 후 찾아오는 사람 한 명도 없었어. 서 교수도 봤잖아. 국회의원 비례대표 장애인 몫으로 박수아밖에 없다고 부추기던 사람들 그 몫이 딴 사람한테 가니까 정치적이지 못하다느니 자기 색깔이 없다느니 하면서 다 내가 무능한 탓으로 돌렸잖아. 정치는 빽줄로 하는 것이지 인지도로 하는 것이 아니라고 말야. 내가 미쳤지. 누구를 탓하겠어. 단호하게 거절하지 못한 내 잘못이지. 이럴 줄 알았으면 나도 학교에 남을 걸 그랬어."

"지금도 늦지 않았어. 강의 시작해. 꼭 전임이 돼야 성공한 교수는 아냐. 학생들을 만나는 게 기쁘잖아."

"강사는 시켜주면서 전임은 주지 않는 학교가 야속해서 그래. 더럽고 치사해서 죽어도 학교는 안 간다 했는데 어떻게 다시 가."

"강의 준비해. 그게 좋겠어. 우리 학교로 봄부터 나와."

"서 교수가 내 자리 마련해 놨나 보네?"

"그리고 아까 얘기한 베푸는 일도 생각해 봐. 죽기 전에 다 쓰고 가야 돼. 가진 게 많으면 세상의 인연을 끊기가 힘들다고 하더라구요."

"고마워. 빨리 털고 일어날게. 독종 박수아가 그까짓 갱년기 못이기겠어. 근데 남자는 갱년기 없는 거니?"

"사실 나두 갱년기 장애를 갖고 있어."

"뭐라구?"

지민도 생기 없는 모습이었다. 수아는 자기 혼자만 중병을 앓는 듯이 호들갑을 떤 것이 미안했다. 지민한테 여자가 필요하다는 사실이 새삼 현실로 다가왔다. 지수 친할머니가 돌아가시면서 지민에게 결혼 꼭 하라는 유언을 남겼다고 하는데 지민은 할머니가 돌아가신 후 선도 보지 않았다. 할머니가 계실 때는 그래도 아들을 생각해서 선 자리를 마련해 놓아 마음에 내키지 않아도 어머니 뜻을 거역할 수 없어 선을 보러 나가곤 했었다.

"지수야!"

"네, 이모."

"너두 시집갈거구 민우도 결혼하면 아빠 혼자 남게 되는데 아빠 더 늙기 전에 재혼하시는 게 좋지 않을까. 남자들은 혼자 살면 이가 서 말이라고 하지 않디."

"나두 아빠 결혼하는 거 반대 안 해요. 아빠는 사랑을 의무라고 생각하는 거 같아요. 한 번 사랑하면 또다시 사랑하면 안 되는 걸로 생각하시더라구요. 아빠, 참 촌스럽죠? 솔찍히 어떻게 사랑을 한 번만 해요. 요즘 첫사랑을 잊지 못한다거나 죽은 사람을 영원히 사랑하는 건 드라마에도 안 나와요. 우리 아빠는 참 특이하다니까요. 우리 아빠는 절대로 재혼 안 하실 걸요."

수아도 지민의 결혼 문제를 공론화시킬 입장이 아니었기에 더 이상 거론하지 못했지만 지민을 생각하면 가슴이 아팠다. 수아는 지민의 충고대로 대학 강의를 시작했다. 〈한국언론문화〉와 〈언론과 NGO〉 등을 맡았다. 그리고 지민이 충고한 베푸는 일도 구체화시켜 나갔다.

수아는 지민과 만날 일이 있으면 집으로 불렀다. 아이들과 함께하는 시간을 만들어 주고 싶었고 밖에서 만나면서 사람들 눈에 띄여 이상한 상상을 하게 만들고 싶지 않아서였다. 사람들은 수아가 미혼인 것은 당연하다고 여기면서 지민이 혼자 사는 것에 대해서는 뭔가 이유가 있을 거라는 의구심을 갖고 있었다. 그래서 수아는 밖에서 만나는 것을 자제했다.

오늘은 민우 대학 합격 축하로 가족 모임을 갖게 됐다. 민우는 공부를 썩 잘하지는 못했지만 교수 자녀에 대한 혜택으로 아빠 대학에 입학했다. 민우는 로봇을 연구하겠다는 확고한 목표가 있었다. 장원이네는 부르지 않았다. 장원이네 딸 둘은 미국으로 유학을 가 있었고 장원이가 바람을 피우다 들킨 후로 부부 사이가 나빠져서 좀처럼 가족 모임에 참석하지 않았다. 올케가 교회에 다닌 후 부모님 제사도 거부해서 할 수 없이 수아가 절에 모셨다. 자식이 있어도 그것도 자식이 부자여도 제삿밥조차 얻어먹지 못하는 것이 요즘 세태이다. 굽은 나무가 선산을 지킨다고 치매에 걸린 아버지를 끝까지 모신 것도 장애인 딸이었고 기일을 챙기는 것도 장애인 딸이었다. 지민도 집에서 제사를 지낼 형편이 못 되자 수아의 권유대로 지수 친할머니를 수아 부모님이 있는 절에 모셨다.

노령화가 급속히 진행되면서 사회는 온통 노인 문제로 들끓었다. 부모를 돌보지 않는 것은 패륜이 아니라 사회현상이 됐고 자식들로부터 버림을 받은 노인들은 먹고 살기 위해 범죄에 노출돼 있었다. 또한 자신의 처지를 비관해서 스스로 목숨을 끊는 노인 자살율이 세계 1위라는 오명을 갖게 됐다.

"우리 민우하고 아빠하고 이모는 동창이네."

"이모, 지금 파벌 조성하시는 겁니까?"

지수가 뾰루퉁했다.

"신랑감 우리 대학 출신으로 데려와."

"싫어요. 아빠도 그렇고 민우도 그렇고 그 대학 출신들 남자로서의 매력은 꽝이예요."

지수는 재미있는 남자가 좋다고 했다.

"누난 개그맨하고 결혼해라."

"그럴 생각이야."

"이모가 중대 발표를 하려구 해."

순간 세 식구 눈이 수아에게 쏠렸다. 긴장감이 감돌았다.

"이모, 결혼하세요?"

지수가 입을 뗐다.

"이민 가세요?"

민우가 물었다.

수아의 중대 발표에 가장 가슴 졸이는 사람은 지민이었지만 아무 말도 할 수가 없었다.

"아직 선거철 아닌데……?"

민우는 퀴즈대회에 나온 사람처럼 정답을 찾는데 몰두했다.

"아빠가 이모한테 충고하셨어. 이제 베푸는 일을 하라구. 그래서 이모가 가장 잘할 수 있는 일이 뭘까 고민하다가 드디어 찾았어. 노인과 장애인을 위해 서비스를 제공하는 복지네트워크를 구성하려고 해."

"방송국이요?"

지수가 역시 빨랐다.

"응, 복지방송국이지. 가만히 생각해 보니까 앞으로 국가가 할 일은 정치도 경제도 아냐 앞으로의 국가는 모든 국민들이 인간답게 살 수 있도록 지원해 주는 사회복지 기능만 하게 될 거야. 그래서 현대 국가 개념이 사회국가거든."

"좋은 생각이에요. 정부에서 아무리 좋은 정책을 만들어도 서비스 전달체계가 구축되지 않아서 서비스가 중복되거나 누락되는 문제가 발생하고 있어요. 방송을 통해 복지네트워크를 세밀하게 구성한다면 지금 실시하고 있는 정책이 탄력을 받을 거예요."

지민이 줄줄이 설명해 나갔다.

"방송의 큰 장점은 때와 장소를 가리지 않고 인적, 물적 재원을 모을 수 있다는 거예요. 복지방송은 24시간 생방송을 해서 위험에 처했을 때 119에 전화를 하면 구조대원들이 바로 출동을 해서 해결을 해 주듯이 방송국에 전화를 하면 노인이나 장애인이 언제라도 필요한 서비스를 받을 수 있도록 해 줄 거예요. 도와줄 사람이 필요하다. 병원비가 필요하다. 그런 지원 외에 잠이 안 오는 사람들이 방송국으로 전화를 해서 하고 싶은 얘기를 다 쏟아놓게 할 거예요. 그러면 우울증도 치료될 수 있고 자살도 예방할 수 있어요. 방송과 복지가 매치된 뉴복지시대를 열고 싶어요."

"방송국을 설립하는데 예산이 얼마나 필요할까요?"

지민이 구체적인 설계를 하고 있는 듯했다.

"우리 사회를 이끌어 가는 명사들의 애장품을 기증 받아 착한 판매 행사를 벌여서 재원을 모으려고 해요. 그래야 많은 사람들이 참여할 수 있잖아요. 국민의 손에 의해 만든 국민의 방송으로 국민의 미래를 보장한다는 캠페인을 벌이는 거죠."

그 자리에 있었던 네 사람은 마치 독립운동을 계획하는 사람들처럼 의기 투합했다. 이 땅의 노인과 장애인들이 행복하게 살 수 있는 그날을 위해 희생을 하겠다는 다짐을 했다.

복지네트워크 구성이 생각처럼 순조롭게 진행되지는 않았지만 수아는 새로운 도전에 활력을 되찾고 있었다. 수아는 역시 도전을 해야 행복했다. 특히 자신의 이익이 아닌 남에게 베푸는 일에 열정을 쏟자 세상이 더 넓게 보였고 세상 사람들이 더 가깝게 다가왔다. 수아는 예전에 느끼지 못했던 사명감으로 소외 계층을 끌어안았다. 그곳에서 아름다운 천국을 보았다.

아름다운 동거

가평으로 내려온 지 벌써 1년이 됐다. 수아는 건강이 급격하게 나빠져서 모든 사회활동을 끊고 가평에서 지냈다. 병원에 갈 때는 지민이 오거나 지수가 왔다. 민우는 독일에서 유학을 마치고 독일에서 로봇 연구원으로 근무하고 있었다.

그리고 수아가 설립한 복지방송인 F4 방송국으로 전화를 하면 활동보조인이 장애인 리프트 장치가 장착된 밴을 갖고 오기 때문에 외출에 전혀 문제가 없었다.

가평집에도 가사 도우미가 와서 살림을 해 주고 장애인 전문 돌보미가 시간별로 찾아와서 필요한 케어를 해 주기 때문에 상주하는 사람이 없어도 문제가 되진 않았다.

아직 재활로봇이 실용단계가 아니어서 로봇의 도움은 받지 못하지만 지체장애인 보조견 보리가 있어 웬만한 잔심부름은 보리가 해 주고 있다. 보리는 심부름뿐만이 아니라 외로움을 달래주는 반려 역할도 톡톡히 해냈다.

수아는 가평에 내려와서도 집필활동은 계속하고 있었다. 수아는 장애인 복지의 다양한 장르를 총 망라하는 '장애인복지사전' 을 만드는 것이 자기가 마지막으로 해야 할 일이라고 생각하고 자료를 수집해서 정리를 하고 있었다. 컨디션이 안 좋을 때는 하루 종일 컴퓨터 앞에 앉아 있어도 몇 줄밖에 못 썼지만 그래도 쉬지는 않았다.

자료는 수아의 제자들이 수집하고 있었지만 총감독은 역시 지민이 했다. 이제 지민의 머리에도 하얀 서리가 소복히 쌓였다. 지민도 강의를 많이 줄였다. 후배들에게 자리를 물려주어야 대학이 발전할 수 있다는 것이 지민의 소신이었다. 그 대신 지민은 논문을 많이 써서 국내외에 발표하는 연구활동을 활발히 했다. 그래서 서지민 교수는 뉴유니버설 디자인 창시자로 세계적인 명성을 얻고 있었다. 그래서 국제세미나 발표를 위해 해외에 나가는 일이 많았다.

"이모, 저녁 수제비 어때요?"

지수가 서재 안으로 얼굴을 쏙 내밀며 물었다.

"어머? 너 아직 안 갔니? 근데 왜 이렇게 조용해. 준이는?"

"자요."

"내 걱정하지 말고 어서 가. 박 서방 들어오기 전에."

"맨날 늦어요. 이모 저녁 해 드리고 가도 돼요."

지수는 서재 안으로 들어오면서 쫑알거렸다.

"나두 일할 걸 그랬어요. 자기 일이 있는 여자들이 너무 부러워요. 요즘 엄마가 조금씩 이해가 돼요. 어렸을 때는 집에 들어왔을 때 엄마가 없는 게 너무너무 싫어서 엄마 일하는 게 정말 싫었거든요. 근데 지금 생각해 보니까 엄마한테도 일이 필요했던 거예요."

"그래 나이가 들면 들수록 엄마에 대한 이해가 깊어지지. 나도 요즘 엄마 생각 많이해. 엄마가 얼마나 외로웠을까? 늙어가면서 얼마나 서러

웠을까 하고 말야? 고운 얼굴에 굵은 주름이 잡히고 검버섯이 돋고 그
렇게 변해 가는 모습을 받아들이기 힘들어하셨지. 니 외할머니는 상당
히 멋쟁이셨거든."

"알아요. 외할머니 외출하실 때 보면 영화배우 같았어요. 그래서 엄마
가 투덜대셨잖아요. 누가 영화배운지 모르겠다고 말예요."

"니 엄마는 이 세상에서 자기가 가장 예뻐야 한다고 생각했거든."

"그래서 사람들이 아빠한데 그런데요. 영화배우하고 살았으니 어떤
여자가 눈에 차겠느냐고 말예요."

"그 말은 나도 동감한다."

하지만 수아는 마음속으로는 전혀 동의하지 않았다. 수아는 아직도
지민의 가슴속에는 자기가 들어 있다고 굳건히 믿고 있었다. 그때 휴대
폰이 울렸다.

"아유 걱정 마세요, 아빠. 지금 가평에 와 있어요. 식사 잘 하세요. 컨
디션도 베스트예요."

지민이 딸에게 수아 안부를 묻는 전화였다. 지수가 자주 온다 했더니
지민 부탁 때문이었다.

"아무튼 아빠는 병적이야."

지수가 투덜거렸다. 지수는 지민이 지나치게 수아를 챙기는 것을 경
계했다.

"내가 죽을 때가 됐나 보다. 아빠가 그렇게 걱정하는 걸 보면."

"이모, 이모는 아직 법적인 노인이 아녜요. 65세 되려면 몇 년 더 남았
는데."

"장애가 심하면 노화현상이 빠르게 진행되거든. 아빠가 그 소릴 듣고
나서는 나를 80대 노인 취급한단다."

"이모가 그 편견을 깨야 해요. 이모, 이제 오래 사는 걸 목표로 세우

세요."

"싫다. 생명을 유지하는 건 의미가 없어. 과학 문명이 발전해서 삶의 질이 향상된 건 혜택이지만 인간의 수명을 연장해 놓은 것은 재앙이야."

수아는 노인 문제의 근본적인 원인이 장수에 있다고 보고 언론에서 장수마을을 소개하며 장수비결을 설명하는 것을 자제해야 한다고 주장했다. 그래서 기회만 닿으면 언론 인터뷰를 통해 잘 산다는 것은 어떻게 살고 있느냐이지 얼마나 오래 사는 것이 아니라고 강조했다. 수아는 늙는다는 것은 조금씩 장애가 심해지는 것이어서 인간은 반드시 장애를 경험하게 된다고 역설하면서 장애인 문제를 자기와 상관 없다고 생각하면 보험을 들지 않은 것처럼 생활이 불안해진다고 장애인복지를 사회보험론으로 설명했다.

그리고 노인기 교육이 절대적으로 필요하다고 노인아카데미를 제안했다. 조기 교육을 받은 아이들이 지능 발달이 빠르고 사회성도 높듯이 노인도 조기 교육을 통해 노화 속도를 줄이고 노령기를 생산적으로 보낼 수 있다는 것이다. 그래서 노인복지관에 노인아카데미를 마련해서 노인 교육을 의무화해야 한다고 했다. 노인 교육 커리큘럼에 빠져서는 안 되는 과목이 인문학이라고 제안했다. 대학이 직업교육기관으로 변질되고 있기 때문에 철학이나 심리학 또는 역사 등의 과목이 폐지되고 있어서 젊었을 때 인문학을 공부하지 않은 것이 인간의 정신을 피폐하게 만들었다고 지적하면서 인문학은 인간의 정신세계를 풍요롭게 하는 학문이어서 인간에게 가장 필요한 기초 지식이기에 노년기에라도 반드시 공부해야 한다는 것이 수아의 논조인데 이 제안에 사회적 파장이 일어나고 있었다.

수아는 나이가 들어도 아이디어가 샘솟았다. 젊은 시절 못지 않았다. 하지만 자기가 나서서 그 일을 주관해 나갈 생각은 전혀 없었다. 그래서 수아의 아이디어는 그냥 묻혀버리고 말았다. 수아는 그것 역시 개념치 않았다. 수아도 자신이 이제 정체 시기에 접어들었다는 것을 인정하고 있었다. 수아는 될 수 있으면 느리게 살려고 노력했다. 그것이 자기가 누릴 수 있는 마지막 즐거움이라고 생각했다.

"알았어 보리야, 일어날게."

수아가 너무나 오랫동안 잠에서 깨어나지 않으면 보조견 보리가 걱정이 돼서 수아 얼굴을 핥았다. 보리는 수아가 낮잠에서 깨어나야 할 시간을 정확히 알고 있었다. 점심을 먹고 나서 2시쯤 누워 F4방송국에서 읽어주는 책을 듣는다. 책을 앉아서 읽으려면 힘이 드는데 방송에서 책을 읽어주니까 편했다. 그러다 잠이 들면 2~3시간 낮잠을 잔다. 아직도 밤늦게 일을 해야 집중이 잘돼 낮잠이 필수이다.

"보리야, 끈."

수아는 누웠다 일어나는 것이 힘들어서 침대 끝에 묶어놓은 끈을 붙잡고 일어나는데 그 끈이 자다 보면 발끝으로 밀려나 있기 일쑤인데 보리가 그 끈을 물어다 주었다.

"옳치, 고마워."

수아는 보리 이마에 뽀뽀를 해 주었다. 보리한테 따뜻한 체온이 느껴진다. 약간의 개 냄새가 나기는 하지만 그 냄새가 오히려 더 충성스럽게 느껴졌다. 보리는 수아가 일어나면 너무 좋아서 입을 벌리고 할딱거린다. 보리도 심심했던 것이다.

"너두 좀 자지 그랬니? 배고파? 그래 밥 줄게, 조금만 기다려."

수아는 휠체어로 옮겨 타는데도 시간이 많이 걸렸다. 그만큼 에너지소모가 컸다. 그래서 휠체어에 앉고 나서 긴 한숨을 내뿜었다. 수아는 휠체어 버튼을 눌러 화장대 앞으로 간다. 잠을 자느라고 흐트러진 머리를 빗고 옷매무새를 바르게 잡는다. 나이가 들수록 외모가 더 반듯해야 한다며 혼자 있어도 단정한 모습을 유지했다.

"보리야, 도우미 아줌마 올 시간이지. 나가 보자."

수아는 보리와 이렇게 대화를 했다. 보리도 수아 얘기를 알아듣는 듯 앞장섰다. 보조견은 장애인에게 꼭 필요한 재활보조기기이다. 특히나 노년의 장애인에게는 보조견이 필수이다.

"어머 아줌마 벌써 왔나 보다. 보리야, 아줌마 봤니?"

보리는 고개를 갸우뚱 갸우뚱했다. 이것이 보리의 한계이다. 수아는 부엌으로 먼저 갔다. 식탁에 음식 준비를 한 흔적이 있었다. 아줌마가 온 것이 틀림없었다. 그래서 다용도실로 갔다. 도우미 아줌마는 부엌에 없으면 다용도실에서 빨래를 하는 것이 일상이었다. 그런데 다용도실에도 없었다.

"보리야, 이상하다. 아줌마 없네? 밖에 나가 볼까?"

아줌마는 텃밭에서 상추를 솎아내고 있을 것임에 틀림이 없었다. 수아가 밖으로 나갈 수 있도록 보리가 문을 열어주었다. 보리가 늘 하는 일이지만 수아는 항상 칭찬을 해 주었다. 봄 햇살에 어느덧 여름이 묻어 있었다. 수아는 강렬한 햇살 때문에 눈을 잠시 감았다. 눈을 서서히 뜨고 고개를 천천히 돌려 이곳저곳을 살폈다. 수아 눈에 하얀 야외 테이블 위에 놓여 있는 빨간색 장미가 촘촘히 박힌 꽃바구니가 들어왔다.

―지민이!

수아의 눈길이 빨라졌다. 수아는 지민을 찾기 위해 고개를 돌리는 것도 부족해서 휠체어를 이리저리 굴렸다. 이렇게 애타게 찾고 있건만 보리는 점잖게 앉아 있었다. 이럴 때 보면 보리는 참 눈치가 없다.

수아는 좀처럼 울타리 밖으로 나가지 않았는데 지민을 찾기 위해 울타리 밖으로 나갔다. 사람의 기척이 전혀 없었다. 수아는 목을 있는대로 길게 쭉 뽑아 보았다. 하지만 더 나가 보진 않았다. 수아는 한참을 그렇게 서 있었다. 그때 저만큼에서 사람이 보였다. 그게 지민이라는 것을 한눈에 알 수 있었다. 그래서 수아는 얼른 바람 때문에 흐트러진 머리를 손가락으로 쓸어올렸다.

"왜, 나왔어?"

"어디, 갔다 와?"

"응, 숯이 없길래."

수아가 들어가려고 전동휠체어 버튼에 손을 갖다댄 순간 보리가 재빨리 움직였다.

"저녁때 바비큐 해 먹으려고 아줌마 보냈어."

"그랬구나."

지민이 오면 아줌마는 저녁 준비만 해 놓고 일찍 돌아가곤 했다. 밥상을 차리고 설거지까지 지민이 했다. 보리 목욕을 시키는 일도 지민의 몫이었다. 보리는 목욕하는 것을 싫어했기 때문에 지민을 무서워했다.

"조금만 기다려. 금방 준비할게."

"배 안 고파. 천천히 해."

지민은 저녁 준비로 바빴다. 수아는 그 모습을 그저 바라만 볼 뿐이었다. 함께 준비를 할 수 있으면 얼마나 좋을까 싶었다. 보리도 수아 옆에 앉아 있는대로 하품을 했다. 수아는 지민을 보면서 옛날 생각을 했다. 나이가 들수록 옛날 기억은 더욱 또렷해졌다.

"자, 다 준비됐어."

"와, 파티네."

"그럼, 파티지."

"왜? 무슨 좋은 일 있어?"

“오늘 네 생일이잖아.”

“어엉…….”

마음 같아서는 ─그래? 오늘이 내 생일이야? 하며 생일인 줄 몰랐다는 듯이 해서 생일날 혼자 지내는 초라함을 덮어버리고 싶은데 그런 연기가 늙어서인지 나오지 않았다.

작년까지는 지수가 전날부터 와서 생일상을 차려주었는데 지수 남편이 중국 지사장으로 발령을 받는 바람에 지수 가족이 전부 중국으로 떠났다. 3년 정도 있다가 돌아올 것이라고 했지만 수아는 지수가 떠날 때 몸의 한쪽이 떨어져 나가는 것처럼 아팠다. 지수가 떠난 지 아직 한달밖에 되지 않아 수아는 아직도 지수와의 이별의 아픔이 아물지 않은 상태였다.

떠나더니 생일날인데도 전화 한 통 없다고 생일날 아침상을 받으며 서러워했었다. 수아는 지수가 떠난 후 정말 이 세상에 혼자라는 생각이 들었다. 그런 심리적인 불안감 때문에 건강이 더 악화됐다.

지민은 작은 케이크도 준비하고 포도주도 꺼내 왔다. 완벽한 생일상이었다. 수아는 지민이 시키는대로 촛불을 끄라고 하면 입을 동그랗게 모아 후 하고 불었고 포도주를 따라주며 건배를 하자고 하면 잔을 부딪혔다. 지민이 열심히 구워다 주는 돼지고기 바비큐를 맛있게 먹었다. 그것이 지민의 노력에 보답하는 방법이라고 생각했다.

수아는 항상 좋은 일이 있을 때마다 내년에도 또 이런 시간이 있을까 싶어 그 순간에 충실하기로 했다.

“저 장미 몇 송이야?”

“네 나이.”

“백 살까지 살아야 백 송이 장미꽃바구니를 선물받겠네.”

“그럼.”

지민은 당연하다는 듯이 대답했다.

"참 예쁘다. 싱싱해서."

수아는 장미꽃에서 눈을 떼지 않았다. 자기한테도 저렇게 싱싱했던 시절이 있었다는 사실이 너무나 먼 이야기인 듯 싶었다.

"생일날 장미꽃 받은 거 첨이네."

지민은 미안한 표정으로 수아를 쳐다봤다.

"앞으로 계속 받으면 되잖아."

수아는 주위에 늘 사람이 많았지만 생일날이나 명절에는 혼자였다. 사실 수아는 늘 혼자였다. 외롭다고 얘기를 하지 않았을 뿐이지 수아는 진저리가 쳐질만큼 깊은 외로움 속에서 허우적거렸다. 화를 낼 상대도 없었고 흉을 볼 상대도 없었다. 그리고 자랑을 늘어놓을 사람도 없었다.

"피곤하지 않어?"

"아 참, 어서 가. 뒷정리는 내일 아줌마가 하면 돼."

"나, 안 가."

수아는 자기 귀를 의심했다. 수아는 그동안 정말 수없이 지민에게 어서 가라는 말을 했었는데 그럴 때마다 지민은 '그래' 라며 빠른 긍정을 했었다. 그런데 지금 지민은 그동안 한 번도 하지 않았던 대답으로 수아를 놀라게 하고 있었다.

"안 간다구? 왜?"

"나, 이제 여기서 살 거야. 너랑."

"뭐라구? 여기서 나랑 산다구?"

"응."

"왜?"

"……."

지민은 이유를 설명하지 않았다. 지수가 한국에 없고 수아 건강이 나빠지고 있기 때문에 자기가 돌봐주기 위해서라고 말하지 않았다. 수아는 지민이 더 자주 찾아올 것이라는 것은 예상했었지만 동거를 결정하리라고는 꿈에도 생각지 못했다.

"그렇게 중요한 일을 왜 혼자 결정해. 나하고 살아준다고 하면 내가 기다렸다는 듯이 아이구 그래 고마워 그럴 줄 알았나 보지? 천만에. 난, 싫어."

"그런 거 아냐. 나두 혼자 밥해 먹기 싫어서 그래. 나, 요즘 갱년긴가 봐 혼자 있으면 우울해. 대화 상대가 필요하다니까."

지민은 수아가 거절할 것을 알고 이렇게 그럴듯한 이유를 미리 준비해 놓았지만 수아는 그 말이 전혀 틀리지 않았다는 생각이 들었다. 지민은 완전히 이사를 오진 못하고 차츰 자고 가는 날을 늘려 나갔다. 특히 주말은 반드시 수아와 보냈다. 해외 출장도 예전처럼 장기간 다녀오는 일은 피했다.

아침에 눈을 뜨면 지민이 집안 어디엔가 있다는 사실이 든든했다. 지민과 함께 식사를 하고 지민과 함께 산책을 한다. 지민과 함께 텔레비전을 보고 지민과 함께 차를 마시며 세상 돌아가는 얘기를 나눈다. 지민이 안아서 침대에 뉘어주고 지민이 안아서 휠체어에 앉혀준다.

지민이 세수를 시키고 머리를 감기고 손과 발을 닦아주었다. 아줌마가 늦게 올 때는 지민이 화장실 가는 것을 도와주기도 하지만 그것이 전혀 어색하지 않았고 주변 사람들도 두 사람을 이상하게 생각하지 않았다. 수아는 지민에게 몸을 맡기며 편안했다. 지민도 수아와 함께하는 시간들이 편안했다. 그 편안함이 행복이었다.

"오늘 샤워하는 날이지?"

"괜찮아, 아줌마 오면 할게."

“아줌마, 일주일 정도 걸린다잖아.”

“일주일 정도 샤워 안 해도 돼.”

“온욕하면 몸이 좀 풀릴 텐데?”

“싫어.”

“왜? 내가 남자라서?”

“그럼 넌 내가 여자로 안 보이니?”

오래간만에 목욕 문제로 옥신각신 말다툼을 했다. 하지만 수아는 고집을 꺾지 않았다. 수아는 지민과 한 집에 살고는 있지만 상아에게 부끄러울 행동은 절대로 하지 않았다.

장마가 지루하게 계속됐다. 비 오는 날을 수아는 가장 싫어했다. 우산을 쓸 수 없어 비가 오면 밖으로 나갈 수 없었다. 비가 오는 날 외출을 했다가 온몸이 비에 젖어 날개 잃은 새처럼 초라한 모습을 사람들에게 보여준 적이 있었는데 그날은 정말 부끄러웠었다.

“산사태가 여기저기에서 났다네. 우리 앞산은 괜찮겠지?”

“치, 우리 집은 산사태가 나도 괜찮다면서.”

“이 집도 이제 오래됐잖아. 리모델링을 해야겠어.”

“몇 년은 괜찮을 거야. 참 우리 보리 말야.”

“보리가 왜?”

“나 없다구. 집 밖에 묶어 키우지 말고. 나랑 비슷한 장애인 가정에 입양시켜줘.”

“왜 그런 소릴 해.”

“말만 못할 뿐이지 정말 영리해. 아마 가장 슬퍼할 거야. 나 없으면.”

“나는?”

“나 죽으면 슬플 것 같애?”

"그걸 말이라구 해."

"뭐가 슬퍼. 자유로질 텐데. 실컷 즐겨."

하늘에 구멍이 난 것처럼 비가 쏟아졌다. 하늘이 화가 났는지 천둥이 끊이질 않았다.

보리가 무서워서 침대 아래에서 꼼짝도 하지 않았다. 도우미 아줌마도 비 때문에 도저히 올 수가 없다고 전화가 왔다.

지민이 라면을 끓였다. 장을 본 지 오래되서 음식을 만들 수 없었다. 세상과 완전히 고립된 기분이었다. 지민이 끓여준 라면을 마주 앉아 먹었다.

"라면은 상아가 잘 끓이는데……."

라면을 보니까 상아 생각이 났다.

"맞어. 상아는 뚝 하면 라면 끓여줬었어."

"고마워."

"뭐가?"

"상아한테 갔다가 여기로 왔던 그날, 만약 지민 씨가 나를 다시 안았더라면 무서워서 눈을 감지 못했을 거야. 지민 씨가 더 현명했어. 나는 그때 정말 지민 씨를 갖고 싶었거든. 그래서 다른 사람들 생각은 하지 않았어. 오직 나만 생각했어. 그것이 사랑인 줄 알았거든."

"……."

"난, 지민 씨를 볼 때마다 불륜을 상상했어. 그래야 사랑이 완성된다고 생각했거든. 그런 모든 유혹에서 벗어날 수 있도록 지민 씨는 참 처신을 잘했어."

"아냐, 용기가 없었을 뿐이야."

"장마 끝나고 상아한테 한번 다녀오자."

"그래. 참, 지수한테 한번 다녀오려구 해. 괜찮겠지?"

"그럼, 괜찮구 말구 다녀와."

하지만 수아는 지민의 부재가 두려웠다. 지민이 서울에 잠깐 다녀온다고 나가는 것도 싫었다. 자기 곁을 잠시도 떠나지 못하도록 하고 싶었지만 수아한테는 그럴 자격이 없었다.

"참, 사전 작업 거의 마무리 돼가."

"그래? 아직 멀었다고 하지 않았어?"

"너무 자세히 하려니까 내 능력 밖이야. 여기서 마무리 짓고 나중에 보완해 나가는 것이 좋을 것 같아서."

"그래, 생각 잘했어. 출판사 알아볼게. 그리고 출판기념회도 하자."

"그럴까? 오래간만에 얼굴 한번들 봐야겠다."

정말 수아는 책이 나오면 출판기념회를 열어야겠다고 생각했다. 목표가 생기자 생기가 돌았다.

언제 비가 왔었냐는 듯이 하늘이 맑았다. 그동안 풀이 죽었던 태양이 보란 듯이 열기를 뿜어냈다. 지민은 딸네 집에 가는 것이 좋았던지 소풍 가는 아이처럼 들떠 있었다. 아줌마한테 자기가 없는 동안은 집에 가지 말고 수아를 보살펴 달라고 신신당부를 했다. 보리한테도 "네 주인 잘 살펴드려야 한다."고 명령했다.

"금방 갔다 올게. 중국은 가까워서 하루면 올 수 있으니까 전화해. 로밍해 갖고 갈 거야."

"알았어. 걱정 마. 맛있는 거 많이 해 달라고 해. 그동안 못 먹었잖아."

"그래. 3kg쯤 쪄갖고 올게."

지민이 떠났다. 지민이 떠난 자리가 너무나 크게 느껴졌다. 수아에게 지민이 얼마나 큰 자리를 차지하고 있는지 새삼 깨달았다. 만약 수아

인생에서 지민이 없었으면 어떠했을까 싶었다. 지민이 아니었으면 수아는 장애에 갇혀 세상과 소통하려고 노력하지 않았을 것이다.

제주도 소년 지민과 펜팔을 하면서 친구를 처음 사귀게 되었다. 수아는 지민이 살고 있는 곳이 우리나라 맨 끝에 있는 섬이기 때문에 결코 만날 일이 없을 것이라고 생각했지만 지민은 엄마를 따라 서울에 올라와 수아에게 만나자고 했다. 수아는 중증의 장애를 갖고 있는 자신의 모습을 보여주고 싶지 않아 쌍둥이 동생 상아를 대신 내보내면서 지민을 사이에 두고 수아와 상아의 갈등이 시작된 것이었다.

등이 붙어버린 샴쌍둥처럼 수아와 상아는 샴사랑을 했다. 샴사랑을 할 수밖에 없었던 남자 지민은 어땠을까?

"약 드세요."

지민이 떠난 날 저녁부터 수아는 감기 증상이 있었다. 며칠 지나면 낫겠지 싶었는데 증세가 점점 심해졌다.

"병원에 가서야 하지 않겠어요?"

"감기는 아플만큼 아파야 낫는 거예요."

"요즘 통 못 드시잖아요. 교수님 오시면 저 혼나요."

"먹을게요."

수아는 온몸이 불덩어리가 되었다. 열 때문에 몽롱해져 비몽사몽에 꿈속에 빠져 있었다.

수아는 이상한 나라로 여행을 했다. 산이 너무 높아서 하늘을 찌를 듯했다. 그런 산속에 들어갔더니 어느새 끝이 보이지 않는 바다가 펼쳐졌다. 바닷물이 너무 맑아서 거울처럼 자기 모습이 환하게 비춰졌다.

거울 속에 있는 사람은 수아가 아니라 상아였다. 상아가 물속에서 솟아올랐다. 상아는 전혀 늙지 않았다. 여전히 아름다웠다. 하얀 옷을 입고 있는 모습이 마치 천사 같았다. 수아는 반가워서 상아야 하고 계속 불렀지만 상아는 말이 없었다. 상아는 반갑지 않은지 미소를 짓지 않았다. 상아가 뒤돌아 빠른 걸음으로 물 위를 걸어갔다. 수아는 그렇게 가버리는 상아가 야속해서 목이 터져라 상아를 불렀다. 멀리 있던 산이 수아 앞으로 다가왔다. 도망을 치려고 하는데 다리가 움직여지질 않았다. 너무나 무서워서 온몸을 부르르 떨었다.

“수아야, 수아야, 정신차려.”

수아는 간신히 눈을 떴다. 지민이 수아를 흔들어 깨우고 있었던 것이다. 수아는 반가워서 베시시 웃었지만 지민은 울쌍이 돼 있었다. 이미 병원 앰뷸런스가 와 있었다. 병원에 안 가도 된다고 말해도 소용이 없는 상태라서 수아는 지민이 시키는대로 했다.

병원에 가서 감기는 치료가 됐지만 수아는 눈에 띄게 쇠약해졌다. 문병을 왔던 사람들이 하나 같이 표정이 밝지 않았다. 수아는 문병 온 사람들과 몇 마디 나누지 않았지만 몹시 피곤해했다. 수아는 병원 공기가 싫다면서 퇴원을 요구했다. 지민도 병원에서 수아를 위해 더 이상 해 줄 일이 없다는 것을 알기에 퇴원을 결정했다.

수아는 지민이 운전하는 차를 타고 집으로 오면서 즐거워했다.

“뭐가 그렇게 좋아?”

“지민 씨가 운전하는 차 타고 강 교수님 별장으로 가던 때가 생각나서. 이 길로 갔었거든.”

“너, 그때 무서워했었잖아.”

“지민 씨도 안 잊어버렸구나.”

“그럼, 어떻게 잊어버려 우리 첫 키스하던 날인데.”

수아는 쑥스러운 듯 고개를 돌렸다. 빛바랜 추억 속의 한 장면이지만 여전히 짜릿했다.

그 시절로 다시 돌아갈 수 있다면 후회하지 않을 멋진 사랑을 할 수 있는 자신이 있었지만 안타깝게도 인생은 돌아갈 수 없는 일방통행 길이다.

집에 도착하자 보리가 너무 좋아했다. 낑낑 소리를 내며 수아에게 몸을 부비고 얼굴을 핥고 난리를 쳤다.

"미안, 미안. 보리야, 정말 미안해. 우리 보리 불쌍해서 어떻게."

한달 가까이 보리와 떨어져 있는 동안 수아는 보리 걱정만 했다. 반려동물은 주인이 잘못되면 갑자기 천덕꾸러기가 된다.

개에게 유산을 물려주며 개를 잘 보살펴 달라고 유언을 하는 심정이 이해가 됐다. 수아가 돌아오자 보리가 자기 임무를 수행하느라고 바삐 움직였다. 지민과 보리가 경쟁을 하는 듯했다.

"보리가 하게 놔둬."

수아가 보리 편을 들어줘야 경쟁이 끝나곤 했다. 보리가 좋아하는 모습을 보니까 수아도 마음이 편안해졌다. 수아는 집에 오길 정말 잘했다고 생각했다. 내일부터는 책도 읽고 글도 써야겠다며 잠자고 있던 의욕을 흔들어 깨웠다.

그런데 눈을 감으면 잠이 왔다. 자는 시간이 아까운데 자꾸 잠 속에 빠져버린다.

"졸려?"

"으—웅."

"책 읽어줄까?"

"됐어, 내일부터 내가 읽을 거야."

"오늘은 내가 읽어줄게. 요즘 베스트셀러야 『엄마를 부탁해』."

지민은 책과 베개를 들고 침대 위로 올라왔다.

"지금 뭐 하는 거야?"

수아가 화들짝 놀라 소리를 질렀다.

"오늘부터 같이 자자."

"뭐?"

"팔베개해 줄게."

"뭐라구? 팔베개."

"팔베개하고 푹자고 싶다고 했잖아."

"내가 언제?"

"여성 잡지에 쓴 글 읽었어."

"그건 글이지."

"우리 한번 해 보자."

"기가 막혀. 죽기 전에 소원 풀어주려구? 넌, 참 헌신적이다."

"아냐, 내가 하고 싶어서 그래."

"기운 빼지 말고 어서 가서 자."

"그럼 책만 읽어줄게."

지민은 책을 읽기 시작했다. 책을 듣다 사르르 잠이 든 수아를 살포시 안아 팔베개를 해 주었다. 그리고 이마에 입맞춤을 했다.

수아가 눈을 떴다. 지민 가슴에 묻혀 있는 자신을 보고 화들짝 놀랐다.

수아는 다시 눈을 감았다. 너무나 포근해서 자기도 모르게 빨려 들어 갔다. 지민의 가슴이 이렇게 편안할 줄 몰랐다. 그런데 갑자기 상아 생각이 났다.

상아가 눈을 부릅뜨고 ─얼른 일어나. 뭐하는 짓이야? 하며 호통을 치는 것 같았다. 그래서 수아는 지민의 품에서 벗어나려고 했다.

지민이 수아를 부드럽게 당겼다.

"더 자. 아직 해 뜨려면 멀었어."

수아는 지민에게 무슨 말인가를 해야 하는데 적당한 말을 찾을 수가 없었다.

"눈 감어."

지민은 수아를 더욱 바싹 끌어안았다.

그날 수아는 결국 지민에게 아무 말도 하지 못했다. 자기 심장이 뛰는 소리를 지민에게 들킬까 봐 가슴을 손으로 꾹 눌렀다. 거칠어진 숨소리를 지민이 들을까 봐 순간순간 숨을 쉬지 않았다. 마치 순정을 바친 소녀처럼 수아는 부끄러워서 얼굴이 화끈거렸다.

평화롭게 잠든 지민을 훔쳐보았다. 10대 소년 지민의 얼굴이 60대 초로에도 그대로였다. 한 남자를 이렇게 오래도록 지켜보며 사랑할 수 있다는 것이 얼마나 큰 축복인가 싶었다.

—지민 씨, 사랑해…….

수아는 속으로 주문을 외듯이 반복했다. 정말 여자로서 행복한 첫날밤이었다.

그날 이후 두 사람은 자연스럽게 한 침대에서 한 이불을 덮고 팔베개를 하고 포근한 잠을 잘 수 있었다.

수아가 무서운 꿈을 꾸면 얼른 깨워주었고 열이 갑자기 오르면 얼음찜질을 해 주고 바싹 마른 입속에 물을 조금씩 넣어주었다.

"지민 씨!"

"응."

"나 만난 거 후회한 적 없어?"

지민은 대답 대신 씩 웃었다.

"나두, 상아두. 지민 씨한테 받기만 했어. 지민 씨는 우리한테 한없이 주기만 했고…… 나 만나지 않았으면 평범한 행복 가꿔 가면서 편안하게 살았을 텐데."

"그런 말이 어딨어. 준 것도 없고 더더군다나 후회 같은 건 없어. 때때로 마음 아프고 때때로 행복하고 그러면서 서로 한 사람처럼 익숙하게 살았던 거지."

"정말 저세상에 가면 상아를 만날 수 있을까?"

"……."

"죽는 게 두렵진 않아. 난, 내 삶에 최선을 다 했으니까. 나처럼 행복한 여자도 없을 거야. 난, 남들이 갖지 못한 사랑을 가졌으니까. 그것도 샴사랑으로……."

"샴사랑?"

"응, 우리 사랑은 샴사랑이었어. 몸이 붙어서 태어난 샴쌍둥이처럼 나와 상아는 언제나 하나였어. 상아는 내 몸이었고 나는 상아의 정신이었지. 그래서 지민 씨는 두 여자를 사랑할 수밖에 없었던 거야. 누구를 더 사랑했느냐를 저울질할 필요 없어. 사랑은 독차지하는 것이 아니니까. 하지만 우린 너무 어리석어서 사랑 때문에 서로를 괴롭혔어. 지민 씨가 가장 힘들었을 거야. 이제 놓아줄게."

"놓아준다고 놓아질 수 있을까?"

지민도 자신의 사랑의 정체를 알 것 같았다. 사람을 사랑한다는 것은 그 사람이 되는 것이다. 그 사람이 돼서 그 사람의 모든 것을 공유하는 것이다. 지민은 수아의 숨소리까지 공유했다. 지민도 수아가 머지않아 떠날 거라는 것이 직감적으로 느껴졌다. 그래서 한시도 그녀에게서 눈을 떼지 않았다. 수아는 다리는 물론이고 팔에서도 힘이 다 빠져나가 손가락조차 움직이기가 힘들었다. 하지만 전혀 불편하지 않았다. 마치 자기가 움직이는 것처럼 지민이 보살펴 주기 때문이었다.

"창문 좀 열어줘."

지민은 통유리 창문의 블라인드를 확 거둬냈다.

"달이 참 밝네."

"며칠 있으면 보름이야."

"왜 달에 토끼가 살고 있다고 생각했을까?"

"글쎄."

"달님한테 소원을 빌면 들어준다고 하는데……."

"무슨 소원 있어?"

"달님, 서지민을 부탁해요."

"난 또."

지민이 피식 웃었다.

"상아가 남편과 자식들을 두고 떠나면서 얼마나 불안했을까 이제야 알겠어. 아이들 걱정은 하나도 안 되는데 당신이 걱정돼 죽겠어."

지민의 눈이 동그래졌다. 수아가 처음으로 당신이란 표현을 썼기 때문이다.

"정말 당신이 걱정돼."

지민이 수아 무릎 위에 얼굴을 묻었다. 수아는 지민의 머리카락을 쓰다듬으며 말을 이어갔다.

"내 생애 최고의 순간이었어. 다 늙어서 이렇게 가슴 설레고 황홀하고 아름다운 시간이 있을 줄 몰랐어. 당신이 있어 정말 행복해. 그런데 미안해서 어쩌지 더 이상 못 버티겠어. 당신 혼자 남겨두고 가서 정말 미안해."

그날 이후 두 사람은 정말 부부처럼 지냈다. '수아야'라고 부르지 않았고 '지민 씨'라고 부르지도 않았다. 둘 다 서로를 당신이라고 불렀다. 당신, 그것은 수아에게나 지민에게 특별한 의미를 주었다. 두 사람은 세상은 허락하지 않지만 두 사람이 부부라는 것을 서로 인정하는 것이었으니 말이다.

"오늘은 잠이 안 와?"

"이제 잘 거야."

"그래, 자 어서."

수아는 눈을 뜨며 지민 얼굴을 찬찬히 훑어보았다.

"행복해."

"응?"

"행복하다구."

"그럼 행복하지. 빨리 눈 감아."

"응. 잘 자, 내 사랑."

지민은 힘주어 수아를 꼭 안았다.

수아는 그렇게 지민 가슴에 묻혀 잠을 자듯이 세상과 이별을 했다. 너무나 행복한 표정이었다. 수아는 자신의 죽음을 알고 있었던 듯 소유물에 대한 사회 환원을 분명히 해 둔 상태였다.

그리고 지인들에게 남기는 편지가 서랍 안에 가득했다. 장례식장에 온 사람들에게 그 편지를 전해 주어 눈물 바다를 만들었다. 자신의 장례 절차에 대해서도 유언으로 남겼다. 상아와 함께 납골묘를 만들어 달라고 해서 상아 납골함을 꺼내와 합장을 했다. 가족납골묘까지도 미리 준비를 해 둔 상태였다.

지민은 상주 노릇을 했지만 전면에 나서지는 않았다. 그리고 슬픈 표정도 짓지 않았다. 지민은 모든 장례 과정을 빈틈없이 수행하고 있었다. 장례의 공식적인 절차는 3일 만에 다 끝이 났다. 삼우제는 가족끼리만 하기로 하고 지인들을 물렀다.

"이제 여기 오면 엄마랑 이모를 한꺼번에 볼 수 있네."

민우가 말했다.

"아빠, 왜 이모가 아빠한테는 편지를 남기지 않았을까요?"

이번엔 지수가 물었다.

"맨날 보는데 무슨 편지."

"다른 재산은 다 사회에 환원하면서 왜 가평집만 아빠한테 남겼을까요?"

"아빠가 지었으니까 그렇지."

민우는 아주 간단히 생각했다.

"아빠도 노년을 가평에서 보내시라는 의미 아닐까요?"

지수는 합당한 이유를 찾으려고 애썼다.

하지만 지민은 알고 있었다. 가평집은 수아를 위한 지민의 작품이라 다른 사람이 그 집을 소유하는 것은 사랑을 훼손시키는 일이었던 것이다. 지민도 가평집이 좋았다. 그 집은 자신의 꿈을 실현시킨 최초의 작품이고 수아와 상아의 마지막을 보낸 사랑의 은신처였다.

"아빠, 저 비행기 시간 때문에 먼저 내려갈게요."

"그래, 어서 가라."

"누나는 좀 더 있다 가."

"나두 애들 다 두고 왔는데 가야 해."

"그럼 아빠는 어떻게."

"아빠 걱정하지 마라. 어서들 가."

민우가 먼저 내려갔다. 지수는 납골묘 관리에 대해 스님과 의논할 것이 있다고 사찰 안으로 들어갔다. 지민은 납골묘 앞에서 담배를 피워 물었다. 그동안 참았던 눈물이 주르륵 흘러내렸다.

―안녕. 내 사랑.

잘 가 내 사랑. 당신을 만나서 행복한 건 바로 나였어. 당신 때문에 사랑이 무엇인지도 알았고, 행복이 무엇인지도 알았으니까.

당신은 나에게 보석 같은 존재야.

당신이 일부러 상아를 내게 보내줬다는 거 알고 있었어.

내 우유부단한 사랑 때문에 당신 많이 아팠다는 거 알아.

우리 샴사랑은 너무 소중해서 사랑이란 말을 소리내어 하지 못했어.

샴사랑아, 안녕…….

지민은 지수를 따라 산을 내려오고 있었다.

"이모는 참 놀라워요, 스님한테 벌써 부탁을 해 놓으셨더라구요. 절에서 제사 지내준데요."

"그래."

"아빠?"

"응."

"아빠가 정말 사랑한 사람은 누구예요? 엄마예요? 이모예요?"

"뭐?"

지민이 소스라치듯 놀라며 지수 얼굴을 쳐다봤다.

"저두 다 알아요. 누가 말해 준 것은 아니었지만 그냥 알게 됐어요."

"……."

"나두 이모를 엄마로 생각할 때가 많았어요. 지금도 그렇게 생각해요. 앞으로도 그럴 거예요."

"그래. 고맙다."

지민은 수아를 엄마로 생각했다는 딸에게 고맙다는 인사를 했다. 아빠로서 해서는 안 될 말이었다.

"늘 아빠 맘이 궁금했어요. 아빠의 진짜 사랑은 누구였을까? 아마 엄마도 이모도 아빠한테 물어보고 싶을 걸요."

“……..”

“생각해 봤는데 아빠한텐 엄마와 이모는 두 사람이 아니라 한 사람이었을 거예요. 그죠?”

“……..”

“아빠, 이제 아빠 인생 찾으세요. 아빠 아직 젊어요. 다시 사랑할 수 있어요.”

“이제 사랑은 없다.”

이제 사랑은 없다. 두 여자를 모두 땅에 묻고 나서야 질기게 따라 다니던 샴사랑이 분리됐다. 남들이 이해하기 힘든 샴사랑, 하지만 그 사랑 때문에 한 남자는 이 세상의 모든 사랑을 다 했다. 그래서 이제 사랑은 없는 것이다.

지민은 산을 내려오면서 내내 수아와의 마지막 밤이 떠올랐다. 지민은 수아와 함께 자면서 깊은 잠을 자지 못했다. 그날 밤 수아 숨결이 약해지고 있다는 것을 느끼고 지민은 수아를 흔들어 깨웠다.

“눈 좀 떠 봐. 어서 눈을 떠.”

수아는 지민의 말에 살며시 눈을 떴다.

“당신, 벌써 가려구?”

“……..”

수아는 말은 하지 못했지만 떠나야 한다고 말하는 듯했다.

지민은 파랗게 핏기를 잃은 수아 입술에 입맞춤을 했다.

“사랑해, 사랑해 수아야!”